可畦 趙翊 先生의
"公山日記" 연구

조 동 길 저

국학자료원

▽ 책머리에

옛것을 소중하게 여기는 것은 단순한 尙古 취미 때문만이 아니다. 우리가 역사를 공부하고 과거의 체험을 가치 있게 보는 이유는 그것이 현재와 미래의 우리에게 지대한 영향을 미치고 있다는 것을 알고 있기 때문이다. 그러나, 무턱대고 옛것만을 고집하는 것은 어리석은 일이다. 옛것 가운데 진정 오늘의 우리에게 가치 있고 의미 있는 것을 선별하는 것이 중요하다. 그리하여 그 뜻을 올바로 계승하고, 새로운 미래 창조를 위한 자양분으로 삼아야 한다. 때로는 하찮아 보이는 기록물에서도 우리는 그런 길을 발견할 수 있다.

저자는 전공이 한국 현대소설이다. 한문에는 능력도 부족하고, 재주도 모자란다. 그럼에도 불구하고 이 책을 내게 된 동기는 두 가지다. 하나는 이 글을 쓰신 분이 저자의 傍系 先祖가 되신다는 점이고, 또하나는 부족하나마 이 고장 옛 모습을 문헌을 통해 연구해 보고자 하는 공주향토문화연구회 회원으로서의 의무 때문이다. 애초 이 글을 저자에게 소개해 주신 효가대학 趙旭衍 교수의 뜻에 따라 공주향토문화연구회의 會誌인 "熊津文化"(8-12집)에 이 글에 대한 소개와 연구 논문을 5회에 걸쳐 발표하였다. 5년 동안 작업을 하면서 잊혀진 공주

4

의 옛 모습을 어느 정도 되찾는 성과가 있기도 했고, 어지러운 세월
을 살았던 慷慨한 선비의 모습을 되새길 수도 있었다. 하지만, 발표된
글들을 되돌아보니 여기저기 誤譯과 바로잡아야 할 사실들이 많이 발
견되었다. 그래서, 그 내용들을 조금씩 손보고, 희귀한 자료를 여러
관심 있는 분들에게 공개할 필요도 있다고 생각하여 책으로 묶어 보
기로 했다. 그러나, 저자가 워낙 淺學薄才인지라 글의 중심을 제대로
읽어 내지도 못했고, 내용 서술도 올바로 되지 못한 듯하여 송구스럽
기만 하다. 특히 옛 선비들 특유의 한문 표현에 이해가 부족하여 허
다한 해석의 잘못을 저질렀을 것을 생각하면 悚愧스럽기 그지없다.
다만 바라건대, 강직하고 고결했던 옛 선비의 자취를 언저리나마 더
듬는 이 작업이, 이 시대를 사는 사람들에게 자신을 성찰해 볼 수 있
는 계기가 되어 주었으면 하는 한 가닥의 소망을 가져본다.

　이 부족한 책이 나오기까지 여러분의 도움이 있었다. 공주의 옛 자
취를 설명하는데 많은 도움말을 주신 향토사학자 윤여헌 교수님, 해
석이 막힐 때마다 찾아가 괴롭혀 드린 국어교육과의 김성수 교수님,
난해한 시 관련 구절을 풀이해 주신 한문교육과의 백원철 교수님께
감사드린다. 또한 어린아이들을 키우며 지난 해 여름 내내 원문의 초
벌 번역을 해 준 저자의 여동생 조영숙에게도 고마운 뜻을 전한다.
상업성도 별로 없는 책을 선뜻 출판해 주신 국학자료원의 호의에도
깊이 감사드린다.

庚辰年(2000년)　夏至日에
금강변의 연구실에서

조 동 길 씀

차 례

제 1 장 총론 및 해제

1. "公山日記"는 어떤 기록인가. ·· 7
2. 기록자 趙翊은 누구인가 ·· 8
3. 문집은 어떤 내용으로 되어 있나. ··· 13
4. "公山日記"는 어떤 가치가 있는가. ·· 14
5. "公山日記"는 어떤 내용으로 되어 있나. ······························· 16

제 2 장 公州의 遺蹟과 遺物들

1. 緖 言 ··· 19
2. 공주의 유적과 유물들에 관한 기록 및 논의 ·························· 20
3. 맺 는 말 ··· 37

제 3 장 자연 재해와 기상 이변

1. 緖 言 ··· 39
2. 本 文 ··· 40
3. 몇 가지 논의 및 맺는 말 ·· 51

제 4 장 대외 관계 기록과 특이한 사건들

1. 서 언 ··· 55
2. 본 문 ··· 56
  1) 대외 관계 기록 ··· 56
  2) 특이한 사건들 ·· 61

6

3) 역대 왕과 왕비들의 忌日 ·· 68

3. 몇 가지 논의 ·· 69

4. 맺 는 말 ·· 77

제 5 장 인물들과의 교류와 그 유형

1. 들어가는 말 ··· 81

2. 인물들과의 교류 범위와 형태 ································ 82

　가. 인물들의 교류 범위 ·· 82

　　1) 관리들과의 교유 ·· 82

　　2) 선비들과의 교류 ·· 84

　　3) 가족, 친구, 동료들 ·· 86

　　4) 기타의 인물 ·· 88

　나. 인물들의 교류 형태 ·· 90

　　1) 술과 시에 관한 교류 ·· 90

　　2) 명승지 유람 ·· 92

　　3) 잔치와 상례, 제례 ·· 94

　　4) 서신 교환, 세시 풍속 ······································ 96

3. 나오는 말 ·· 98

◇ 원문 해석

　公山日記 飜譯 ··· 101

◇ 부 록

　公山日記 원문 영인

제 1 장 총론 및 해제

1. "公山日記"는 어떤 기록인가.

"公山日記"는 지금까지 학계에 거의 알려지지 않은 기록물이다. 이 문헌은 선조 35년(서기 1602년)에 '己丑獄事'에 관련되어 公州(公山)로 유배를 온 可畦 趙翊 선생이 이곳에서의 생활을 일기체로 쓴 글인데, 귀양에서 풀리기까지의 6년간 생활이 한문으로 세세하게 기록되어 있다.

이 일기는 강직했던 선비의 유배 생활 기록으로서 그 방면에 관한 자료로서의 가치도 적지 않을 뿐만 아니라, 약 400여 년 전의 공주의 모습을 아는 데도 귀중한 근거를 제공해 주는 희귀한 자료라고 판단된다.

우리가 사는 이 곳 공주는 일찍이 구석기 시대부터 사람들이 살기 시작하여 백제 시대에는 5 대에 걸쳐 약 60여 년간이나 한 나라의 수도로서 그 역할을 수행하였고, 그 후 고려시대나 조선시대에도 국가

의 주요 행정 도시로서 자리했었음은 잘 알려진 사실이다. 특히 공주
는 조선시대 중엽부터는 관찰사가 주재하는 監營으로서, 또 조선 말
엽에는 충청남도의 도청 소재지로서 가히 충남의 제일 가는 도시였었
다. 따라서 이 곳 공주에는 그와 관련된 문화 유적이 많이 남아 있다.
그러나, 애석하게도 유동 문화 유적은 그 잔존하는 분량이 아주 적은
편이다. 아마도 백제가 패망한 국가였기 때문에 정복자들에 의해 의
도적으로 훼손되어 버린 이유도 있겠고, 그 이후의 역사에서도 잦은
전란은 물론 생존 자체를 우선시 하지 않을 수 없는 조건 아래서 그
런 것을 돌볼 틈이 없었기 때문이었을 것이다. 하지만 근세에 접어들
면서 무지와 무관심으로 인해, 또는 살아 남기에 급급한 열악한 환경
때문에 일부 남아 있던 것들마저 대부분 외지로 반출되어 버려, 정작
우리 지역의 귀중한 典籍이나 고문서들을 보기 위해서는 공주 밖으로
찾아다녀야 하는 지경에 이르고 말았다. 그리하여 몇 백 년 전의 공
주 모습을 살필 수 있는 자료조차 현재로서는 매우 희귀한 편이다.
그런 가운데 이 "公山日記"는 비록 개인의 사사로운 기록이라는 한계
는 있으나 그런 아쉬움을 어느 정도 달래 줄 수 있는 자료라고 생각
된다.

2. 기록자 趙翊은 누구인가

　이 일기의 기록자인 趙翊 선생은 顯達한 정치가나 뛰어난 문예 작
품을 남긴 이름 높은 문인은 아니다. 또한 공주에서 출생하였거나, 이
곳에서 벼슬을 한 분도 아니다. 다만 전형적인 조선의 강직했던 선비
요 학자일 뿐이다. 이 분이 우리 공주와 인연을 갖게 된 것은 개인으
로서는 不運이라 할 수밖에 없는 유배 생활 때문이었다.

선생은 조선 명종 11년(서기 1556년) 음력 10월 11일 서울의 연지동에서 태어나셨다. 선생의 字는 輩仲이요, 號는 초년에 竹峰, 중년에는 可婉, 노년에는 可畦라고 하였다. 본관은 豐讓이다. 선생의 조부는 直長을 지낸 禧이며, 부친은 효행으로 이름나고 나중에 좌승지에 추증된 光憲이다. 初婚의 배우자는 監察을 지낸 朴思訥(密陽)의 따님이었는데, 아들 하나(裕遠)를 두고 일찍 타계하여 後配로 연안 이씨를 맞이하였으나 불행히 자녀를 두지 못하고 별세하였다. 三配로 연일 정씨를 맞아 아들 넷(枝遠, 公遠, 錦遠, 平遠)을 낳았다. 선생은 어려서부터 학문에 정진하였고, 1570년에 평생의 스승인 寒岡 鄭逑 선생을 만났다. 그의 백씨인 趙靖 선생과 함께 한강의 문인이 되어 수학하면서 스승의 엄격한 훈도를 받았다. 1582년 生員試를 치러 장원으로 급제하였다. 1584년에는 西厓 柳成龍 선생을 만나게 되는데, 西厓는 선생의 학덕을 인정하여 많은 서책을 전수해 주기도 하였다. 이 무렵 선생은 향리에서 沙潭 金弘敏, 蒼石 李埈, 愚伏 鄭經世, 沙西 金湜 선생 등과 깊이 교유하며 학문에 정진하였는데, 이들은 한결같이 강직하고 고결한 성품의 소유자들이었다. 후일 이들 대부분은 임진왜란 당시 대단한 활약을 했을 뿐 아니라 학자로서도 뛰어난 업적을 쌓아 後人들의 존경을 받는 인물이 되었다.

1588년 임금이 직접 주재하는 謁聖試에서 급제하였다. 3년 후인 1591년 비로소 承文院正字 자리에 임명되어 벼슬 생활을 시작하였다. 과거 급제 후 바로 보직되지 않은 것은 承旨公의 外艱을 당해 3년간 侍墓살이를 하며 상주 노릇을 했기 때문이다.

1592년 왜구가 대대적으로 우리 나라에 침략해 오자, 선생은 충북 보은의 속리산에서 의병을 일으켜 대항하였다. 선생은 金弘敏 선생을 上將으로 추대하고, 자신은 참모장이 되어 의병의 실질적 책임자가 되었다. 그 의병을 忠報軍이라 이름하였다. 선생은 의병의 군량을 조달하기 위하여 전라도와 충청도 일대를 돌아다니며 활약하였고, 전쟁의 앞날을 예측하며 당시 경상도 右方伯으로 있던 金誠一 선생을 찾아가 전략에 관한 일을 陳設하기도 하였다. 또한 의병들과의 연계를 중시하여 重峰 趙憲 선생의 의병을 찾아가기도 하였으나, 불행히 遭遇하지는 못하였다. 그 때의 아쉬움을 五言律詩로 쓴 것이 전해지기도 한다. 1598년에는 接伴官이 되어 明 나라 장수 許國威를 만나서 慶尙右道의 적을 쳐야 한다고 권유하기도 했는데, 이는 전략가로서의 면모를 보여 주는 일이라 할 것이다. 이런 일들은 당시의 전후 사정을 세세히 기록한 "辰巳日記"라는 기록에 상세히 나와 있다.

왜란이 끝난 후 1599년에는 예조정랑에 임명되었고, 같은 해 다시 이조정랑으로 옮겼다. 또한 이 해 9월에는 왜란이 평정된 것을 알리는 사신인 亂後陳奏使兼賀至使의 서장관 직책을 맡아 중국에 가게 된다. 이때 중국 황제는 선생에게 御衣, 벼루, 지팡이 등을 하사하였다. 출발에서 중국에 다녀오기까지의 일을 상세히 기록한 것이 "皇華日記"인데, 이는 우리 나라 燕行錄 계열의 중요한 자료가 되고 있다.

1600년에는 侍講院 弼善으로 임명되어 후일 임금(광해군)이 되는 동궁의 스승이 되었다. 1601년에는 한음 이덕형 선생이 영남체찰사로 가게 되어 그 종사관으로 따라가기도 하였다. 1602년에는 掌令이 되어 知製敎를 겸임하게 되었는데, 이 무렵 선생의 일생에 중대한 전환기가 오게 된다. 당시 조정에는 당파의 대결이 극심할 때였는데, 역사에서 말하는 소위 '己丑獄事'라는 것이 일어나게 된다. 이 기축옥사의 핵심은 西人에 속해 있던 松江 鄭徹이 東人에 속한 최영경을 무고하여 죽게 하였다는 죄를 추론하는 일이었는데, 이때 선생은 굳이 따지자면 유성룡과 정한강의 문인으로서 동인의 신분이었음에도(더 정확히 말하면 南人이라 할 수 있음) 西人인 정철을 변호하는 입장에 서게 된다. 이는 당시 조정의 정치 세력 관계로 보아 붕당의 폐해를 막기 위한 충정의 발로로서 가히 목숨을 건 일이라 할 수 있다. 선생은 정철을 제거하려는 선조에게 그 부당성을 지적하여 말하기를 '전하께서는 선비를 죽게 하였다는 惡名을 들으실까 두려워하여 그 죄를 정철에게 돌리려 하시니 정철이 어찌 홀로 죄인입니까(殿下 惡殺士之名 歸罪於徹 徹獨何罪)'라고 직언을 하니 왕이 大怒하였고, 그 직후 선생을 탄핵하는 상소가 빗발쳐 결국 선생은 삭탈관직의 몸으로 귀양을 떠나게 되었다.

선생의 귀양은 1602년 5월 3일 공산(공주)으로 떠나면서 시작되어 1607년 6월 20일 귀양이 풀리기까지 햇수로는 6년, 만 5년 1개월이 좀 넘는 기간 동안 계속된다.

이 귀양살이 6년 동안 선생은 在家 평상시와 如一하게 학문을 연구하고 인격을 연마하였다. 대개 억울한 귀양살이를 하게 되면 실의와 분노, 좌절 등에 빠지기 쉬우나 선생은 그렇게 하지를 않았다. 오히려 더욱 나라를 걱정하고 임금의 안위를 염려하며, 주변의 조그만 일이나 먼 곳에서 들려오는 괴이한 소문에도 항상 시국을 생각하는 마음으로 받아들였다. 따라서, 이곳에 있는 동안 순찰사는 물론 판관, 기타 다른 관리들로부터 융숭한 대접을 받았으며, 주위에 있는 여러 고을의 관리들도 술이나, 종이, 魚鹽, 생선 등을 보내 줄 정도로 선생을 존경하고 받들었다. 또한 이 지역의 많은 유생들은 선생을 찾아와 가르침 받기를 원했고, 公務로 이곳을 지나는 높고 낮은 여러 관리들도 선생을 찾아 인사를 드리곤 했다.

선생이 이곳에 있는 동안 五山 車天輅 선생 같은 이는 직접 찾아와 선생을 위로하는 시를 酬唱하였으며 그것을 묶은 '公山試帖'이라는 것이 전해지고 있다. 한음 이덕형 선생은 여러 차례 서신을 보내 위로하였으며, 月汀 尹根壽 선생도 수차 서신으로 위로 격려하였다. 芝峰 李睟光 선생도 선생과의 和答하는 詩律을 남기고 있다. 이밖에 月澗

李琠, 蒼石 李埈, 愚伏 鄭經世, 竹日 金光煒, 鑑湖 呂大老 선생 등은 수시로 내왕하면서 함께 학문을 논하고 시를 주고받았다. 이 지역의 선비나 유생들과의 교유 및 학문 연구는 일상사처럼 되풀이되었다.

당시 정치적인 사정과도 관련이 있겠으나, 이러한 선생의 강직하고 고결한 유배 생활은 6년만에 귀양살이에서 풀려나는 결과로 나타난다. 1697년 다시 직첩을 받는 것으로 유배 생활은 끝난다. 1610년에는 慶尙都事의 벼슬로 승차되고, 1611년에는 梁山郡守의 직을 받아 수행한다. 그러나, 선생의 춘추 58세 되던 1613년 8월 28일 경상북도 상주의 동문 밖 本第에서 유명을 달리하시니, 파란만장했던 선생의 이승 생활은 이로써 막을 내리게 된다.

강직한 선비로서, 왕자를 가르치는 스승으로서, 국난을 극복하고자 하는 의병의 책임자로서, 나라의 이익을 생각하는 외교가로서, 민생을 책임지는 현장 관리로서, 선생의 짧지 않은 일생은 곡절과 부침의 연속이었다. 이러한 공로와 업적이 후학들에게 큰 가르침이 되어 선생은 후일 涑水書院에 그 위패가 봉안되고, 그 遺志가 萬代에 전승되는 祭享을 받게 된다. 이 서원에 함께 모셔진 분들은 退齋 申祐, 祐齋 申仲敦, 開岩 金宇宏, 그리고 선생의 백씨인 黔澗 趙靖 선생 등이다.

이상에서 간략히 살펴본 바와 같이, 한마디로 말하여 선생은 비록 세속적 현달을 이루지는 못했으나 생을 버리고 의를 취하는(捨生取義) 선비의 길을 과감히 실천한 강직한 인품의 소유자로서, 조선시대에 시류를 타고 굴종으로 점철되었던 무기력한 선비의 상을 초탈한 慷慨한 기품의 보기 드문 선비라 할 것이다.

3. 문집은 어떤 내용으로 되어 있나.

선생이 생전에 쓰신 모든 글은 『可畏先生文集』으로 묶여 있다. 이 책은 모두 10권 1책으로 되어 있는데 그 체제는 다음과 같다.

> 券之一 ; 詩(避寇錄, 嶺北錄)
>
> 券之二 ; 詩(朝天錄, 春坊錄, 嶺南錄, 梁州錄)
>
> 券之三 ; 詩(澤畔錄)
>
> 券之四 ; 詩(澤畔錄)
>
> 券之五 ; 詩(澤畔錄, 尙鄕錄, 挽, 書, 策, 祭文, 碑銘)
>
> 券之六 ; 附錄(投贈, 契軸後識, 年譜, 輓詞, 祭文, 家狀, 行狀, 碣銘,
>
>   告由文, 奉安文 等)
>
> 券之七 ; 辰巳日記
>
> 券之八 ; 辰巳日記
>
> 券之九 ; 皇華日記
>
> 券之十 ; 公山日記

현재의 이 문집은 판각본으로 보이며, 각 면 10행, 1행 21자(小註의 경우는 1행 글자의 수는 21자로 같으나 2행씩 배열)로 되어 있고, 1면에 2단씩 배열하여 총 346면에 이르니 실제 분량은 692면에 이르는 셈이다.

이 문집에 세상에 전해 내려오게 된 내력은 매우 기구하다. 일찍이 선생께서는 金自點의 아버지인 禮賓寺正 金琢과 사돈지간이었는데, 후일 金自點의 역모로 인해 가문이 화를 당할 위기에 몰렸으나, 선생의 손자인 秞께서 이를 미리 대비하여 외삼촌이었던 김자점의 서신이 오는 대로 소각하고 타인과 교섭을 근신하며 조심하였던 관계로 다행

14

히 멸문지화를 모면하게 되었다. 그 후에도 자손들은 벼슬길에 나가는 것을 체념하고 은둔 생활로 일관하니, 자연히 그 가세는 미약해질 수밖에 없었다. 그런데, 선생의 증손인 泰龜께서 당대 굴지의 서화가였던 眉叟 許穆 선생의 막내 동생인 許舒의 사위가 되었던 관계로 가문의 안전을 생각하여 선생의 遺著를 미수 선생 댁에 위탁 보존하게 되었다. 그러나, 공교롭게도 이 댁에 큰 화재가 나는 바람에 그 유저의 상당 부분은 소실되고 말았다. 이로 인해 불에 타지 않은 일부의 글만 근근히 내려오게 되었으니 매우 애석한 일이라 하겠다. 평소 시 짓기와 글 쓰기를 일과처럼 해 오셨던 선생의 성품으로 보아 현재 전해지는 문집의 내용은 선생이 쓰신 글 가운데 일부에 지나지 않을 것이다.

4. "公山日記"는 어떤 가치가 있는가.

"公山日記"는 위에서 밝힌 대로 선생의 문집 맨 끝에 한 권으로 실려 있다. 분량은 총 59면이며 임인년(선조 35년, 서기 1602년) 5월 초 사흘로부터 정미년(선조 40년, 서기 1607년) 6월 20일까지 쓴 것인데, 유배 생활의 출발부터 유배가 끝나 귀향하여 가족 친지들과 잔치하는 데까지 기록되어 있다. 이 기록은 매일 빠짐없이 기록하지는 않고 특별한 일이 없는 날은 중간에 여러 날에 걸쳐 빠진 곳도 있다.

개인이 쓴 일기는 두말할 필요 없이 사사로운 개인의 기록이며 그 형식이나 기록되는 내용이 자유분방할 수밖에 없다. 때로는 사실의 기록이 아닌 상상이나 허구적인 것이 들어갈 수도 있는데, 그렇다고 하여 그를 비난할 수는 없는 것이니, 원래 일기는 공개되거나 검증을 필요로 하지 않는 개인적 기록물이기 때문이다. 그러나, 일기는 그러한 비공개의 비밀성 내지는 개인성으로 말미암아 가장 진솔한 성격을 지니게 되며, 한 인간의 내면을 가장 적나라하게 드러내는 형식이 되기도 한다. 따라서 일기는 개인사의 성격을 지님과 동시에 한 인간의 인격을 도야하는 중요한 수단이 되기도 하는 것이다.

우리의 과거 역사에는 수많은 일기가 있다. 위로는 '승정원 일기' 같은 국가의 중요한 일들을 기록하는 것도 있고, 중요한 역사적 사건이나 시기를 다룬 것들도 있으며(산성일기, 계축일기 등), 아래로는 하찮은 개인의 신변잡사를 기록한 것도 있다. 그 가운데 어떤 것은 중요한 역사의 자료로서 가치를 지니는 것도 있고, 어떤 것은 하찮은 개인적 기록물 이상의 가치를 지니지 못하는 것도 있다. 또 어떤 것은 뜻밖의 분야에서 중요한 가치를 인정받는 것도 있다. 과거 우리 역사에서는 수많은 외침과 전란으로 인해 많은 문화 유산이 散失되었고, 특히 문서의 기록물들은 그 수난의 정도가 더욱 심할 수밖에 없었다. 그래서 우리의 고문서 내지 고문헌은 희귀할 수밖에 없다. 이런 안타까운 현실을 어느 정도나마 보완해 주고 있는 것이 옛사람들이 남긴 이런 일기류의 개인적 기록물이다.

"公山日記"도 그런 기록물 가운데 하나라고 생각된다. 약 400여 년 전 우리가 살고 있는 이곳 공주의 모습은 어떠했으며, 그 당시 사람들은 어떻게 살았는가. 형벌의 하나로 가해진 유배 생활은 실제로 어떻게 진행되었는가. 이런 의문들에 대해 이 일기는 상당 부분 그 해답을 제시해 주고 있다. 비록 儒家의 선비라는 신분 때문에 그 서술이나 내용에 적잖은 한계와 제약이 있는 것을 부인할 수는 없지만, 또 우리가 관심을 가지고 있는 서민들의 생활상이나 생각 같은 것은 거의 들어 있지 않지만, 해석하는 시각에 따라서는 꽤 소중한 가치를 지니는 것들도 있다고 생각된다. 특히 기록자 본인은 아무 의도 없이 가볍게 기록한 내용이 현재 공주의 중요한 역사적 자료로서 잊혀진 부분에 관한 해석의 단서가 될 수도 있다는 점에서 이를 면밀히 검토

해 볼 필요가 있는 것이다.

5. "公山日記"는 어떤 내용으로 되어 있나.

　이 일기는 개인적 유배 생활의 기록이기 때문에 그 범위에서 한계
가 있을 수밖에 없다. 또한 교통이나 통신이 발달되지 못한 시대의
기록물이므로 기록되는 내용에 여러 제약이 있는 것이 당연한 일이었
을 것이다. 그런 점을 감안하여 보면 이 일기에서 진기한 가치를 지
닌 내용을 찾는 것이 어쩌면 부질없는 일이 될지도 모른다.

　이 일기의 내용을 크게 간추려 보면 아래와 같다.

　첫째, 조선 개국 후 이 일기 기록 당시까지의 역대 왕과 왕비의 忌
日이 날짜에 따라 빠짐없이 기록되어 있다.

　둘째, 공주 지역의 여러 건물, 정자, 누각, 연못 등은 물론 공주와
주변 지역의 지명, 산천 경개, 명승 유람 등의 기록이 있다.

　셋째, 순찰사를 비롯한 여러 관리, 사대부, 이 지역의 선비, 공부하
는 儒生 등과의 교유 기록이 있다. 서신 교환, 방문, 來訪, 주고받은
시 등에 관한 기록이다.

　넷째, 조정에서 발간되던 朝報와, 傳聞을 통해 들은 각 지역의 자연
재해, 외적의 침입, 기이한 일, 기상 이변 등에 관해 기록했다.

　다섯째, 여러 명의 선비가 찾아와 가르쳐 주기를 요청하여 그들과
함께 공부하고 교유한 내용이 기록되어 있다.

　여섯째, 가족에 관한 기록으로 조상의 忌日, 가족의 喪을 당하고도
가서 보지 못하는 안타까움, 형제와 조카들의 방문 등 따뜻하고 애절
한 인정의 교류가 기록되어 있다.

　이상과 같이 이 일기는 특정 분야에 치우치지 않고, 종합적이고도

다양한 내용으로 구성되어 있는데, 이 가운데서 우리 공주와 관련된 것으로는 두 번째의 내용이 가장 가치가 있다고 하겠다.

그 기록에 나오는 공주 지역의 것 가운데는 오늘날까지 남아 있는 것도 있고, 완전히 사라져 버린 것도 있다. 앞으로 그런 것들을 하나하나 검토하여 보면 관광 상품 개발에 응용할 수 있는 것들도 있을 수 있을 것이며, 혹은 문화 유산 복원에도 적잖게 기여할 수 있는 부분도 있을 것으로 생각된다.

제 2 장 公州의 遺蹟과 遺物들

1. 緒 言

"公山日記"는 앞에서 소개한 대로 可畦 趙翊 선생이 쓴 일기인데, 己丑獄事에 연관되어 6 년 동안 이곳 공주에 유배되어 있을 때의 일을 기록한 것이다. 그는 강직했던 선비로서, 당시 조정의 당쟁의 와중에서 자신의 소속 신분과 관계없이 상대편에 유리한 발언을 감행한 기개 높은 분이었다. 비록 그로 인해 6 년간의 귀양살이를 하며 모진 고초를 겪었지만, 글 읽은 사람으로서의 도리를 다한 지조 높은 선비였다. 그러기에 임진왜란이라는 국난을 당했을 때는 유생의 몸으로 의연히 일어서서 생사를 건 의병 활동을 과감하게 펼치기도 했던 것이다.[1]

이 일기는 서기 1602년 5월 3일(선조35년, 壬寅年)부터 1607년 6월 20일까지의 기록이다.(연도와 날짜는 음력임. 이하 모두 같음) 즉, 유

---

1) 이 분의 생애와 인품에 관해서는 앞의 제 1 장 내용을 참고하기 바람.

배 생활의 출발로부터 시작하여 유배가 끝나고 고향으로 돌아가 가족
및 친지들과 잔치를 벌이는 장면까지 기록되어 있다. 약 400여 년 전
의 우리 선조들이 어떤 모습으로 유배 생활을 했고, 또 당시 우리가
살고 있는 공주는 어떤 모습이었는가에 대해 이 일기는 어느 정도의
정보를 우리에게 남겨 주고 있는 것이다.[2]

이 글에서는 주로 공주의 지명, 건물, 당시의 생활상, 제도 등과 관
련된 부분만 뽑아서 그것이 오늘날과 어떻게 다른지, 또 어떻게 변모
되었는지에 대해 살펴보고자 한다. 이런 작업을 통해 古都 공주의 옛
모습을 짐작해 볼 수 있음은 물론, 혹 유적의 복원과 발굴 및 보존에
얼마간의 도움을 받을 수도 있지 않을까 기대해 본다.

2. 공주의 유적과 유물들에 관한 기록 및 논의

일기에 기록된 순서대로 공주의 유적이나 유물들과 관련된 부분을
摘出하여 그 내용을 소개하고 그에 대해서 약간씩의 설명을 덧붙여
보기로 하겠다.

1) 계룡산 기행(1603.10.6.)

(전략) 드디어 손을 잡고 선방에 이르니 인하여 삼일간의 만남이
이루어졌다. 단풍잎은 아직 다 떨어지지 않았고, 날씨 또한 몹시 춥지
는 않아, 발걸음을 옮기는 것이 和順하고, 눈에 보는 것들이 즐겁기만
하니 이 기쁨은 진실로 우리들이 아름다운 만남의 약속을 바꾸지 않
아서 얻어진 것이다. 가는 곳마다[3] 연달아 있는 자취(유적)들이 모두

---

2) 보다 상세한 이 일기의 내용에 관해서는 앞의 글에 언급되어 있음.

방치되어 있는 듯한 두려움이 있으나 옛 사람들도 계룡산의 놀이를 즐겼을 테니 오직 이것으로서 위안을 삼을 따름이다.(후략)

> (遂携至禪房因成三日之晤丹葉猶未盡脫日候亦不甚寒宜於行步悅於供眼是誠吾輩不易得之佳會但湘潭累跡不無太放之懼以古人亦有龍山之遊惟以是自慰)

계룡산을 찾아 단풍과 유적을 구경한 기록이다. 뜻이 맞는 세 사람이 미리 약속을 했다가 정해진 시간에 만나 가을의 풍치를 즐기며 노니는 모습이 오늘날과 다름이 없다. 특히 계룡산의 단풍은 예나 지금이나 아름다웠던 모양이다. 예로부터 春麻谷秋甲寺라 일컬었으니 말이다. 절의 선방에서 유숙했다는 것이 좀 특이하나 오늘날처럼 숙박시설이 없었을 때니 그것은 오히려 당연한 일이었을 것이고, 방치된 유적들을 걱정하는 선비의 마음도 따스하게 느껴진다.

2) 마곡사 기행(1603.3.1.)

마곡사에 머물렀다. 시내의 돌 위로 나와 고기 잡는 것과 시내의 위와 아래를 구경하였다. 산은 비록 아름다운 모습이 아니나 소나무가 여기저기 늘어서 있는 사이는 또한 산보하며 거닐 만한 아취가 있었다.

> (留麻谷寺出溪石觀獵魚上下溪山雖無佳麗之狀散髮松間亦足以供逍遙之趣)

마곡사에 가서 머물면서 풍광을 즐긴 기록이다. 시내에서 천렵하는 모습이며 소나무가 우거진 광경 묘사는 오늘의 모습과 별반 다르지 않다. 산의 모습이 아름다움이 없다고 한 것은 기암괴석이나 폭포 등

---

3) 원문은 '湘潭'인데 이는 '湘南潭北'의 준말로 '어느 곳이나', '가는 곳마다'의 뜻임

이 없이 평이로운 모습을 말한 것으로 볼 수 있겠다. 이 분은 이 날 말고도 여러 차례 마곡사를 가게 되는데, 그것은 산의 모습이 아름답지 않다고 한 것이 결코 부정적 뜻이 아니었음을 말한다 하겠다.

3) 西穴寺(1603.5.22.)

조상우가 또 와서 배우기를 청함으로 그 뜻이 가상하여 함께 서혈사에 가 논어를 가르치고 또한 시국의 일을 논하기도 하고 시를 짓기도 했다.

(趙相禹又來請學其誠意可尙遂與同往西穴寺授論語且時論詩韻)

이 글의 내용으로 볼 때 서혈사라는 절은 당시까지 사찰로서의 기능을 하며 존재했었음을 알 수 있고, 선비들이 절을 찾아가 공부하고 시를 짓던 생활을 했던 것도 알 수 있다. 물론, 절을 찾고 안 찾고는 개인적인 신앙심과도 관련되겠으나, 抑佛崇儒가 기본 정책이었던 당시의 풍조로 볼 때, 이 일기를 기록한 분은 불교에 관해 우호적인 입장을 가지고 있었는지도 모르겠다. 그것은 계룡산을 찾아 禪房에 머물렀다는 기록이나(1602년10월 6일), 마곡사에 가 嘯詠足洗했다는 기록(1603년 2월 30일, 3월 1일) 등을 볼 때 더욱 분명해진다고 하겠다.

4) 北門樓, 雙樹亭(1603.9.6.)

순상께서 나를 부르셔서 산성에 가 구경을 했는데, 북문루가 새로 건립된 까닭이다. 송 통천과 지 찰방, 유 비안이 함께 했다. 날이 저물 때까지 반자4)와 함께 두루두루 구경하고, 쌍수정에서 朝報5)를 보았

---

4) 지방 관리의 명칭
5) 朝報는 오늘날의 신문 같은 것으로 조정의 소식이나 관리들의 인사 발령 같은

는데 북쪽의 적이 물러갔다니 가히 위안이 되었다.

　　(巡相邀我往觀山城以北門樓新立故也宋通川池察訪柳比安同之日暮歷
　　見半刺於雙樹亭見朝報北敵退去可慰)

　이 북문루는 현재의 어디에 있는 것인지 정확히 알 수는 없으나, 산성공원 내의 南門인 현재의 진남루와 견주어 생각해 볼 때 지금의 공북루가 그것이 아닐까 한다. 공북루는 뱃길로 금강을 건너 공주로 들어 올 때 그 길목에 해당하며, 산성의 門樓 위치나 지형을 고려할 때 그럴 가능성은 매우 크다고 보여진다. 또한 공북루는 남문루가 진남루이듯이 북문루의 별칭일 수도 있다.6) 공북루는 다 알다시피 그 때 처음 건립된 것은 아니다. 아마도, 건물이 낡았었거나 또 다른 이유로 새로 건립하게 된 것이 아닌가 한다. 9월 6일의 다른 史料를 참고하면 그 실상이 밝혀지리라 생각된다.

　쌍수정은 공주 사람 누구나 잘 알고 있는 산성 내에 있는 정자다. 이 정자에 대해 우리 대부분이 기억하고 있는 것은 인조대왕이 이괄의 난을 피해 이 곳 공주로 몽진했을 때, 이곳에 올라 서울 쪽을 바라보며 난의 평정 소식을 기다렸다는 것과, 드디어 난이 평정되었다는 기쁜 소식을 듣고 너무 감격하여 자신이 기대고 서서 기다리던 나무 두 그루에 벼슬을 내렸다는 이야기다. 그것을 기념하여 지은 정자가 쌍수정이라는 것이다.7) 그러나 이 일기가 기록된 시기(1603.9.6.)와 이괄의 난과(1624년, 인조 2년)는 상당한 시간적 거리가 있다. 우리가

것을 기록하여 지방의 관청에서도 중앙 정부의 정보를 알게 하는 발간물임
6) 1799년도에 나온 公山誌 卷二 27面의 樓亭 條項에 보면 "望北樓;城 北門樓"라 되어 있고, "拱北樓;雙樹山城 北門樓"라 되어 있다.
7) 안승주, '공산성내의 유적', "백제문화" 11집(백제문화연구소, 1978) pp.27-31 최석원·이철원, '인조의 공주 파천과 향토사료', "웅진문화" 2·3합집(공주향토문화연구회, 1990) pp.39-40

알고 있는 이괄의 난과 연관된 쌍수정 건립이 사실이라면 이 일기의 내용은 믿을 수 없는 게 되어 버린다. 그러나, 여러 모로 볼 때, 이 일기는 조작이나 僞作일 가능성은 거의 없다. 그렇다면, 두 가지의 추리가 가능해진다. 하나는 인조가 파천을 해 오기 이전부터 이곳에 쌍수정이라는 정자가 있었을 가능성이고, 또 하나는 인조와 연관된 史蹟으로서의 가치를 강조하다가 보니 전부터 있었던 寒微한 정자의 이름이 이를 계기로 널리 알려지게 되었을 가능성이다. 금강과 정안 벌판을 조망할 수 있는 경관이 수려한 이 곳에 인조 播遷 때까지 아무런 흔적도 없이 나무 두 그루만 덜렁 서 있었다고 하는 것은 믿기가 어렵다.8) 분명히 이 곳에는 정자 아니면, 무슨 조망대라도 있었음에 틀림없다. 또한 인조를 모시는 사람들이 임금님을 그저 밋밋한 산등성이에 그대로 서 계시게 했을 리도 없다. 적어도 임금이 가서 기다리며 시간을 보내려면 그곳에는 정자가 있거나, 쉼터 같은 것이 존재하는 게 상식적인 일이 아니겠는가. 벼슬을 내릴 만한 거목 두 그루라면 풍부한 그늘과 여유로운 쉼터를 제공해 주기에 부족함이 없었을 것이다. 이러한 나무 이름을 딴 정자가 인조 이전부터 있었을 가능성은 충분히 있다. 인조 임금이 그런 정자에 가서 소식을 기다렸다고 보는 것이 이치에도 맞는 일이다. 다만, 쌍수정이 유독 인조 임금과 관련하여 건립되었다는 傳言은 임금과 관련된 유적으로서의 의미를 지나치게 강조하는 과정에서 형성된 것이 아닐까 추측해 본다.

5) 翠屏樓(1604.5.18.)

함께 취병루에 올랐는데 주인이 술을 마련하고 또 노루고기 안주를

---

8) 윤여헌 교수의 글에 보면, 금강변의 경치 좋은 곳에는 곳곳에 오랜 옛날부터 정자가 지어져 많은 시인묵객들이 풍류를 즐겼다고 한다.
　　윤여헌, '公州 錦江 八亭', "熊津文化" 창간호(공주향토문화연구회, 1988) 참조

갖추어서 종일 이야기하고 헤어지다
　　(共登翠屏樓主人設酒又辦家獐終日談話而罷)

취병루라는 정자는 지금 흔적도 없이 사라졌으니, 어느 곳에 위치
했던 것인지 알 수가 없다. 舊公山誌에도 이 정자에 대해서는 언급이
없다. 선비들이 풍류를 즐기던 곳이니, 아마도 평지보다는 높은 곳에
전망대처럼 있었지 않을까 추측된다.

6) 곰나루 祈雨祭(1604.6.1.)

순찰사께서 장차 곰나루에서 비 내리기를 빌고자 하니, 여러 수령
(지방 관리)이 다 집사로서 와 모였는데, 대개 본 도의 가뭄 재해 상
황을 (조정에) 보고하니 조정으로부터 (기우제용의) 향과 초를 내려보
냈기 때문이다.
　　(巡使明將禱雨于熊津諸守令俱以執事來會蓋因本道旱災狀啓自朝廷下
　　送香燭故也)

오늘날처럼 수리 시설이 갖추어지지 않았던 옛날에는 가뭄이나 홍
수 등 자연 재해가 국민 생활에 엄청난 피해를 주었을 것임을 쉽게
짐작해 볼 수 있다. 그래서, 큰 가뭄이 들면 지도자는 본인의 부덕함
을 반성하고, 죄수를 석방하는 등의 善治를 베풀어 하늘의 노여움을
풀려고 했던 것이다. 또한 미신 행위로서가 아니라 통치 행위의 일환
으로서 가뭄이 들 때 기우제를 지내 왔던 것이다. 위로는 임금으로부
터 아래로 지방 관리에 이르기까지 가뭄 때 기우제를 지내는 것은 그
들의 주요 임무였다. 농업의 비중이 아주 높았던 그 시절로서는 당연
한 일이었을 것이고, 유교에서 말하는 '하늘의 뜻'을 따르는 일이기도
했을 것이다. 공주는 당시 행정 중심지였기 때문에 도내의 여러 수령

들이 모두 모여 경건한 마음으로 비가 내리기를 비는 기우제가 수행되었을 것이고, 그 장소로서는 국가적 제사처였던 곰나루가 제격이었을 것이며, 조정에서 향과 초를 보낸 것은 임금 이하 모든 조정 대신의 정성이 이 기우제에 보내지고 있음을 상징적으로 보여 주는 일이라고 할 수 있을 것이다.

7) 披香堂(1604.7.27.)

중국 장수가 부산에 가서 귤지에게 적의 정세를 묻고(듣고), 바로 호남으로 길을 취하여 어제 본 고을에 들어 왔는데, 순찰사께서 피향당에 중국 장수를 위한 연회를 베풀고 여러 놀이를 갖추어 벌였다고 한다.

> (唐將往釜山問賊情于橘智正取路湖南昨日入州巡使宴唐將披香堂衆戱
> 俱陳云)

중국 장수는 아마도 정유재란 이후 주둔하고 있던 중국의 장수를 말하는 것 같으며, 적은 물론 왜적을 지칭하는 것일 게다. 따라서 우리 정부로서는 그 중국 장수들을 융숭히 대접하지 않을 수 없었을 것이며, 지방 관청의 책임자인 순찰사로서는 본인의 관할 구역에 들어온 그를 위해 잔치를 베풀어주는 것이 도리였을 것이다. 그 잔치를 베풀어 준 곳이 피향당인데, 구공산지의 앞에 실린 지도를 보면 이 피향당은 포정사 앞쪽으로 좀 떨어진 곳, 본관과 동헌의 뒤쪽에 위치해 있다. 동헌이 현재의 의료원 근처에 있었다면 이 피향당은 의료원에서 영명학교로 올라가는 부근에 있었던 것으로 추정된다. '唐將'이라고 하여 '唐'자를 쓴 것은 그것이 중국을 지칭하는 보편적 글자인데다 당시 중국의 국호 글자를 쓰지 않으려는(천자의 나라니까) 의도가들어 있는 것 같다.

8) 곰나루의 軍兵 査閱(1604.9.9.)

순찰사께서 도내의 군병을 다 모아 곰나루 위에서 사열을 하신다
하여 (각 지역의) 兵使들이 군사를 영솔하여 오고, 각 읍 수령들도 많
이 와서 37, 8명에다 軍丁이 총 만여 명이나 되었다. 이른 새벽에 먼
저 가서 石倅9) 이외지가 집사가 되어 제를 올리고, 닭이 울 때쯤 진
을 친 곳으로 돌아갔다. 오후에 장응시와 더불어 산에 올라가 멀리
진 치고 연습하는 절차를 바라보았다. 비록 이르기를 한 도의 군사가
다 모였다고 하나 원래의 수가 붇지를 않았고, 앉고 일어서고 나아가
고 물러나는 절차가 또한 많이 착오가 나니 이를 들어 한 나라의 군
병이 가히 (정도에서) 어긋남을 알겠다. 사변이 일어난다면 그 어찌
적을 막을 수 있겠는가.

(巡使大會一道軍兵試閱于熊津渡上兵使亦領軍至各邑守令多至三十七
八員軍丁摠萬餘曉頭先行祭石倅李畏之以執事鷄鳴初赴陣所午後與張應
時登山望見習陣節次雖曰合道俱會元數不敷坐作進退之節亦多齟齬擧此
以一國軍兵可知脫有事變其何以抵敵乎)

공주는 충청도의 행정 중심지였을 뿐 아니라 제도상 군사 중심지이
기도 했다. 당시는 왜적의 침략으로 인해 격심한 전란을 겪고 난 직
후이기도 했다. 따라서 지방 관리들은 군사들의 조련과 유지에 각별
히 신경을 쓰지 않을 수 없었을 것이다. 그런데, 당시의 군사 제도는
오늘날처럼 부대를 이루어 한 곳에 주둔하는 것이 아니라 각 지역에
분산되어 지방 관리들의 책임 아래 소속되어 있었기 때문에 대규모로

---

9) 이는 지명에 '石' 자가 들어가는 곳(아마도 石城이 아닐까 한다)의 관리를 말
하는 것 같다. 이 일기에는 이곳 말고도 '石城倅 아무개'라는 말이 여러 번 나
온다.

모여 훈련하는 기회는 별로 없었던 것으로 볼 수 있다. 순찰사는 한 도의 책임자이기 때문에 아마도 전 도내의 군사를 모아 戰力을 점검하고 훈련하는 사열식을 했던 모양이다. 이 일기를 기록한 분은 왜란 당시 의병을 모아 속리산과 영남 일대에서 맹활약을 했던 분이다. 그 분의 눈으로 보았을 때 군사들의 기초 훈련인 습진 절차, 좌작진퇴 같은 것이 절도가 없어 보여 만여 명이나 되는 군사가 모여 훈련하는 광경이 매우 불만스러웠던 모양이다. 이는 나라를 걱정하는 선비의 마음이 나타난 것이라고 보여진다. 또한 우리는 이 대목에서 곰나루 일대가 군대 사열장으로 쓰였다는 사실, 전 도의 군사가 모여 훈련하고 사열하는 제도가 있었다는 사실 등을 알 수 있어 이 방면의 연구에 일조를 할 수 있는 자료라고 여겨진다. 이 곰나루 군병 사열식은 1606년 10월 11일에도 만여 명이 모여 대규모로 실시되어서 구경하였다는 기록이 있다. 아마도 2년(혹은 1년인지도)마다 한번씩 시행된 것이 아닌가 한다.

9) 신도안 기행(1604.9.28-29.)

의중이 회덕을 향해 출발하여 나도 또한 따라가 공암의 강 위에서 이별을 하고, 인하여 반자와 더불어 함께 산을 찾아가서 밀항현을 넘어 신도에 이르니 지금도 (예전의) 도랑과 섬돌이 오히려 남아 있다. 조선 초에 장차 도읍을 옮기고자 하여 임금이 탄 수레가 남쪽으로 순행할 때 점을 쳐서 그 터를 얻고 공사를 시작했었으니 이것은 그 옛 자취이다. 지리책에 이르기를 조운 길이 멀어 이를 중단했다 하나 아마도 사실이 아닐 것이다.[10]

---

10) 이 한 행은 小註로 처리되어 본문 한 줄의 너비에 두 줄의 작은 글씨로 쓰여 져 있다.

(義重發向懷德余亦追及孔巖敍別於江上因與半刺同作尋山行蹤密項峴
入新都至今溝渠石砌猶存國初將欲移都車駕南巡卜得基址肇興工役此其
古迹地誌稱以漕運路遠而罷之云恐非實也)

(중략) 신도 옛터에 셋이 함께 시내 위에 앉아 오랫동안 이야기하
다. 깊은 못(웅덩이)의 물이 빙빙 돌고 있는데 그 못의 생김새가 또한
심히 기괴하다. 양쪽 산의 높고 깊은 사이로 작은 시내가 있고, 그 시
내의 가운데 물이 흐르는 속에 큰 바위가 있어 그 모습이 마치 거북
과 같은데, 그 넓이가 가히 수십 장이나 되고 깊이는 또한 밑이 없다
(매우 깊다). 물이 아래로 흘러내리는 것이 검푸르고 검으며 (대단히
깊은) 못을 이룬다. 양쪽 언덕은 경사가 급하고 미끄러워 가히 발을
붙이기 어렵다. 우러러 바라볼 뿐 가히 가까이 할 수 없다. 민간 사람
들 사이에 이르기를 (여기에는) 항상 용이 있어 구름 기운을 타고 들
고 나는데 날씨가 가물어 비오기를 빌면 금방 응답이 있다 한다. 물
건을 못 가운데로 던져 넣으면 다음날 이를 모두 도로 내놓았다 하는
데, 지금은 그렇지 않다고들 하나 신비한 물건이 또한 반드시 옮겨갈
리가 있겠는가.(하략)

(新都舊基三人共坐溪上良久敍話旋向潛淵淵之形勢亦甚奇怪兩山谺呀
小溪中注中有大石狀如龜廣可數十丈深亦無底水之流下者黝黑成潭層厓
傾滑實難著足可俯視而不可近也俗云以物投之潭心翌日皆出石上今則不
然神物亦必移去云)

신도안은 다 알다시피 조선 초에 새로운 도읍지로 선정되어 공사가
시작되었다가 중단된 곳이다. 정감록과 연관된 민간 신앙의 메카로서
한 때 수많은 신흥 종교의 본산지가 되었었지만, 지금은 국방의 핵심
지구로 바뀌어 민간인의 출입이 자유롭지 못한 곳이 되어 버렸다. 최
근 군사 기지로 바뀌기 이전까지도 통수로와 주춧돌이 남아 있었던

사실로 미루어 볼 때, 이 일기가 기록될 당시에는 더 선명하고 확실한 유적이 남아 있었을 것이다. 왜 공사가 중단되었는가에 대하여는 여러 가지 설이 있으나, 그 중의 하나인 漕運路가 멀다는 것을 들고 그것이 사실이 아닐 것이라고 평한 것은, 이 일기를 기록한 분의 또 다른 생각을 담고 있는 것으로 보이는데, 그것이 무엇인지는 분명히 밝혀져 있지 않아 아쉽다. 이 기록을 통해 우리는 당시 회덕을 갈 때 공암에서 배를 타고 갔다는 사실, 공암 쪽에서 신도안으로 넘어가는 고개 이름이 密項峴(우리 순수한 말로는 무엇이라 했을지 궁금하나 국어학적 지식을 동원하면 어렵지 않게 해결될 수 있을 것이다)이었다는 사실 등을 알 수 있다. 이 기록 뒤에는 鳳林洞으로 들어가서, 獅子庵 앞까지 말을 타고 가 거기서 묵었다는 내용이 이어지고 있으나 친분 있는 사람들과의 개인적 교류이므로 생략했다. 다음날은 시냇가에서 셋이 앉아 풍류를 즐기는 장면이 이어지는데, 그곳의 깊은 못과 그에 대한 속설을 기록하고 있어서 매우 흥미롭다. 용이 살고 있어 구름 기운을 타고 출입한다거나, 가뭄 때 비를 빌면 곧 응답이 있어 비가 내린다는 것, 그리고 신령한 용이기 때문에 물건을 던져 넣으면 다음날 모두 뱉어 낸다는 것은 전설적인 내용으로 최근까지 전해져 내려오는 내용인 바11), 그 당시에도 그런 속설이 있었다니 자못 흥미로울 뿐 아니라 이 방면 연구자들에게도 좋은 자료가 될 듯하다. 이 뒷부분은 신도안에서 고개를 넘어 신원사로 오는 내용이 이어지고 있다.

---

11) 이에 대해서는 강귀수 교수의 '계룡산지역 학술답사 보고서', "國學論考"(호서문화사, 1989)와, 조재훈 교수의 '계룡산의 전설', "鷄龍山誌"(충청남도, 1995)를 참조하기 바람

10) 정지방 옛터(1605.1.22)

반자가 불러 정지방 옛터에서 만났는데, 여기에 전에는 작은 절이 있었으나 정유년 병화에 없어졌다고 한다. 경치가 좋기로는 금강의 위 아래에서 여기가 으뜸이다.

(半刺邀會於亭止房故基舊有小刹而廢於丁酉兵火景象之勝甲於錦江上下)

정지방은 제민천이 금강과 만나는 곳 주변이다. 금강 아래에서 올라 온 배가 멈추는 곳이라 하여 '艇止房'이라 한다는 말도 있으나 여기에서는 '亭止房'이라 쓰고 있어 흥미롭다. 여기에 절이 있었다는 기록은 아주 새로운 사실이다. 더구나 그 절이 정유년 전쟁 때까지 온존했었다는 것은 이 기록 당시보다 불과 8년 전의 일이므로 그 신빙성을 더욱 높여준다고 하겠다. 다만 그 이후의 공주 관련 기록에 이런 언급이 전혀 없는 것으로 보아 이 절은 매우 작은 규모의 것이었을 가능성이 많다. 그러나, 우리는 여기에서 정지방에 사찰이 있었다는 중요한 단서를 얻을 수 있어서 여러 가지로 의미 깊은 자료라 하겠다. 한편, 이 사찰의 위치와 명칭에 대해 향토사학자 윤여헌 선생은 다음과 같이 증언하고 있다. 이 절의 명칭은 정지사이며, 현재 곰나루 문화관광단지 내에 복원 건립되어 있는 선화당 건물 뒤쪽의 마을 앞에 우물이 하나 있는데(현재는 사용하지 않고 있으나 얼마 전까지 마을의 공동 우물로 이용되었음), 이 우물의 빨랫돌로 사용하기 위해 옮겨다 놓은 돌이 바로 정지사 터에서 옮겨온 礎石이라는 것이다. 일제 시대에는 일본 사람들이 이곳에 神祠를 짓기 위해 터를 닦기도 했었는데, 일부 남아 있던 정지사터의 지표면 유적은 그때 대부분 소실되었을 것으로 짐작된다는 것이다.

11) 금강 뱃놀이(1605.3.28.)

통판12)이 뱃놀이를 하자고 나를 비롯하여 차복원, 이승원, 이승형을 불러 공북루 아래에서 (배를 타고) 노를 놓고 곰나루까지 이르러 끝내다. 모두와 더불어 시내 위의 집13)으로 와 날이 저물어서야 헤어지다.

　　　　(通判作船遊邀余及車復元李承元李承亨諸人自拱北樓下放棹至熊津而
　　罷因與偕至溪堂盡日而散)

금강에서 뱃놀이를 할 때 공북루 아래에서 배를 타고 곰나루까지 가는 코스가 이 당시에는 보통이었던 모양이다. 앞의 정지방 옛터에서도 쓴 것처럼 여기는 금강 상하류에서 경치가 가장 아름다운 곳이니만큼, 뱃놀이의 장소로서도 으뜸이었을 것이다. 물의 흐름에 배를 맡기고 노를 놓아 버린 상태에서 주변의 경관을 완상하며 천천히 내려가는 것은 정말 풍류다운 놀이라 하겠다.

12) 갑사 기행(1605.4.5.)

이해와 더불어 갑사에 갔다. 김지화와 일찍이 함께 구경하자는 약

---

12) 벼슬 이름. 도호부의 판관
13) 1605년 2월 7일 일기에 보면 '시내 위에 초가가 이루어지고 또 앞 연못을 파기 시작하다(溪上草舍成且鑿開前池)'라고 되어 있는데, 이 초가는 유생들의 공부할 수 있는 장소를 만들어 주기 위해 고을 사람들과 통판이 지어 준 것이다.(州人及通判爲我構草屋三間於溪上東岸將爲儒生輩受學之所地甚幽僻) 이 기록을 보면 그 장소가 시내 위의 동쪽 언덕이고 땅이 매우 외지고 편벽되다고 했는데, 지금 어디쯤인지는 분명치 않다. 시내 동쪽 언덕이라면 시내가 남북으로 흘러야 하는데 그렇다면 제민천이나, 대추골 혹은 수원골의 냇물을 가르키는 것인지 모르겠다. 외지고 편벽된 곳이라면 혹 현재의 금학동이나 옥룡동의 어디쯤인지도 모르겠다. '溪堂'이라면 바로 이 초옥을 가르키는 것일 가능성이 많다.

속이 있었으나 날이 저물도록 그는 오지 않았다. 절은 극히 쇠잔하고
피폐했으며 또한 심히 더럽고 거칠고 무너진 것이 많아 아름다운 풍
치는 없다. (중략) 절 건물은 병화 후에 새로 지어 단청이 빛나고, 늙
은 느티나무는 계단 곁에 서 있어 맑은 그늘이 땅에 가득하다. 흩어
져 앉아 이야기를 하노라니 옷깃의 티끌이 맑은 바람에 날아가 자못
즐겁기만 하다.

　　　(與李楷往岬寺金志和曾有同賞之約而日暮不至寺極殘弊且甚陋靐頓無
　　佳致14) (중략) 寺宇兵火後重創丹靑煥然老槐當階淸陰滿地散坐談論塵
　　襟自爽殊可樂也)

　갑사의 '갑'을 '岬'으로 표기한 것이 특이하다. 갑사는 다 알다시피
임진왜란 때 승병장으로 활동한 영규 스님이 계시던 곳이다. 이런 사
실이 정유재란 때에 이 절의 철저한 파괴로 이어졌을지도 모른다. 전
란 후 8년여의 기간은 복구 기간으로서 긴 시간이 아니다. 따라서 절
이 피폐하고 쇠락했을 것임은 어렵지 않게 짐작해 볼 수 있다. 다만,
절의 주요 기능을 담당하는 건물은 임시로라도 먼저 지어졌을 것이
고, 거기에 새로 칠해진 단청이 주변 환경과 어울리지 않게 빛났을
것도 쉽게 짐작할 수 있다. 오늘날도 갑사의 명물로 통하는 늙은 느
티나무는 당시에도 넉넉한 그늘을 드리웠을 것이고, 그 그늘 아래 앉
아 초여름의 더위를 피해 담론하노라면 속세의 찌든 때는 상쾌한 바
람에 모조리 날아가 버릴 것이다. 우리는 여기에서 갑사의 중창 사실
을 그 정확한 연대와 함께 알 수 있고, 당시의 절의 상태가 어떤 정도
였는가도 알아 볼 수 있는 자료를 얻을 수 있다.

_____

14) 小註로 되어 있음

13) 수원사(1605.5.9.)

조상우, 맹세형이 공부하러 수원사에 올라가나.
　　(趙相禹孟世衡受學上水源寺)

수원사는 현재의 옥룡동 수원골의 월성산 아래 있던 절이다. 삼국유사에도 그 절 이름이 나오는 유서 깊은 절이었으나 어느 땐가 없어져 지금은 그 자취조차 희미하다. 이 기록을 보면 이 당시까지도 분명히 이 절이 존재했었음을 알 수 있다. 또, 몇 곳에 '水寺'란 기록이 나오는 바 그것이 이 수원사를 가르키는 것이 아닌지 모르겠다. 그 기록들은 모두 가르치고 배우는 것과 관련이 있다. 이 기록이 혹 이 절의 연구에 도움이 될 수 있는 자료가 될 수도 있을 것 같다.

14) 蓮池(1605.7.14.)

밤에 복원과 더불어 달빛을 받으며 가서 연지를 구경했다.
　　(夜與復元乘月往賞蓮池)

한여름밤 달이 만월에 가까운 열나흗날, 그 흐드러진 달빛을 받고 피어있는 연꽃은 가히 仙境이라 할 만할 것이다. 다만, 아쉬운 것은 그 蓮池가 어느 곳에 있었던 것인지 알 수가 없다는 것이다. 그렇기는 하나 이 古都에 달밤에 구경할 수 있는 연꽃이 활짝 핀 연못이 있었다는 사실은 우리 조상들의 멋과 풍류를 짐작하기에 충분하고도 남음이 있다. 일설에 의하면 현재 중등초등학교가 있는 곳에 예전에 연못이 있었다고 한다.15)

---

15) 이 증언은 오랜 동안 공주의 향토문화 연구에 진력하신 윤여헌 교수가 해 준 것이다.

15) 향교 移轉 터 닦기(1605.10.10)

본 고을의 향교 옛 터전(또는 건물)이 기울어져 위험하여 새로 짓지 않을 수 없게 되었다. 전의 향교 서쪽 고개에 땅을 고른 후에 날을 가려 터 닦기를 한다고 고을 유생들이 다 모여 나를 불러, 와서 보라하기에 복원과 더불어 함께 가서 날이 저물어서야 돌아오다.

　　(本州鄕校舊基傾危不合再建卜地於前校西嶺後擇日開址州儒俱會邀余
　　來觀與復元同往日暮而還)

향교의 옛 건물 또는 그 터가 기울어져 쓰러질 위험이 있어 옮겨짓지 않을 수 없어서 먼저 있던 향교의 서쪽 고개 위에 터를 잡아 그터 닦기 공사를 시작하였다는 내용이다. 물론, 향교측에도 향교의 이전 기록 문서가 남아 있을 것이나, 이런 기록을 통해 우리 고을의 향교 이전 등에 관한 정확한 날짜와 이유를 알 수 있어 중요한 자료라고 생각된다.

16) 금강루(1605.11.16.)

순찰사께서 또 오셔서 임하셨는데 고향친구들이 떠나는 것을 보시기 위함이었다. 오랫동안 이별을 나누셨다. 나도 여러 친구들과 같이가서 금강루에서 술잔을 나누고 서로 이별하였다.

　　(巡使又來臨爲見商友之行也良久敍別吾與諸友同往錦江樓酌酒相別)

금강루는 금강 북쪽에 있다고 되어 있는데16) 현재 어디인지는 알수가 없다. 다만, 그 이름이나 이별하는 사람들이 술잔을 나누었다고하는 것으로 보아 (사람들이 배를 타고 떠날 가능성이 많으므로) 금

---

16) '錦江樓 在錦北 有鄭道傳朴醉琴軒李承召詩', "舊公山誌" 권2 27면

강변의 나루터 어디쯤일 것 같다. 지금의 공주대교 근처나 그 위아래 어디쯤이지 않을까 추측해 본다.

17) 남산사(1605.11.27.)

이승형이 술과 두부를 가지고 와서 나와 복원을 불러 남산사에 모여 이야기하다. 절은 주미산 허리에 있는데 난리 후에 새로 지은 것으로 초가집 수 칸에 지나지 않으나 뒤에 굴이 있어 자못 기이하다. 옛날에는 스님이 다만 몇 명만 거처했다 한다.(하략)

　　(李承亨持酒造泡邀余及復元會話南山寺寺在舟尾山腰亂後新創草屋不
　　過數間後有窟頗奇古居僧只數箇17))

남산사라는 절은 지금 그 흔적은 물론 이름조차 알려지지 않은 절이다. 주미산 중턱에 있었고, 뒤에는 굴까지 있었던 절이었으나 어떤 연유에선지 사라지고 만 절이 되었다. 임진(또는 정유)왜란 후에 지어진 새로운 절로서 초가 수칸의 소규모 사찰이었으니 후대에까지 전해지기는 어려웠을지도 모른다. 그러나, 과거에 스님 몇이 거처하던 자리였다고 했으니, 이 절이 당시에 아무 것도 없었던 자리에 처음 지어진 것은 아니었던 것 같고, 난리에 불탔던 것을 새로 지은 것인 듯하다. 이런 자료를 통해 우리 지역의 사찰 연구에 일조가 될 수도 있을 것이다. 한편, 현재의 南穴寺라는 절을 공주 사람들이 항용 남산절이라고 불렀다는 증언18)도 있는데, 이에 의하면 남산사는 바로 남혈사이며, 지금 금학동의 수원지 근방에 위치하고 있는 절이 바로 이것을 가리킨다.

----

17) 小註로 처리되어 있음
18) 윤여헌 교수의 증언임

3. 맺 는 말

지금까지 "公山日記" 가운데 공주와 관련된 유적, 유물, 건물, 당시의 생활상을 알 수 있는 자료를 골라 해석하고 약간씩의 설명을 덧붙여 보았다. 워낙 많은 내용 가운데서 고르다 보니 중요한 것이 누락되었을 가능성도 없지 않다. 그러나 중복되어 나오는 자료는 내용이 조금씩 다르더라도 배제하였다. 설명에 있어서는 이 분야에 지식이 모자라 소략하고 부정확하게 될 수밖에 없었음을 아쉽게 생각한다. 또한 한문 지식이 짧아서 해석에 誤譯이 있을 가능성이 많아 두렵다.

이런 자료를 통해 우리는 약 400여전의 우리 고장이 어떤 모습이었고 지금 어떻게 바뀌어 있는가를 아는데 얼마간의 도움은 되리라 생각한다. 또한 관련 있는 분야의 연구를 하는 데에도 혹 도움이 될 수 있을지 모르겠다.

앞으로 혹시 우리 고장의 옛 모습을 복원하고 보존하는 계획을 세우는 기회가 있을 때 이런 자료가 얼마간의 역할을 수행할 수 있으리라 기대하는 바이다.

제 3 장 자연 재해와 기상 이변

1. 緒　言

　이 장에서는 일기의 기록 가운데 당시의 이상한 기상 상태, 괴이한
소문, 비정상적인 자연현상 등에 관한 기록을 선별하여 소개하고자
한다. 오늘날의 관점에서 보았을 때, 그것들은 비과학적이고 합리적이
지 못한 면이 있는 게 사실이다. 그러나, 당시의 과학적 인식 수준을
짐작해 볼 때, 이는 아마도 진실로 믿고 기록한 것이 틀림없을 것이
다. 특히, 당시 정부 차원의 공적인 문서라고 할 수 있는 朝報의 기록
을 옮겨 적은 것이 많은 부분을 차지하고 있는 점을 생각해 보면, 그
점은 더욱 명백해진다 할 수 있다. 또한, 이런 기록은 단순히 기록자
의 괴이한 성격이나 취미에서 기인한 것이 아님을 주목할 필요가 있
다. 그보다는 오히려 자연 현상에 대한 외경심이나, 나라에 대한 근심
과 걱정을 담은 것이라고 보는 것이 더 타당할 것 같기도 하다.
　글의 체제는, 먼저 원문을 우리말로 번역하여 앞에 싣고, 관심 있는
분을 위하여 해당 원문을 바로 뒤에 덧붙이는 식으로 하도록 하겠다.

원문은 띄어쓰기가 되어 있지 않으나 편의를 위해 띄어쓰기를 해 놓았다. 번역은 직역을 위주로 하되, 이해를 돕기 위해 괄호를 사용하여 의미를 보충하기도 했다. 또 어렵거나 잘 쓰이지 않는 용어에 대해서는 각주를 이용하여 설명을 덧붙였다.

2. 本 文

1. 4일에 함경감사의 장계를 얻어 보게 되었다. 북청·홍원·함흥 등지의 바닷물이 붉어져서 고기잡이 배 가운데까지 들어온다고 하는데, 그 붉은 색은 사람의 옷에까지 비친다고 한다. 바다와 산에 비치는 태양 빛도 모두 붉다고 한다. 그것은 북쪽에서 시작되어 점차 옮겨져서 남쪽까지 이르렀는데, 이번 8일에는 그 색이 말의 피와 같고, 그 모양이 물에 떠 있는 침(타액)과 같아서, 극히 작은 두꺼비의 알이 물 위에 떠 있는 것과 흡사하고, 또 쌀가루가 불빛에 비치고 있는 모양과도 같다고 한다. 그 물을 떠서 끓여도 붉은 색은 변하지 않았으며, 그 알과도 같고, 가루와도 같으며, 침과도 같은 것은 또한 익혀지지도 않았다고 한다. 경성 이남의 바닷물이 다 이와 같다고 한다. 이와 같은 일은 가까운 과거에는 없었던 변괴인데, 끝내 무슨 조짐이 될 것인지 알 수가 없다. 작년 말에는 용주산 돌이 움직이는 일이 있었고, 봄에 와서는 풍천·과천·재령 등지에서 또한 돌이 움직이는 일이 있었다. 지진이나 우레는 곳곳에서 당대의 일에 경계로서 보여지는 일이 있는데, (이번 일은) 극히 우려스럽다.

四日得見咸鏡監司狀啓 北靑洪原咸興等境海赤 漁舟入于其中則 赤色映於人衣 日光照之海山皆赤 始於北方漸移而南至 今八日其色如馬血

其形如浮涎 恰似極細蝦卵和水之狀 又似米粉和火之狀 取其水沸湯 赤
色不變 其似卵似粉似涎之狀 亦不熟化 鏡城以南海水 皆如此云 此是近
古所無之變 未知終有何祥也 歲前 龍周山移石 春來豊川果川載寧等地
亦有移石之事 地震雷震在在警時事 極可慮 (1603.3.2.)

2. 통천 등 여러 곳의 바닷물이 붉고 흐려져서, 평해에 이르기까지
다 그러하다고 한다. 대개 (그런 현상은) 북에서부터 남으로 옮겨온
것이다.

通川等處海水赤濁 至平海皆然云 蓋自北移南也(1603.3.19)

들으니 통천 아래 여러 고을의 바닷물이 간간이 붉은 색을 띤다고 한
다. 26일 이후에는 붉은 색이 바다를 두루 덮어서 그 기운이 혼탁해
졌는데, 고깃배가 그 혼탁함을 만나면 앞으로 나가기 위해 노를 젓는
데 장애를 받을 정도라고 한다. 이와 같은 일은 전에는 보지 못하던
것인데, 바다 깊은 곳은 붉기가 피와 같고, 가까운 바다는 그 붉기가
조금 엷기는 하나 그것을 취하여 물을 들이면 담홍과 같다고 한다.

聞通川以下諸邑海水 間間赤色 二十六日以後 赤色遍海 水氣混濁 漁
舟遇濁 行似有碍棹之不利 前所未見 中洋深赤如血 近邊其赤微淡 取而
染色 如淡紅云 (1603.3.24.)

3. 27일에 들으니, 강원도 양양부의 낙산사에 두 돌이 있는데, 바다
가운데로부터 나와서 의장대 아래에 가로누운 것이라고 한다. (그곳
은) 스님들이 미역을 따는 곳으로, 바닷가에는 원래 쌓인 돌이 많아
혹 푸른 빛이기도 하고 혹은 검은 빛이기도 한데, 해초류가 젖어 들
어 그 두 돌에 닿으니 흰 가루를 바른 것같이 그 색이 아주 다르게

되었다고 한다. 춘천 동면에서는 암꿩이 변해서 수꿩이 되었다고 하
니 변괴가 보통이 아니라고 할 수 있겠다.

> 二十七日聞 江原道襄陽府洛山寺 有二石 自海中出來 橫臥于義將臺
> 下僧人採藿之處 海邊元多積石 或蒼或黑 苔蘚浸沒而二石則 如塗白粉
> 其色懸殊 春川東面雌雉變爲雄雉 變異非常云(1603.3.27.)

4. 19일에 들으니 서천군 남쪽 5리쯤 되는 곳에 큰 돌이 있는데, 여
덟 아홉 자쯤을 옮겨 앉았다고 한다. (그 돌이) 지나간 땅은 여러 치
(촌)가 꺼져 들어갔다고 하는데, 그 무게는 비록 7,8십 사람이라 하더
라도 굴려 움직일 수가 없을 정도라고 한다.

> 十九日聞 舒川郡南五里許 有大石 移坐八九尺許 經過之地 陷入數寸
> 其重雖七八十人 不能輾動云(1603.4.19.)

5. 1일에 들으니 연기군에서도 또 돌이 옮겨지는 일이 있었다고 한
다.

> 一日聞 燕岐郡又有移石之事(1603.5.1.)

6. 4일에 들으니 평안도 정주 남쪽 바다 가운데 달도라는 섬이 있
는데, 거기에 높이가 한 길이 넘는 돌이 있다고 한다. (그런데 이 돌
은) 지난 2월 북쪽으로부터 남쪽으로 옮겨온 것이라고 한다. 양쪽 사
이는 서로 떨어진 것이 수백여 자나 된다고 하는데, 돌 뿌리가 위를
향하여 거꾸로 서 있다고 한다. 또한 강원도 홍천현의 앞 시내인 계
암 여울 가운데 있는 돌은 물 남쪽 가장자리에서 열 다섯 자쯤 옮겨
와 있는 것인데, 일찍이 보지 못하던 돌이라고 한다. 여울 가장자리에

있는 두 돌의 서로 떨어진 거리는 스물 다섯 자쯤 된다고 한다.

四日聞 平安道定州南海洋中㺚島 有石高過丈餘 去二月自北移南 兩間相距數百餘尺 石根倒植向上 且江原道洪川縣前川 雞巖灘中所有之石 移在于水南邊 十五尺許 曾所未見之石 乃在灘邊 兩石相距 二十五尺許 云(1603.6.4.)

7. 16일에 들으니, 안주의 청천강은 평소에는 물이 깊어서 네다섯 길이나 되는데, 지금에 이르러서는 물이 얕아져서 요즘 이래로 길을 가는 사람과 말이 직접 걸어서 건널 수가 있다고 한다. 전에는 없었던 변괴이니 보통 일이 아니다.

十六日聞 安州淸川江 平日水深四五丈 到今水淺 近日以來 行路人馬直渡 前古所無變怪 非常(1603.6.9.)

8. 큰 바람이 홀연히 남쪽으로부터 일어나서, 나무를 뽑아 버리고 집을 부수기도 했다. 사람과 물건까지 혹 다치기도 했으니, 농사짓는 곡식류의 손상은 어찌 말로 다할 수 있겠는가.

大風忽從南起 拔去樹木 破卻廬舍 人物亦或觸傷 禾稼之損 可勝言哉
(1 6 0 3 . 7 . 1 7 .)

9. 25일에 들으니, 전라도 고창 卜德壽 집의 암탉이 변해서 수탉이 되었다고 한다. 경상도 울산부의 서쪽 용당리에 날개가 있는 개미 같은 벌레가 골짜기에 가득 차서 날아가고 있었는데, 그 마을 사람에게 물어본즉 수상한 것(물건)이 골짜기에 가득하여 마을 집을 향해 날아오고 있어서 남자와 여자들이 한꺼번에 모여 구경을 했다고 한다. 날

개가 있는 작고 큰 개미 같은 벌레들은 어디로부터 온 것인지 알 수 없으나, 東來 북쪽으로부터 본부(울산)를 향하여 날아 왔다고 한다. (그것들은) 사이에 있는 작은 땅덩이를 돌고 뒤치면서 가리어 덮었는데, 해가 저물자 날아서 지나갔다고 한다. 또 醴泉 북면의 저곡리 논에 있는 창고 땅이 사방으로 꺼졌는데, 그 주위가 아홉 자 일곱 치며, 꺼진 깊이가 두 자 다섯 치였다고 한다. 흐린 물이 꺼진 밑바닥에 있는데 겨우 두어 동이쯤 되고, 사람이 꺼진 곳을 밟으면 단단하기가 평지와 같았다고 한다. 그 후에 사방의 흙이 나날이 무너져 자연히 (꺼진 곳이) 채워지고 막혀서 두어 달 안에 논을 만들어 이미 곡식을 심어 가꾼다고 한다. 요사스러운 재앙과 괴변이 어찌 이에 이를 수 있단 말인가. (이는) 모두 道伯의 장계에 나오는 것이니 반드시 헛된 말은 아닐 것이다.

二十五日聞 全羅道高敞 卞德壽家 牝雞變爲雄雞. 慶尙道 蔚山府西
龍堂里 有翅蟻蟲 滿壑飛過 問其村人則 殊常之物 滿壑飛向村家 男女
一時聚觀 有翅羽微大蟻蟲 不知所出處 而自東來北面 飛來指向本府 間
有小塊 回翻而蔽塞 至日暮 飛過云. 且醴泉北面渚谷里 畓庫地陷四面
周圍九尺七寸 陷深二尺五寸 濁水 在陷底 僅數盆 人蹋陷處 堅如平地
剗後 四方之土 日日崩堆 自然塡塞 數月內 作畓 已爲耕種云 妖災怪變
一何至此 皆出於道伯狀啓 必非虛言 (1603.7.25.)

10. 저녁에 흰 무지개가 태양을 가로질렀으니, 새 해 첫머리에 이와 같은 재변이 있어 그저 놀랍고 두려울 뿐이다.

夕白虹貫日 歲首有此災變 驚懼處也(1604.1.1.)

11. 23일 한밤중에 지진이 있었다. 집이 다 흔들렸는데, (지진은) 서

방으로부터 일어나서(시작되어) 한참 지나 그치었다.

二十三日夜分地震 屋宇皆動 起自西方 良久乃止(1604.1.23.)

12. 태양 한 가운데 검은 것이 있어 시간이 지남에 따라 서로 부딪치는데, 그 크기가 달걀 크기 만했다.

日中有黒子 移時相擊 大如鷄卵((1604.4.30.)

13. 영중에서 관상감의 장계를 얻어들었는데(보았는데), 이번 달 11일 밤에 金星의 밝은 기운이 심히 성해서 軒轅[1] 제 5성을 범했다고 한다. 15일 申時[2]에는 太白[3]이 未地[4]에 보였고, 16일 未時에는 太白이 午地에 보였다고 한다. 이것은 작지 않은 재앙이라고 할 수 있는데, 이에 하늘이 나라에는 경계를 보여주고 나에게는 성후의 도를 더욱 열심히 닦으라는 경계가 없다고 할 수 있겠는가.

因營中得聞觀象監啓 今月十一日夜 金星芒氣甚盛 犯軒轅第五星 十
五日申時 太白見於未地 十六日未時 太白見於午地云 此是不小之災 無

---

1) 중국 전설상의 제왕. 성은 공손(公孫)이고 이름이 헌원(軒轅)이며, 처음으로 곡물 재배를 가르치고 문자·음악·도량형 등을 정했다고 함. 여기서는 아마도 당시의 임금을 상징하는 별을 가리키는 듯함.
2) 옛날 시간을 나타내는 단위의 하나. 12시와 24시의 두 가지 방법이 있었는데, 전자로 하면 현재의 오후 3시에서 5시 사이, 후자로 하면 오후 1시 반에서 2시 반 사이에 해당됨. 이하 간지(干支)로 시간을 나타내는 용어에 대해서는 설명을 생략함.
3) 저녁 때 서쪽 하늘에 보이는 금성(金星)을 달리 이르는 말
4) 글자대로 하면 십이지의 하나인 '未' 방향의 땅을 말하나, 문맥상으로 볼 때 방향을 나타내는 말로 보는 것이 좋을 듯함. '未方'은 정남(正南)에서 서(西)로 30도를 중심으로 한 15도의 각도 안의 방위를 가리킴. 이하 간지(干支)로 방향을 나타내는 용어에 대해서는 설명을 생략함.

乃天示警於國家　使我聖后益勉　其修省之道也耶(1604.6.23.)

14. 강릉 바다 위에 고기가 있는데, 길이는 석 자쯤 되고, 위 아래 지느러미(혹은 갈기나 수염)가 다 있는 것이 마치 박쥐의 날개와 같아서 자못 길고, 등허리 위와 허리 아래에 각각 五梁5)이 있어서, 대개 그 형상이 거북이와 비슷하나 다리가 없으니 그 변괴가 보통이 아니다. (이것이) 마침내 무슨 (불길한) 징조가 될 것인가.

江陵海上有魚　長三尺餘　上下鬐俱　似蝙蝠翼而頗長　背上腰下　各有五梁　大槪形似龜而無足　變異非常　終作何兆(1604.7.14.)

15. 5일 朝報6) 가운데, 연달아서 太白星이 대낮에 보이는 이상한 일이 있었다고 한다. 歲星7)이 또한 지난 23일과 5일에 巳의 방향8)에 보였다고 한다. (그런 일이) 둘 다 酉時에 있었다고 하니 이것이 무슨 현상(징조)인지 알지 못하겠다.

五日朝報中　連有太白晝見之異　歲星亦於去二十三日五日　見於巳地　俱在酉時云　未知此何象也(1604.8.5.)

---

5) 보를 다섯 줄로 놓아 두 간통 되게 집을 짓는 방식. 오량으로 지은 집을 오량각 또는 오량집이라고 함. 그러나, 여기서는 그런 뜻이 아니고, 아마도 오량관(五梁冠)의 준말인 것 같은데, 오량관은 조선왕조의 1품관리가 쓰던 금량관(金梁冠)으로 그것은 흰 골이 다섯 줄 져 있음. 이 글에서는 문맥으로 보아 '주름' 정도로 보는 것이 어떨까 함.

6) 관보(官報)의 한 가지로 승정원에서 그날그날 생긴 일을 매일 아침에 적어서 반포하던 일, 또는 그것을 적은 종이를 가리킴. 다른 말로 기별(奇別 또는 寄別)이라고도 하고, 조지(朝紙)라고도 했음.

7) 천문학에서 목성(木星)을 가리키는 다른 이름.

8) '巳地'를 바꾼 말로 이는 정남(正南)에서 동(東)으로 30도를 중심으로 한 15도 각도 안의 방위를 가리키는 것임.

16. 5일에 朝報를 보았는데, 太白星이 지난 달 21일부터 연달아 4일 동안 午의 방향에 보이었다 한다. 또 25일 밤에는 客星[9]이 하늘에 나타나 天罡星[10] 위에 있었는데 歲星(木星)에 비하건대 그 차이가 적었다.(별로 없었다.) 그 색깔은 누렇고 붉으며, 또한 움직이고 있었다고 한다.

五日見朝紙 太白自去月二十一日 連四日 見於午地 又二十五夜 客星 在天罡星上 比歲星 差少 其色黃赤 且動搖云(1604.10.5.)

17. 21일에 또 朝報를 보니, 金星이 연일 낮에 보이고, 客星이 또한 없어지지 않았다고 한다.

二十一日又見朝紙 金星連日晝見 客星亦不滅云(1604.10.21.)

18. 4일 날씨가 일찍 따스하여 노란 매화와 진달래꽃이 반쯤 피어나고, 산기슭의 양지바른 곳에는 작은 풀들이 혹 싹이 솟아났다. 절후의 어그러짐이 이에 이르니, 당대의 일이 가히 우려스럽도다.

四日 日氣尚溫 黃梅杜鵑花 有半吐者 山阿面陽處 小草或抽萌 節候 之錯 一至於此 時事可慮(1604.11.4.)

19. 본영으로부터 관상감의 장계를 얻어 보았다. 지난 달 21일 밤 流星이 天擔星[11] 위에 나타나서 羽林星[12] 아래로 들어갔는데, 그 모

---

9) 항성(恒星)이 아닌 별로 평상시에는 보이지 않다가 일시적으로 나타나는 별을 말함. 예를 들면 혜성(彗星)이나 신성(新星) 따위가 이에 해당됨.
10) 북두칠성을 가리킴.

양이 발우13) 꼬리와 같고 길이는 여덟 아홉 자 정도며, 색깔은 붉은
새이었다고 한다.

自本營得觀象監啓 去月二十一日夜 流星出天攙星上 入羽林星下 狀
如鉢尾 長八九尺 色赤云(1604.11.4.)

20. 24일 朝報를 얻어 보았다. 이번 달 13일부터 15일에 이르기까지
압록강 물이 변하여 자주색이 되었다고 한다. 지극히 괴이스러운 일
이다.

二十四日得見朝紙 自本月十三日 至十五日 鴨江水變成紫色云 極可
怪也 (1605.4.24.)

21. 전라감사가 장계를 하였는데, 지난 13일 맑고 밝은 날 申時에
흰 용이 문득 여산에서 일어났다고 한다. 땅에 구불구불하게 뻗쳐 있
는 모양이 역력하여 똑똑히 볼 수 있었다 한다. 조금 있다가는 구름
과 안개로 사방이 막히고, 물과 불이 서로 싸우는 듯했는데, 북면에
사는 哨官14) 민충일의 집은 바람과 비에 뽑혀져 버리고, 집안의 물건

---

11) 별 이름인 것 같은데, 여러 자료를 찾아 보았으나 정확한 뜻을 확인하지 못
했음. 아마도 천참성(天攙星)을 잘못 쓴 것이 아닌가 생각됨. 천참성은 水星
을 가리킴.
12) '우림(羽林)'은 별 이름으로 하늘 나라 군사를 지휘하는 장군 별을 가리킴.
13) 스님들의 밥 그릇. 원래는 통나무를 깎고 파서 만드는 것이 원칙이었으나 시
대가 지남에 따라 기계로 매끄럽게 가공하여 만들게 되었음. 그릇 네 개가
한 벌이며 그 네 개는 크기가 각기 달라 큰 것 안에 차례로 모두 들어가 큰
그릇 하나의 부피로 보관하게 되어 있음. 그릇 네 개는 용도가 정해져 있어
식사 때 각각 밥, 국, 맑은 물, 반찬용으로 사용함.
14) 한 초(哨:예전 군대 편제의 하나로 약 100 명이 한 초가 됨)를 거느리던, 각
군영(軍營)의 위관(尉官)의 하나로 품계는 종9품이었음.

들은 모두 공중으로 날아가 그 간 곳을 모른다고 한다. 변괴가 보통이 아니다.

全羅監司狀啓 去十三日淸明申時 白龍忽起於礪山 地蜿蜒之狀 歷歷可見 俄頃 雲霧四塞 水火交戰 北面居哨官閔忠一家 爲風雨所拔去 家藏之物 盡飛空中 不知去處 變異非常云(1605.7.7.)

22. 이번 수재는 지극히 참혹한데, 들으니 영남 지방은 더욱 심하다고 한다. 가히 한탄스럽도다.

今番水災 極慘酷而 聞嶺南爲尤甚 可歎((1605.7.27.)

23. 1일 朝報를 본즉, 다만 홍수의 피해와 폭풍의 재앙뿐만 아니라 더욱 심한 것은 宗廟와 社稷, 文廟의 여러 곳에, 오래 된 나무가 다 꺾어지고 부러지고 넘어졌다 한다. 생각컨대, 다른 곳도 또한 한 모양일진대, 이것을 어찌 보통의 변고라고 할 수 있겠는가.

一日見朝報則 不但水害風災 尤甚 社稷宗廟文廟 諸處古木 皆摧折顚仆云 想他處亦一樣 此何等變異耶(1605.8.1.)

24. 5일 午時에 태양 빛이 누렇고, 또 무엇인가(물건) 있어서 서로 부딪치고 있는데, 그 이유를 알 수가 없다.

五日午時 日色黃 且有物相磨 莫知其由(1606.2.5.)

25. 지난 달 초열흘에 흰 무지개가 태양을 가로질렀다고 한다. 지난 가을에는 밝게 빛나는 기운이 端門15)으로 들어가고, 太白星 보이는

것이 겨울이 다 지나도록 없어지지 아니하더니, 이제는 또 무지개 변괴가 나타나는구나. 시국의 일이 마땅히 어찌 될 것인가.

去月初十日辰時 白虹貫日云 去秋熒惑入於端門 太白之見 經冬不滅 今又有虹變 時事當如何(1906.3.1.)

26. 지난 달 13일 卯時에 태양이 밝게 빛나고 있는데, 그 밝은 위로 冠 같은 것이 나타났다. 그 색깔은 안은 붉고 밖은 푸른 빛이었다. 辰時에는 태양에 두 개의 귀고리 같은 것이 생겨났다. 午時에는 태백성이 巳 방향에 보였다.

去月十三日卯時 日暉 暉上有冠 色內赤外靑 辰時 日有兩珥 午時太白見於巳地 (1906.3.1.)

27. 12일부터 비가 내렸는데, 연일 개이지 않고 오늘까지 이르러 (비가) 크게 쏟아 붓는 것같이 내린다. 강물이 불어 넘쳐서 감옥 앞에까지 침투할 정도인데 곳곳이 그러할 것이다. 밭두둑이 무너지는 근심을 또 모면하기가 어렵게 되었으니, 백성들의 일이 가히 근심스럽도다.

自十二日雨 連日不霽 至於今日而大注 江水漲溢 浸及獄前 若到處皆然 田畝崩潰之患 又難得免 爲民事可憂((1906.6.16.)

28. 朝報를 얻어 보았는데, 함경감사의 장계 안에 경원에서 馳報16)한 내용이 있었다. 이번 17일 아침 서풍이 갑자기 일어나 모래와 티

---

15) 궁궐의 정면에 있는 문
16) 지방에서 역마를 달려 급히 중앙에 보고하는 일.

끌이 하늘에 가득했다고 한다. 이어 다음날에는 구름도 아니고 안개도 아닌 누런 아지랑이에 사방이 막히고, 태양 빛은 지극히 붉으면서 밝게 빛남이 조금도 없었다고 한다. 20일 후에는 그 기운이 더욱 심하여져서 낮과 밤으로 어둑어둑하여, 백 걸음 안에서도 사람을 분간할 수가 없고, 지금에 이르기까지 10여일 동안, 아직 탁 트이어 환하게 바라볼 수 없다고 한다. 봉화를 서로 주고받는 것도 (보이지가 않으니) 의거가 없었다고 한다. 이것 또한 좋지 않은 조짐의 현상일지니, 나라를 위하여 근심하고 염려함이 얕지(가볍지) 아니하다.

　　得見朝報 咸慶監司狀啓內 慶源馳報中 今十七日朝 西風卒起 砂塵漲天 因於翌日 非雲非霧 黃靄四塞 日色極赤 少無光輝 二十日後 其氣尤甚 晝夜沈陰 百步內 不辨人物 于今十餘日 未爲開豁瞭望 烽火相準 無據云 此亦不好兆象 爲國家 憂慮不淺(1606.11.9.)

3. 몇 가지 논의 및 맺는 말

　본문에서 모두 28건의 기록을 번역하여 소개하였다. 그 가운데는 여름의 홍수와 폭풍 피해를 기록한 것, 강물이나 바닷물이 이상하게 색깔이 변한 것, 돌이 저절로 움직여 옮겨진 것, 강이 갑자기 수심이 얕아진 것, 용이 나타난 것, 태양에 변화가 일어난 것, 이상한 별이 나타나거나 별에 이상이 생긴 것, 비정상적인 무지개가 나타난 것, 땅이 꺼진 것, 동물의 변화가 괴이하게 일어난 것, 이상한 물고기가 나타난 것 등이 포함되어 있다.

　이들 중에는 현대 과학으로 볼 때, 중국으로부터의 황사 현상, 회오리바람으로 인한 용오름 현상, 바다의 오염으로 인한 赤潮 현상, 일식이나 혜성이 나타난 현상, 지각 변동 현상 등으로 설명이 될 가능성이 있는 것도 있을 수 있다. 하지만 중요한 것은 그러한 과학적 설명이 요즘에는 상식처럼 되어 있으나, 당시에는 전혀 그럴 수 없었다는 시대적 차이를 인정하는 일이라 할 수 있다.

그렇다면 이런 기록에 대하여 어떤 의미를 부여할 수 있을 것인가.

첫째, 나라와 백성을 근심하고 염려하는 선비의 마음이다. 괴이한 일이 있었다는 기록 뒤에는 거의 빠짐없이 무슨 징조인지 알 수 없다거나, 무슨 조짐인지 염려가 된다는 내용이 붙어 있다. 또한 백성의 일이 근심된다거나, 나라를 위하여 우려되고 걱정된다는 말도 덧붙여져 있기도 하다. 비록 귀양살이를 하고 있을망정 비정상적인 자연현상에 대하여 그러한 마음을 가지고 있었다는 것은, 글 읽고 공부한 사람으로서의 고결한 선비 정신의 발로라고 할 수 있을 것이다. 억울하게 귀양살이를 하고 있는 사람으로서, 나라나 임금의 처사에 대하여 원망이나 반감을 가지고 있었다면 오히려 그러한 현상들에 대하여 은근히 통쾌한 마음을 가질 수도 있겠으나, 그것은 소인배들이나 할 짓이다. 더구나 누구에게 보여 주기 위한 글이 아닌 개인적 글에 그러한 마음이 들어가 있는 것은 진정한 선비에게나 가능한 일이라고 할 수 있을 것이다.

둘째, 이러한 기록들이 단순한 흥미 충족의 호사 취미나 미신 숭상의 차원에서 기록된 것이 아니라는 점이다. 직접 목격한 사실이나 남에게서 들은 이야기 가운데 비교적 신빙성이 있는 것들만 선별하여 기록하되, 앞에서 말한 것처럼 나라와 백성을 근심하는 마음을 담아 기록한 것은, 당시에 현직에서는 떠나 있었으나 늘 백성을 걱정하는 지도자(정치가)로서의 자세라 할 수 있다. 특히 상당수의 기록들이 신뢰성 있는 정부의 공식 문서인 朝報에서 인용된 것은 그런 점을 더욱 명확히 해 준다 할 것이다.

셋째, 이 기록들을 본인의 수양과 연결시키고 있다는 점이다. 나약한 인간이 대자연의 섭리를 거스르거나 무시하고 살아갈 수는 없는 노릇이다. 현대의 과학이 아무리 발달했다고 해도, 아직도 우리 인류는 자연의 앞에서 무력한 경우가 많다. 하물며 몇 백 년 전의 사람들에겐 자연의 위력이 더욱 크게 여겨졌을 것임에 틀림없다. 이런 상황에서 평상시와 다른 자연의 급격한 變異는 두려움과 공포의 대상으로 여겨지는 것이 당연하다 할 것이다. 이럴 때 자칫하면 신비주의적 종교 현상에 몰입될 수도 있으나, 이 글의 기록자는 곳곳에서 본인의 인격 수양 방법을 통한 대처 방식을 밝히고 있다. 자연 앞에서 겸허하게 자신을 낮추는 일은 인격의 수양과 연마를 위하여 반드시 필요한 일이라고 할 수 있다. 그렇다고 하여 맹목적인 자연 숭배로까지 나아간다면 곤란하겠지만 말이다.

넷째, 유배 생활을 하던 분의 삶의 자세를 통해 배울 수 있는 교훈적인 면이다. 앞의 글을 통해 이 분이 귀양을 오게 된 원인과 평소의 성품에 대해 밝힌 바 있지만, 이 글의 기록자는 강직한 선비로서 목숨을 걸고 정의를 지키려 했던 분인 만큼 유배 생활 중에도 현직에 있을 때와 다름없이 학문 연마와 수양에 매진했던 분이다. 따라서, 제한된 공간에 살고 있으면서도 세상의 소식과 백성들의 삶에 대하여 무심할 수 없었을 것이다. 그러나, 오늘날처럼 교통과 통신이 발달하지 않았던 때인지라 바깥 세상의 소식을 접하기는 그리 쉽지 않았을 것이다. 그러한 소식을 접하기 위해서는 요즘 말로 하여 항상 부지런히 정보를 수집하는 노력이 필요했을 것이다. 그러자면 막연히 먹고 자고 하면서 나태하게 시간이 지나기만을 기다리는 자세로는 어렵다고 할 수 있다. 그렇게 하기 위해서는 자연히 성실하고 부지런한 생활을 하지 않을 수 없었을 것이라는 점이다.

다섯째, 이런 기록들이 가지고 있는 시대적 의미다. 주지하다시피

이 기록들이 이루어진 시기는 17세기초에 해당한다. 그 때는 7년간에 걸친 왜적의 침입이 겨우 마무리되고, 중앙 정부에서는 당파들의 세력 다툼으로 인해 민심이 흉흉하고 사회적으로 매우 불안정한 시기였다. 사회적인 변혁기나 격동기에는 백성들의 삶이 안정되지 못하여 유언비어나 낭설 같은 것이 큰 힘으로 전파되기 일쑤다. 정통파 유학자인 선비의 글에 이러한 기록들이 적잖게 끼어 있는 것은 당시의 그러한 시대적 상황이 반영되었을 가능성도 많다고 볼 수 있다.

이밖에도 이 기록들이 가지고 있는 의미는 더 찾아 볼 수 있겠으나, 위에서 말한 몇 가지만으로도 그것들이 단순한 호기심이나 심심풀이 차원에서 기록된 것이 아니라는 점은 어느 정도 밝혀졌으리라 믿는다. 따라서, 後學된 우리 입장에서는, 이런 기록을 단지 흥미 차원에서만 대할 것이 아니다. 옛 선비의 삶의 자세와 태도를 거울삼아 오늘의 우리 삶을 잠시라도 되돌아보고 점검해 보는 것이 필요하다. 그렇게 하는 것만이 이런 기록들이 가진 가치와 의미를 충분히 그리고 제대로 살리는 길이라고 생각된다.

제 4 장 대외 관계 기록과 특이한 사건들

1. 서   언

이번 장에서는 이 일기에 나타나 있는 당시 우리 나라의 대외 관계 기록과, 특이한 사건(역대 왕과 왕비의 기일 포함)들을 검토하여 보기로 하겠다. 이런 내용들은, 현재와 달리 교통이나 통신이 발달해 있지 못했던 시절이기 때문에 그 정보의 정확성이나 신속성은 상당히 문제가 있겠으나, 나라의 안위를 걱정하는 유배당한 선비의 충정이 곳곳에 배어 있어 그 의의는 작지 않다고 생각된다. 글의 체제는 앞에서와 마찬가지로 원문의 일기 해당 부분을 우리말로 번역하여 싣고, 그다음에 원문을 붙여 참고로 하도록 하겠으며, 필요한 부분에는 간단한 주석을 달고, 끝으로 이 부분이 갖는 역사적, 문화적 의미를 간략히 논의해 보는 순서로 하도록 하겠다.

2. 본 문

1) 대외 관계 기록

(1) 29일에 들으니, 북쪽의 오랑캐가 국경을 침범하여 종성을 포위했다 하니 마음에 극히 놀랍다. 정시회가 백면서생으로서 홀로 외롭게 성을 지켰다 하니 일이 필경 어떻게 될 것인지 지극히 염려스럽다.

(二十九日聞 北虜犯境方圍鍾城 極爲驚心 鄭時晦以白面書生 獨守孤城 事竟如何 關念亦極) (1603.8.29.)

(2) 북병사의 장계 가운데 도적 오랑캐(호로토등)가 군사를 이끌고 와 국경 지방의 호외산 부락을 공격하여 사람을 죽이고 물건을 약탈해 갔다 하니 이 또한 심히 우려스런 처사다.

(北兵使狀啓中 賊胡老土等 領軍 藩胡外山部落 攻擊 殺掠云 此亦可憂處) (1604.6.23.)

(3) 23일에 들으니 최유격[1]이 왜국 정세 탐지 일로 왔는데 김이회가 접반관[2]이 되었다고 한다.

(二十三日聞 崔遊擊 以倭情探知事出來 金而晦爲接伴官) (1604.6.23.)

(4) 30일에 순찰사께서 중국 장수를 영접하기 위해 잠깐 충주로 갔는데, 소문을 들으니, 중국의 장수는 이미 부산으로 내려갔다 한다.

---

1) 아마도 중국 장수로서 당시 우리 나라에 주둔하고 있던 사람으로 최씨 성을 가진 사람인 듯함. 遊擊이란 그 직무를 말하는 것 같음.
2) 외국 사신을 모시고 다니며 접대하는 관리

대개 중국 장수가 내려오게 된 것은 다만 김광이라는 사람의 말에 말미암은 것이었다. 김광은 영남 사람으로 봄 초두에 일본으로부터 도망하여 돌아와서 적의 정황을 장황하게 말하기를, 여러 무기를 크게 수선하여 오래지 않아 바다를 건너올(침략해 올 수도 있다) 수도 있다고 말하는 까닭에, 본국에서는 일찍이 그를 이미 군문에 보내어 그 정세와 형편을 자세히 아뢰게 하였는데, 이로 인하여 중국 조정에서는 유격[3]을 파견하여 직접 와서 그 형편을 관찰하여 장차 군사를 일으키는 계교로 삼도록 하기 위함이었다.

　　(三十日 巡使 以唐將迎接事 頃作忠州之行 今聞 唐將已下去釜山 蓋唐將之出來 只由於金光之說也 金卽嶺南人 春初 自日本逃還 張皇賊情 至以大修器械 不久渡海爲言故 本國 曾已入送于軍門 面奏情形 是以中朝 遣遊擊 來觀形止 將爲擧兵之計)　　(1604.6.30.)

(5) 7월 1일에 통영소[4]에서 왜인 30여명과 중국인 19명을 잡았다. 군관이 이들을 이끌고 어제 본 고을(공주)에 와서 자고 오늘 천안으로 향하였다. 이들은 전일 경상병사의 장계를 보면, 숙도에 왜선 1척이 표류하여 떠다니는 것을 고성 현감인 윤도명이 잡은 것이다.

　　(七月一日 統營所 捉倭人三十餘名 唐人十九名 軍官領來 昨宿本州 今向天安 此是 前日 慶尙兵使 馳啓 椒島 浮泊倭船一隻 固城縣令尹鵬鳴 所捕捉者) (1604.7.1.)

(6) 6일 통제사 장계를 얻어 보았는데 지난 달 15일 미지도 앞 바다에서 왜국의 큰 배 한 척을 접전하여 잡았다 한다.

　　(六日 得見 統制使 狀啓 前月 十五日 尾只島前洋 倭大船 一隻 接戰

---

3) 중국 군대 조직의 직함을 말하는 것 같음.
4) 통영소는 다른 말로 통제영이라고도 하는데, 삼도통제사의 군영을 가라킴. 조선 왕조 선조 26년(1593년)에 설치했음. 처음에는 한산도에 두었다가 곧 이어 통영으로 옮김. 고종 32년(1895년)에 폐지함.

捕捉云) (1604.7.6.)

(7) 7일 왜인 8명과 당인 2명을 전라도에서 잡아 어제 본 고을에 들어와 오늘 천안으로 향했다. 목을 벤 사람도 많다고 한다.(이 무리들이 만약 표류한 왜장이 아니라면 그들이 다시 쳐들어 올 우려가 있으니 염려스럽다.)

(七日 倭人八人 唐人二人 被捉於全羅道 昨入本州 今向天安 斬級亦多云, <此輩若非漂泊之倭將 有再動之憂 是慮>) (1604.7.7.)

(8) 14일 조보 가운데, 연이어 남쪽 해변에서 왜인을 잡는 일이 있었다고 한다. 비록 풍랑에 표류하여 나왔다고는 하나 해안에서 그런 보고가 연속되는 것을 보니 시국의 일이 많이 염려스럽다.

(十四日 朝報中 連有南邊 捕倭事 雖曰 漂風出來者 而邊報連續 時事多可憂) (1604.7.14.)

(9) 27일, 중국 장수가 부산에 가서 귤지로부터 적의 정황를 듣고 호남으로 길을 취하여 오던 중 어제 본 고을에 들어왔는데, 순찰사께서 피향당에서 중국 장수에게 잔치를 열고 온갖 놀이를 갖추어 베풀었다 한다.

(二十七日 唐將 往釜山 問賊情于橘只 正取路湖南 昨日入州 巡使宴唐將于被香堂 衆戲俱陳云) (1604.7.27.)

(10) 4월 2일에 문득 들으니 홀적이 북방 경계를 침범하여 동관이 함락되었다 한다. 첨사는 죽은 몸이 되었고, (다 약탈하여 가서) 한성에 남겨진 것이 아무 것도 없다 한다. 경원 또한 포위되었다고 한다.

(四月 一日 聞忽賊犯北界 潼關見陷 僉使死 一城無遺類 慶源亦被圍

云) (1605.4.2.)

(11) 27일에 들으니, 유정5) 일행이 일본으로부터 비로소 바다를 건너 본국에서 잡혀 간 포로 1천 3백 명을 동시에 인솔하고 나온다고 하니 그 공로가 또한 위대하지 않은가.

(二十七日聞 惟政之行 自日本 始渡海 率本國被擄人 一千三百餘名 同時出來 其功 不亦偉乎) (1605.5.27.)

(12) 17일 함경 감사의 장계를 보았는데, 도적(오랑캐)이 전에 약하게 보였던 모양으로 국경 가까이까지 와서 불을 지르고 약탈해 가는 것이 자못 심하다고 한다.

(十七日 見咸鏡監司狀啓 忽賊因前時弱來 逼近境焚掠 特甚云) (1605.7.17.)

(13) 3일에 들으니, 중국 황태자의 원손이 탄생하여 해외의 여러 나라에 그 경사스러움을 널리 알렸다 한다.

(三日聞 中朝 皇太子 誕生元孫 頒慶于海外諸國) (1606.1.3.)

(14) 3일에 조보를 보니 북병사의 장계에 지난달 초아흐렛날 문득 도적(오랑캐)이 경원 지방을 침범하여 사람과 재물을 크게 약탈해 갔다 한다.

(三日見朝報 北兵使啓 去月 初九日 忽賊犯慶源境 大掠人物而去云) (1606.3.3.)

---

5) 임진왜란 때 승병장으로 크게 활약한 스님으로 법명은 사명당(四溟堂)이고 유정은 그의 호임. 서산대사는 그의 스승이었음. 왜란이 끝난 후 패배한 전쟁의 상처를 치유하려는 목적으로 유정의 활약상을 허구적으로 꾸며 만든 '임진록' 같은 소설이 큰 유행을 하였음.

(15) 23일에 고향 사람인 신윤, 윤민각, 박장수가 와서 보았다. 신은 곧 고향 어른 경진이란 분의 아들인데, 정유년 난리 때에 온 집안이 화를 만나 포로로 잡혀 일본에 끌려갔다가 지난 해 유정 대사의 귀환 때 함께 나왔다 하니 이는 실로 죽었다가 다시 살아난 다행스런 일이라 할 것이다. 축년6) 여름에 내가 체부7)의 막료8)로 오래 바다 위에 있었기 (때문에 바다 위에서의 그 고생을 잘 안다.) 도망하여 나온 사람들로부터 윤의 이야기를 들은 적이 있는데, 아직 살아서 다른 사람의 집에서 복역하고 있으면서, 어찌 지금 (死地에서 벗어나) 나와서 유배 중의 이곳에서 만날 줄을 알았겠는가.

(二十三日 申允及尹民覺朴長壽 來見 申卽故鄕丈景軫之子 丁酉之變 闔家遭禍 渠則被擄 入日本 上年 惟政之還 與之同來 實再生之人幸 丑夏 余以體府幕僚 久在海上 因逃回人得聞允也 尙生存 服役於人家 豈知今得出來 邂逅於淪謫中) (1607.1.23.)

(16) 조보를 보니, 경원 등 여러 곳에서 봉화가 들어왔다는 소문9)이 있다. 황해도의 해량도에는 수적이 성행하여 배를 붙잡아 가기도 하고 또한 약탈을 당했다 하니 가히 우려스럽다.

(見朝報 慶源等處 有聲息 烽火入來 黃海道 海浪島 水賊盛行 捸捕船 亦被劫掠 可慮) (1607.4.4.)

(17) 6일에 들으니, 북병사의 장계에 노와 홀10)의 양 도적이 성 밑

---

6) 간지에 '丑'자가 들어가는 해의 여름. 가장 가까이로는 1601년이 辛丑年이었음.
7) 조선 왕조 體察使의 駐營. 선생은 1601년 영남 체찰사에 제수된 한음 이덕형의 종사관이 되어 수행한 적이 있음.
8) 神將 또는 지휘자의 참모. 중요한 계획에 참여하는 부하를 일컫기도 함.
9) 聲息을 옮긴 말. 원래 이 말은 音信(소식이나 편지)의 뜻을 가지고 있음.
10) 북쪽에 거주하면서 우리 나라 국경을 침범하여 인명 살상과 재물 약탈을 일삼던 야만인 부족. 조선초에 이성계는 이들 부족을 적절히 이용하여 정권을 잡는데 활용한 일이 있음.대개 이들 부족 이름은 그들 지휘자의 이름을 따서

5리쯤에서 접전을 오래 했다 한다. 홀적이 언덕으로 물러나 두만강 강변을 넘어가는 일이 있었다 한다. 또 현의 성에는 국사당 고개 아래를 향하여 많은 군사가 머물러 있다고 한다.(현성은 홀적의 군사가 사는 성 이름) 또 양 도적이 북쪽 강변에서 서로 싸움이 붙었는데, 홀적이 적을 방어하지 못하고 물러나 북쪽으로 바삐 도망하는 일이 있었다 한다. 또 양 도적이 싸움을 했는데, 홀적이 크게 나아가자 노적이 물러나 험한 곳의 웅거지로 물러가는 일이 있었다 한다. 이와 같은 일들로 보건대, 북방의 후미진 곳에 험한 곳이 많음을 가히 알겠으며, 이런 일들은 매우 우려스런 일이 아닐 수 없다.

(六日聞 北兵使 狀啓 老忽兩賊 防垣城底 五里許 接戰良久 忽賊退屯 豆滿江越邊事 又縣城 留住大軍 國祀堂嶺底指向事 (縣城 忽賊住軍城名) 又兩賊相戰於北江邊 忽賊不能抵敵 奔忙北走事 又兩賊交鋒 忽賊大進 老賊退保據險事 觀此北鄙多聳可知 是慮) (1607.4.6.)

2) 특이한 사건들

(1) 8월 7일 석전11) 후 고을 사람들이 포와 고기를 가져왔는데 내가 일찍이 대부의 후예로서 이름이 죄인의 장부에 올라 있는 몸인데, (이를 받는 것이) 돌이켜 두렵고 슬프고 불안한 마음이 있다.

(八月 七日 釋奠後 州人 致膳肉 盖以吾曾從大夫之後 而名在罪籍者 還有悚瘝不安之心) (1602.8.7.)

(2) 8일에 심약12) 한응인이 서울에서 큰 형님의 편지를 가지고 왔는데, 소문에 대궐 안에 돌멩이를 던지는 변고가 있었다 한다. 인심이

붙이는 게 상례임.
11) 文廟에서 음력 2월과 8월의 上丁日에 孔子에게 지내는 제사.
12) 전의감이나 혜민서의 의원 중에서 선발되는 관리로 종9품의 벼슬 이름. 이들은 주로 대궐에서 쓸 약재를 감사하기 위해 각 지방에 파견됨.

극히 놀랍다.

> （八日 審藥 韓應仁 自京之致伯氏書 因聞 關內有投石之變 人心極爲
> 駭愕） （1603.1.8.）

(3) 8월 1일 안동의 황화보라는 사람이 사는 대흥촌에 화적이 들어 몸이 해를 입었다 하니 놀라움을 이기지 못하겠다. 토적의 방자한 악행이 사대부를 죽이는 데까지 이르러도 감히 막지를 못했으니 시절이 이 지경에 이른 것을 통탄하지 않을 수 없도다.

> （八月一日 黃安東和甫 寓居 大興村 入火盜 身亦遇害云 不勝驚愕
> 土賊肆行 至殺士大夫而莫之敢御 時事及此 不覺痛歎） （1603.8.1.）

(4) 들으니, 동지 유희서가 추석에 절사를 모시기 위해 포천에 갔는데 도적을 만나 해를 입었다 한다. 연곡의 아래[13] 도적이 흥행하여 재상과 신하를 죽이는 데까지 이르렀으니 시국의 일이 가히 통탄스러워 놀라움을 그칠 길이 없구나.

> （聞柳同知姬瑞 因秋夕節祀 往在抱川 遇賊見害云 輦轂之下 盜賊興
> 行 至於殺宰臣 時事可知歎啐無已） （1603.8.29.）

(5) 십육일 본 고을의 유생들이 글을 내어 곡식을 걷어 급한 데 쓰도록 주선하여 주었다. 비록 이것이 고을의 두터운 풍속이긴 하나 그 사이에 얼굴도 모르는 사람이 많이 있어 지극히 미안한 일이기는 하나 사양하여 물리치기도 어려워 그것을 받았다.

> （十六日 本州 儒生等 出文收穀 致周急之資 雖曰 鄕風之厚 其間 多
> 有未識面之人 事極未安而難於辭卻 並受之） （1604.10.16.）

---

13) 輦轂은 임금이 타는 수레를 뜻함. 연곡의 아래란 말은 연곡하, 또는 연곡지하를 말하는데(이를 줄여서 輦下라고도 함) 이는 임금이 사는 곳에서 가까운 곳을 가리키는 듯함.

(6) 11일에 반자14)와 더불어 초정에 목욕하러 가서 세 번 목욕하고 돌아왔다. (하루에 한 번씩 목욕하고 독락정 아래서부터는 배를 타고 왔다.)

(十一日 與牛刺 往浴椒井 三浴而還 (每一日一浴 自獨樂亭下 乘船而還) (1604.7.11.)

(7) 12월 1일 들으니, 고경우가 화적을 만나 온 집안 사람이 화살에 맞아 죽고 그 자신과 조카는 창날에 중상을 당해 생명이 위독하며 집안 재산은 모두 빼앗겼다고 한다. 곧 사람을 보내15) 위문하고 또 장례에 쓸 물건을 보냈다.

(十二月一日 高擎宇逢火賊 其闔內逢箭卽死 身與姪子 重傷鋒刃 死生未分 家産亦盡失云 不勝驚愕 卽伻人致慰 且送賻物) (1604.12.1.)

(8) 2월 8일 안경창이 찾아왔다.(개성에 사는 사람인데 속세에서 벗어난 사람이다) 금년 나이가 80여세라고 하는데 일생동안 자연을 편력하면서 생산 작업에는 종사해 본 적이 없다고 한다. 그를 보고 기이한 생각이 들어 특별히 기록해 둔다.

(二月 八日 安慶昌來訪 (松京人卽方外士也) 今年 八十餘 一生遍山水窟 不事生産作業云 見之奇異故別錄之) (1605.2.8.)

(9) 5월 6일 조보에 보니 대구의 양녀가 한 번 잉태하여 세 남자아이를 낳았다고 한다.

(六日 朝報中 大丘良女 一孕産三男云) (1605.5.6.)

---

14) 지방 관리의 명칭
15) 伻人은 부리는 사람이란 뜻도 있고, 하인이란 뜻도 있음. 여기서는 유배 중의 생활임을 감안하여 '사람을 보내다'로 해석하였음.

(10) 29일 집의 종놈이 枝母(小室)16)가 세상을 떴다는 소식을 가지고 왔다. 놀랍고 슬픈 마음이 한량없다. (임진년17) 난리 때 나와 함께 피난살이를 할 적에 거의 1년 가까이 항상 곁에 있으면서 먹을 것이 없어 고생한 참상은 가히 말로 다할 수가 없다. 산의 골짜기에서 떠돌며 사느라고 차갑고 습기 많은 곳에서 잠을 자는 바람에 병이 나 그 병세가 여러 해나 되어 혹 약을 먹기도 하고 조섭도 했으나 매한가지로 차도가 없었다. 임인년18) 여름에 내가 공주로 귀양을 오게 되었을 때 함께 올 수가 없어 이로 인해 염려하는 마음이 크게 일어나 여러 증세가 더 악화되어 冷과 熱이 교대로 괴롭히니 치료하기가 지극히 어려웠다. 들으니 올 봄에는 침과 뜸으로 시험삼아 치료를 해보았으나 차도가 없고 오히려 다른 병이 더해진 것 같아서 그 스스로도 병이 깊어 더 이상 살기 어렵다는 것을 알았는데도, 이곳(공주)으로 올 계획을 가졌다고 하니 그 마음 쓰는 것이 너무나 가련하고 슬펐다. 24일에 비로소 들것에 실려 왔고, 26일 술시에 숨을 거두니 구할 수가 없었다고 한다. 비록 죽고 사는 것이나 수명의 길고 짧음이 정해져 있다고는 하나 병을 치료할 방도를 잃어 이에 이르렀다고 생각하니, 사람의 일에 미치지 못하는 바가 있다고는 하나 어찌 유감이 없겠는가.)

　　(二十九日 奴子持枝母(小室) 訃音而來 驚痛可極 (壬辰兵火與余同時
　　避亂 前後相隨 已經一紀 中間食貧 艱楚之狀 不可形言 流寓山谷寢處

---

16) 본문에 小室이라고 표기되어 있는데, 이 글의 필자는 첫 번째 부인과 일찍 사별하고 두 번째 부인을 얻었으나 자식을 두지 못하고 또 사별했으며, 세 번째 부인인 연일 정씨를 얻어 아들 넷을 두었다. 그 아들 가운데 枝遠이란 분이 있는데, 아마도 枝遠의 母란 뜻으로 이 말을 쓴 것 같다.

17) 1592년(음력)에 일어난 임진왜란을 가리킴.

18) 서기 1602년에 해당됨

凉濕之地 因患塊氣 積至累歲 時或服藥調治而症勢一樣 壬寅夏 余謫公
山 不得偕來因此用慮 心火大熾 衆症乘時而發 冷熱交攻 治之極難 聞
今春過試針炙而治不如法 添得他疾 自知病重 不可支保逐生 來此之計
情事極爲憐憫 二十四日 始爲昇來 二十六日戌時 奄至不救云 雖死生修
短各有分劑而此則 調治失方 人事有未盡之致能 無遺憾耶)) (1605.5.29.)

(11) 30일 순상께서 오셔서 조문하시고 이어 부조에 쓸 포목을 보
내 주셨다. 중군의 비장과 군관 그리고 고을 사람들도 와서 조문하는
사람이 그치지를 않았다. (순영에서는 목 다섯 필과 포 세 필을 보내
주셨고, 중군의 비장들은 각기 목 반 필씩을 보내왔다. 천총[19] 조광
익, 중군 이홍사, 이이형, 홍구, 윤혜, 봉사우, 백사림 등 일곱 명은 세
필 반을 보내왔다. 순사께서는 또 보은 관청에 명하여 열 필을 내주
도록 하여 종놈이 돌아갈 때 가지고 가도록 하였다고 한다. 이러한
어려움을 당해 서로 도와주는 자세한 뜻이 이에 이르니 감사할 따름
이다.)

(三十日 巡相臨致慰繼送賻木 中軍裨將軍官及州人致慰者陸續不絶
(巡營所送木五疋布三疋 中軍裨將 各送木半疋 趙千總光翼李中軍弘嗣
李頤亨洪逑尹憘奉四佑白四霖等七人所送幷三疋半也 巡使又於報恩官題
給十疋 奴子出歸時 使之收去云 當此患難相顧 至此委曲之意 可感)
(1605.5.30.)

(12) 6월 2일 지아[20]로 하여금 상복을 입게 하였는데 이제 비록 열
살이라고는 하나 인사가 불분명하고 능히 곡을 할 줄도 모르며 또 상
례 집행하는 것을 전혀 모르는 것을 보고 있노라니 다만 슬프고 가엾
은 마음이 더할 뿐이다.

---

19) 조선 왕조 때 훈련도감, 금위영, 어영청, 총융청, 진무영 등에 속하던 정3품의
장관직
20) 이는 아마도 枝母가 낳은 아들이란 뜻인 것 같음.

66

(六月二日 使枝兒成服 今雖十歲 人事不分明 旣未能奔哭 又未知執
喪見之只增悲憐)　(1605.6.2.)

(13) 22일 집에서 소식이 왔는데 지모의 장례는 17일날 흑석리 밖
백호21) 허리 위에 치렀다고 한다. 한평생 동안 부지런히 일하고 고생
만 하다가 이제 다 끝났으니 어찌 슬픔이 하나뿐이겠는가(적겠는가).
(들으니 목백 영감께서 명령하시어 장례 지내는 데 군인 60여 명을
지원해 주셨으며 포목과 쌀, 콩 등으로 도와 주셨다 하니 가히 감사
할 따름이다.)

(二十二日 得家信 枝母葬事 十七日已過行於黑石外白虎腰上 半生
契闊 今則已矣 寧不一痛 (聞牧伯令公題給 葬軍六十名 且以木端米豆
助之云 可感) (1605.6.22.)

(14) 들으니, 마진22)이 이미 본 고을 성내를 범했다 한다. 어린 아
이들이 심히 우려스럽다.

(聞 痲疹已犯本州城內 爲兒輩憂慮)　(1606.2.5.)

(15) 21일 평원에게 처음 통증이 나타났는데 이 병(마진) 증세와 비
슷했다. 23일에는 지원, 공원 등이 또 통증이 시작되었고 24일에는 금
원에게 이어 통증이 나타나더니 모든 아이들에게 차례로 반점이 나타
나는데 그 증상이 그리 심하지는 않으니 다행스럽다.

(二十一日 平遠始痛 似是疫症 二十三日 枝遠 公遠等 又始痛 二十
四日錦遠繼痛而諸兒次第 發斑症 情似是順類 可幸)　(1606.2.21.)

---

21) 풍수지리에서 말하는 地形의 명칭.
22) 주로 1-6세 어린아이들에게 잘 발병되는 급성 발진성 전염병. 한번 앓고 나
　　면 종생 면역이 됨. 온몸에 붉은 색 斑點이 나타나 紅疫이라고도 함.

(16) 납아23)가 반점이 나타난 후에 증세가 다른 아이들과 똑같기는 하나 기침과 천식에 자못 숨이 차 하니 가히 염려스럽다.

(臘兒發斑後 症勢與他兒一樣 而咳喘頗繁 可慮) (1606.3.1.)

(17) 3일에 조보를 보니, 대궐 동쪽 처마 뒤 벽에 어떤 사람이 밤을 틈타 한꺼번에 조정의 벼슬아치들과 알지 못하는 사람들의 이름을 네 칸 벽에 가득하게 써 놓았다고 한다. 小北24)이라 일컬으면서 조정을 더럽히고 어지럽게 하는 사람들 이름을 글에 쓰면서 그 죄악이 이러이러하다고 아뢰었다 하니 바야흐로 옥사가 크게 일어날 듯하다. 진실로 지극히 괴이한 변고다. (이 일은 지난 달 25일 밤에 있었는데, 임금에게 아뢴 바를 보면 그날 밤에 火光이 동쪽 처마 쪽에서 비쳤는데 官奴가 처음에는 귀신의 불인 줄 의심하였으나 잠시 뒤 사람의 소리가 나서 급히 가서 보니, 서너 명의 사람들이 벽에 촛불을 밝히고 글씨를 쓰고 있었다 한다. 이는 그곳을 지키는 노비가 보고 돌아와 한 말이라고 한다. 그날 밤은 매우 어두웠기 때문에 촛불이 아니면 글씨를 쓰기가 어려웠을 것이니 이 말은 거짓이 아닐 것이다.)

(三日見朝報 聖殿東廡後壁 有人夜書一時 朝紳及人所不知之名 遍滿 四間之壁 稱以小北 濁亂朝廷 各人名下書 其罪惡以此啓辭 方獄事大起 誠極怪變; 事在 去月二十五日夜 啓曰 其夜有火光在東廡壁上 館奴 初 疑鬼火俄有人聲奔往見之 有三四人燭照壁而書之 館奴 見而還卻云 且 其夜必昏黑 非燭則難書 此言似不虛矣) (1606.6.3.)

(18) 30일 남원 슈公25)이었던 정몽여가 軍器에 불이 난 일로 인하

---

23) 臘月, 즉 음력 12월에 낳은 아이를 뜻하는 것 같음.

24) 선조 32년(1599년)에 北人에서 둘로 갈라진 당파의 하나로 유영경, 김신국, 남이공 등이 중심 인물임. 나머지 하나는 大北이라 함.

25) 슈公은 슈監과 같은 말로 정3품과 종2품의 관원을 일컫는 말임.

여 간원의 보고로 파직되었는데, 장차 벼슬을 내놓고 돌아가는 길에
효가촌에서 물에 막혀 못 가게 되었는 고로 가서 뵙고 돌아오다.

　(三十日 鄭夢與(南原令公) 以軍器失火事 爲諫院啓罷 將遞歸 方水滯
　孝家村故 往拜而還) (1606.6.30.)

3) 역대 왕과 왕비들의 忌日

　▽ 정월 2일, 仁順王后 沈氏 忌日이다

　▽ 2월 17일, 世宗大王 忌日이다.

　▽ 3월 2일, 章敬王后 尹氏 忌日이다.

　▽ 3월 24일, 昭憲王后 沈氏 忌日이다.

　▽ 4월 7일, 文定王后 尹氏 忌日이다.

　▽ 5월 10일, 太宗大王 忌日이다.

　▽ 5월 14일, 文宗大王 忌日이다.

　▽ 6월 25일, 定安王后 金氏 忌日이다.

　▽ 6월 27일, 懿仁王后 朴氏 忌日이다.

　▽ 6월 28일, 明宗大王 忌日이다.

▽ 7월 1일, 仁宗大王 忌日이다.

▽ 7월 10일, 元敬王后 閔氏 忌日이다.

▽ 7월 24일, 顯德王后 權氏 忌日이다.

▽ 8월 25일, 貞顯王后 尹氏 忌日이다.

▽ 9월 2일, 德宗大王 忌日이다.

▽ 9월 26일, 恭靖大王 忌日이다.

▽ 11월 15일, 中宗大王 忌日이다.

▽ 11월 28일, 睿宗大王 忌日이다.

▽ 11월 29일, 仁聖王后 朴氏 忌日이다.

▽ 12월 5일, 章順王后 韓氏 忌日이다.

▽ 12월 24일, 成宗大王 忌日이다.

3. 몇 가지 논의

위에서 당시의 우리 나라 대외관계에 연관되는 기록과 특이한 사건이라고 생각되는 것들, 그리고 역대 왕과 왕비의 기일 등을 뽑아 번역하고 정리하였다. 이제 이러한 기록들이 갖는 의미를 간략히 몇 가지 면에서 논의해 보고자 한다.

대외관계 기록은 크게 나누어 볼 때 북방의 오랑캐들이 우리 국경을 침범하여 인명을 살상하고 재물을 약탈하는 내용과, 일본의 수적들이 우리 해안을 침범하였다가 체포되거나 배가 출몰한 내용, 그리고 중국 조정의 일 등 세 가지가 중심을 이룬다. 이 가운데서 중국 조정과 관련되는 것은 그 양이 많지 않고 대부분은 북방 오랑캐와 일본에 관련되는 것들이다.

북방 오랑캐들은 압록강과 두만강 건너에 거주하는 무리들로서 당시 우리 나라의 문화 수준으로 미루어 비교해 볼 때 대개 미개하고 야만적인 부족이었을 것이다. 그들은 살아가기에 열악한 자연 환경이나 그들 특유의 기질로 인해, 농사를 짓고 사는 우리 민족과는 여러 모로 구분될 수밖에 없었다. 식량이나 결혼 문제 등에서 매우 불리한 여건의 그들은 수시로 우리 나라 국경을 침범하여 재물 약탈과 인명 살상 등의 많은 피해를 입히곤 하였다. 따라서 조정에서는 어떻게 이들을 막고 우리 백성을 보호할 것인가가 대단히 중요한 정책 과제였을 것이다. 그들의 이러한 행패는 역사적으로 보아 이 시기에만 국한된 것은 아니다. 고려 때는 물론이고 더 이전에도 그러한 침해는 있었을 것이다.

다 알다시피, 조선을 건국한 이성계는 이들 무리 가운데 일부를 활용하여 정권 창출에 크게 힘을 입었다. 그러나, 그들은 어쩌면 극히 일부의 혜택받은 사람들일 뿐이고, 대다수의 나머지 사람들은 여전히 먹고살기도 힘든 생활을 계속해야 했을 것이다. 이들이 극성스럽게 행패를 부리자 조선 4대 임금인 세종은 김종서나 최윤덕 장군 같은 사람들로 하여금 북방 경계를 튼튼히 하도록 여러 가지 정책적 조치를 취했던 것이다.

그러나, 선조 임금 때에는 유례없는 일본과의 전쟁을 두 차례에 걸쳐 10여 년간이나 치러야 했고, 이로 인해 북방 경계는 소홀해질 수밖에 없었을 것이다. 특히 조정에서는 끊임없는 당파의 대결로 인해, 정권 유지와 빼앗긴 정권의 탈환에 골몰하고 있어서 그 사정은 더욱 나빴을 것이다. 이런 와중에 그쪽 오랑캐 무리들이 수시로 출몰하여 우리 백성을 핍박하는 일이 잦았던 것은 어쩌면 당연한 일이었는지도 모른다. 그들은 백성의 재산을 약탈해 가는데 그치지 않고, 심지어는 무리를 지어 몰려 와 그 지방 수비 책임자인 관리를 살해하는 데까지 이르렀으니, 그 悖惡相은 형언키 어려울 정도로 극심했던 것이다.

이러한 소식을 들으면서 유배당해 와 있던 이 일기의 필자는 나라와 임금의 안위를 걱정하며 시국의 형편에 대해 큰 우려를 나타내고 있다. 그것이 그저 의례상 표명된 우려가 아니라 공부한 선비로서 진정한 마음의 표현이라는 것은 이 기록이 공적인 문서가 아니라 사사로운 개인의 일기라는 데서 확인할 수 있다. 특히, 앞에서 밝힌 바처럼 이 일기의 필자는 왜란 당시 의병을 모아 그 핵심 참모로 일한 경력이 있는 만큼 국방 관계에 대한 관심이 더 컸을 것이고, 군사 조직이나 정책에 대해서도 남다른 식견이 있었기 때문에 이런 문제에 대해 더욱 자상하고도 깊은 관심을 표명했던 것이 아닌가 한다.

일본과의 관계 기록은, 왜란 후 그들이 수시로 우리 해안에 출현하여 해를 입히거나 행패를 부리다가 잡혔다는 것이 대부분이다. 왜인들의 우리 나라 침범도 역사적으로 꽤 긴 기간 지속되었다. 섬나라의 불이익과 당시만 해도 문화적 후진성을 면치 못했던 그들은 우리 나라의 재물과 문화 약탈을 위해 멀리 삼국 시대부터 우리 나라 침범을 일삼았다. 고려 시대나 조선 초기에는 그들의 침해가 대규모로 이루어져 역대 조정에서는 이들의 처리에 고심을 하지 않을 수 없었다.

그 근본을 뿌리뽑기 위해 세종 때에는 그들의 본거지인 대마도 정벌을 단행하기도 했던 것이다.

그러나, 대륙 진출을 꿈꾸던 그들은 우리가 당파끼리 서로 권력 다툼을 하던 틈을 타 대규모의 병력을 양성하여 대대적인 침략을 하게 되니 이것이 바로 임진, 정유의 왜란이다. 그 왜란을 통해 우리 나라는 전 국토에 걸쳐 엄청난 수의 백성이 피해를 입는 어려움을 겪게 된다. 다행히 권율이나 이순신 같은 장군과 이름 없는 수많은 의병, 승병, 그리고 백성들의 힘을 합친 항거로 그들을 물리치긴 하였으나, 그 과정에서 당해야 했던 물질적, 정신적 피해가 계량하기 어려울 정도로 엄청났었던 것은 잘 알려진 사실이다.

이 기록은 왜란이 끝난 지 얼마 안 되는 시점에서 쓰여졌다. 따라서 일본에 대해서는 매우 작은 일에도 매우 민감할 수밖에 없었을 것이다. (3)과(4)의 기록에 보면 왜란 당시 파견되어 왔던 중국의 장수가 여전히 우리 나라에 주둔하고 있었던 것을 알 수 있으며, (3)과(9)의 기록에서는 당시에도 적의 정보 탐지를 위해 여러 가지 방법이 동원되었던 것을 알 수 있다. (5)와 (7), (8)의 기록에서는 끊임없이 출몰하던 왜인을 잡은 사실이 나오는데, 잡은 왜인을 陸路로 압송할 때 경상도에서나 전라도에서나 이곳 공주를 통과하여 천안으로 향했음을 알 수 있다.

(11)과 (15)의 기록은 매우 특이하다. 우리들은 왜란이 끝난 후 그 쓰라린 패전의 상처를 치유하고자 허구적인 내용으로 일본을 물리치는 이야기를 많이 만들어냈다. 그 가운데 대표적인 것이 "壬辰錄" 계열의 소설이다. 이들 소설에서 가장 크게 활약하는 인물로 그려진 분이 승병을 이끌었던 사명당 유정 스님이다. 무서운 집념으로 도를 닦는 스님들이 가진 특유의 신비감 때문에 아마도 그런 소설의 인물로서는 매우 적합했을 것이다. 또한 도를 오래 닦은 스님들은 때로 신

통력을 발휘하는 경우도 있는데 이것도 그 이유가 될 수 있었을 것이다. 소설이나 구전으로 유정 스님이 왜국에 가서 그들을 굴복시키고 돌아온 이야기는 꽤 많이 퍼져 있다. (11)에서는 구체적으로 유정 스님이 일본에 가서 포로로 끌려간 우리 나라 백성 1300명을 구해 돌아왔다는 내용이 기록되고 있다. 그 전후 사정은 밝혀져 있지 않지만 1300명이나 되는 사람을 다시 데리고 나오기까지는 대단한 외교적 수완과 교섭 능력이 있어야 가능했을 것이다. (15)에서는 위의 포로 귀환 내용이 실제로 있었음을 입증하는 구체적 사례가 제시되고 있다. 이런 기록을 통해 단지 상상 속의 허구에서가 아니라 실제로 왜국의 횡포와 무도함이 있었음을 알 수 있고, 또 우리 조상들이 겪은 고초는 물론 슬기롭게 일을 해결하는 지혜 같은 것을 읽을 수 있어 그 가치가 적지 않다고 생각된다.

위에서 살펴본 것처럼, 일본과의 관계 기록에서도 나라와 시국의 일을 걱정하는 선비의 고결한 인품을 확인할 수 있으며, 당시 우리 나라의 조정 형편은 물론 편린이나마 사회상 같은 것도 짐작할 수 있어서 이 방면 연구 자료로서의 가치가 충분히 인정될 수 있다고 여겨진다.

중국과의 관계 기록은 그리 많지 않은 편이다. 그런 가운데도 중국 황태자의 元孫이 태어난 것이 우리 나라에까지 경사가 되는 당시의 정치적 역학 관계 같은 것이 음미할 만하며, 중국 장수가 전쟁이 끝난 후에도 계속 우리 나라에 주둔하면서 적국의 정세 탐지에서부터 전략 수립에까지 관여하고 있었다는 것 등이 확인된다. 그리고, (5)와 (7)의 기록을 보면 상층부의 정부 당국에서는 중국과 긴밀하게 협력하면서 관계를 유지하고 있는 반면, 하층민들 사이에서는 중국 사람들이 도적이 되어 우리 나라 백성들을 괴롭히다가 체포되는 일이 종종 일어나고 있는 것을 볼 수 있다. (9)의 기록에서는 국가의 고위 관료들이 중국 장수들의 지방 나들이 때 온갖 놀이까지 갖추어 융숭하게 대접하였다는 것을 알 수 있다.

이상의 대외 관계 기록을 종합하여 볼 때, 당시 어지러웠던 조정의 형편과 북방 국경 지방의 오랑캐 침범, 해안 지방의 일본과 중국 수적들의 노략질 등이 구체적으로 확인되고 있으며, 이들 사건을 걱정스럽게 바라보는 유배 선비의 충정과 고결한 인품이 매우 돋보인다 하겠다.

다음으로는, 기록에 나오는 특이한 사건들에 관해 몇 가지 논의해 보고자 한다.

(1)에서는 유배당한 선비로서 공자님에게 올린 제물을 나누어 받는 것이 송구스럽다 하여 선비로서의 품위를 잃지 않고 있는 모습이 나타나 있다.

(2)에서는 대궐에 투석한 소문을 기록하고 있는데, 이는 당시 절대 왕권 시절에 임금을 향해 돌을 던졌다는 것으로, 일반 백성들이 얼마나 조정의 정책이나 관료들에 대해 불만을 가지고 있었나를 단적으로 보여 주는 사례라 해석할 수 있을 것이다.

(3)과 (4)와 (7)에서는 도적이 흥행하여 관리를 살해하는 데까지 이른 일을 기록하고 있는데, 이는 단순히 도적들의 잔혹함이나 사회 혼란상을 말하는 것으로 볼 수도 있겠지만, 이를 달리 해석하면 그만큼 백성들이 살기가 어려웠다는 反證이 될 수 있으며, 또 관리들이 백성들에게 철저히 인심을 잃고 있었다는 추리도 가능할 것이다.

(5)와 (6)에서는 유배 와 있는 사람이 어떻게 생활했는가에 대한 편린을 엿볼 수 있다. 유배는 물론 죄인에게 가해지는 형벌의 일종이다. 그러므로 대개 유배 생활이라고 하면 어느 한 곳에 갇히거나 행동에 제약을 받으면서 꼼짝 못하고 사는 그런 걸 연상하게 되는데, 이 기록들을 보면 비록 유배를 당해 오기는 했어도 그 일상 생활에 있어서

는 아무런 제약을 받지 않고 자유로이 생활했음을 알 수 있다. 특히 이 기록의 필자는 이곳 공주에서 巡使를 비롯한 관리들과 자주 어울리고, 그들의 물질적 도움을 받으며 사는 모습이 많이 기록되고 있어서, 그가 형벌을 받고 있다는 생각이 거의 들지 않을 정도다. 또한 많은 선비들이 이 분에게 요청하여 수시로 드나들며 공부를 하고 있어서 존경받는 스승의 모습을 보이고 있기도 하다.26) (5)는 고을 유생들이 곡식을 걷어, 고생하는 유배 선비에게 도움을 주는 내용인데, 얼굴도 모르는 사람을 위해 선뜻 곡식을 내는 고을의 인심과 선비를 대접하는 풍속이 주목할 만하다. (6)은 세종 임금님께서도 눈병의 치료를 위해 자주 찾았다는 충북의 유명한 약수 出水地 椒井에 가서 3일간이나 목욕하고 돌아왔다는 내용이다. 유배 생활 중의 선비로서는 가히 호사스런 나들이라고 할만하다. 재미있는 것은 돌아오는 길에 獨樂亭 아래서 배를 타고 공주까지 왔다는 내용이다. 독락정은 지금의 연기군 남면 나성리에 있는 정자다.27) 그런데, 독락정 소재지가 연기군에 속하게 된 것은 20세기에 들어와서의 일이고 이곳은 오랫동안 공주 관할이었다. 이를 통해 당시만 하더라도 공주에서 이곳까지 水路로 왕래했다는 사실을 확인할 수가 있다.

(8)과 (9)는 方外士가 찾아온 것과 한 여인이 세 쌍둥이를 낳았다는 기록이다. 예나 지금이나 평범한 일상에서 벗어난 일은 여러 사람의 관심을 끄는 게 당연한 일이라 하겠다.

(10), (11), (12), (14)는 枝母의 죽음과 장례에 관한 기록이다. 죽은 사람에 대해 한 인간으로서의 따뜻한 인정을 보여주는 내용을 비롯하

---

26) 유배 생활과 관련된 내용과, 이곳에서 사람들을 가르친 것에 대해서는 다음 장에서 상세하게 다룰 예정이다.

27) 독락정의 위치와 건립자 및 연대에 대해서는 필자의 "獨樂亭記 小考"(웅진문 화 2,3 합집, 1990)를 참조하기 바람.

여, 당시 喪을 당했을 때 주변 사람들이 어떤 물품을 얼마쯤 부조했는가를 알려주는 내용, 그리고 장례 때 관청에서 도움을 준 내용 등이 들어 있다. 열 살 먹은 아이에게 상복을 입혀 상제 노릇을 시키는 것이나, 유배 생활을 하고 있는 선비 집안의 장례에 관청에서 60여 명의 인원 동원을 해 주고 곡식으로 도와 준 내용도 특이하다. 또 26일 날 운명한 사람을 다음 달 17일에 장례 지냈다고 했으니 사망에서 장례까지 대략 20여 일이 걸린 것도 알 수 있다. 그러므로 이런 기록은 당시의 양반 집안의 장례 풍습이나 제도를 연구하는데 좋은 자료가 될 것으로 생각된다.

(14)와 (15), (16)에서는 당시 홍역이 공주 지방에 널리 퍼졌던 기록이 나온다. 아이들이 전염병에 걸려 고생하는 정상이 기록되고 있고, 특히 (15)에서 거명된 네 명의 아이들은 모두 세 번째 얻은 부인 정씨에게서 난 아들로 아마 당시에 모두 어린 나이였던 모양이다. 어버이로서 자식들이 고통스러워 하는 모습을 보며 염려하고 안타까워하는 심정이 잘 표현되어 있다.

(17)에서는 대궐 담 벽에 괴이한 壁書가 쓰인 것을 거론하며 옥사가 일어날 것을 걱정하는 내용이 나온다. 당시 당쟁의 한 여파로서 서로 상대편 세력을 꺾기 위해 별별 수단을 다 동원했을 테니, 대궐 벽에 괴이한 글씨를 밤중에 몰래 쓰는 일도 충분히 있었을 법한 이야기다. 당파들 간의 대결 양상을 살필 수 있는 자료라고 할 수 있을 것이다.

(18)은 당시 벼슬아치들 근무에 관한 일을 살필 수 있는 자료라고 볼 수 있다. 정3품이나 종2품의 고위 관료라 할지라도 軍器의 失火로 파면될 수 있다는 것을 이 기록은 보여 주고 있다. 또 공주를 거쳐가는 길에 효가촌28)이란 곳에서 물에 막혀 못 가고 있다는 것은, 여름 장마 때 금강의 범람으로 통행이 막힌다는 것으로, 이 당시에도 수해

가 극심했었을 것이라고 짐작해 볼 수 있겠다.

이상에서 살펴본 것처럼 이 기록에 나오는 특이한 사건들은 당쟁과 관련된 것, 도둑들의 횡행, 유배 생활의 편린을 보여 주는 것, 양반 집안의 장례 풍습과 제도, 전염병 창궐, 벽서 사건 등 다양하다. 이런 기록들을 통해서도 유배 생활 중의 선비가 보여주는 따뜻한 인간애와 나라를 생각하는 충정, 그리고 당시 생활상의 일부를 알 수 있어서 그 가치가 충분히 인정된다 하겠다.

끝으로, 유배를 온 바로 다음 해 정월부터 섣달까지 1년 동안 역대 왕과 왕비들의 기일을 정성스레 기록한 것이 있는데, 이는 비록 귀양살이를 하고 있을망정 왕조의 신하된 몸으로 그 본분을 다하려는 선비의 자세를 보여 주는 것으로 볼 수 있을 것이다. 忌日을 기록하면서 어찌 단순히 기록하는 것만으로 그쳤겠는가. 틀림없이 몸과 마음을 경건히 하고 삼가 명복을 비는 마음을 가졌다고 보아야 할 것이다. 이는 국가와 왕이 동일시되던 당시의 사정으로 볼 때 신하로서 그 본분을 다함은 물론 선비가 가져야 할 국가관을 보여주는 것으로도 해석해 볼 수 있을 듯하다.

4. 맺 는 말

위에서 일기의 기록 가운데 대외 관계 기록과 특이한 사건들, 그리고 역대 왕과 왕비들의 기일을 뽑아 번역하고, 그 기록들이 갖고 있는 몇 가지 역사적·문화적 의미를 간략히 논의해 보았다. 이제 그것들을 종합하여 마무리로 삼도록 하겠다.

---

28) 아마도 지금의 효포 지역이 아닌가 함. 이곳은 전라도에서 서울로 가는 길목에 해당됨.

첫째, 나라와 시국을 걱정하는 선비의 고결한 인품과 우려가 잘 나타나 있다. 앞의 자연 재해 기록에서도 살펴본 바와 같이, 주변에서 일어나는 사소한 일도 범상히 보아 넘기지 않고 그것을 국가의 안위와 연결하여 우려하고 염려하는 것은 글 배운 선비로서, 또 벼슬살이 했던 관리로서 마땅히 가져야 할 태도라 할 것이다.

둘째, 한 여자의 지아비로서 또 자식들의 어버이로서 부인과 아이들에 대한 자상하고 따스한 면모를 잘 보여 주고 있다. 가족에 대한 사랑이야 인류 보편적인 것이 아니냐고 할지 모르지만, 자신은 고통스런 유배 생활을 하면서도 그들에게 더 잘해 주지 못하는 안타까운 풍모를 드러내는 것은 이 분의 인격적 수준을 가늠케 해 주는 면이라고 볼 수 있을 것이다.

셋째, 북방 국경 지방의 오랑캐 침범과 남쪽 해안 지방의 倭國人 水賊, 그리고 水賊으로 노략질하다가 잡힌 중국인들 등의 기록이 여러 차례 나오는데, 이는 혼란했던 당시의 시국 상황을 알려 주는 자료라 할 것이다. 동시에 이를 통해, 선비로서 의병에 가담하였던 필자의 경력과 나라의 안위를 걱정하는 지도층 인사로서의 태도 등이 결합되어 지식인으로서 어떤 상황에서도 혼란한 시대를 슬기롭게 살아가는 모범적인 자세를 엿볼 수도 있다.

넷째, 부분적이기는 하지만 유배 생활의 진행상을 알 수 있는 자료와, 전염병 및 장례 제도 등 당시 생활상을 짐작케 하는 자료가 있어 그 방면 연구에 소중한 자료적 가치를 지니는 것들이 들어 있다.

다섯째, 당시 당쟁을 비롯한 정치권의 움직임을 알 수 있는 자료와 중국 등 외국과의 관계 기록이 일부 있는데, 이는 그 방면 연구의 보조 자료로서 활용될 수도 있을 것 같다.

여섯째, 도둑의 횡행과 대궐 투석 등 당시 민심을 읽을 수 있는 사건의 기록을 통해서는 간접적으로나마 당대의 사회사적 의미를 찾아

볼 수도 있을 것이다.

　이 외에도 더 많은 의미를 찾을 수 있겠으나, 이런 정도만으로도
이 기록이 갖고 있는 의의는 상당히 밝혀졌다고 보이므로 이 정도에
서 그치도록 하겠다.

제 5 장 인물들과의 교류와 그 유형

1. 들어가는 말

이번 장에서는 이 일기에 나오는 인물들에 관해 살펴보려고 한다. 개인적인 일기이므로 그 성격상 인물이 많이 등장하는 것은 당연한 일이라고 할 수 있겠는데, 주목할 것은 이 일기가 유배 중의 기록이라는 점이다. 유배 중에 어떤 사람들과 얼마만큼 교류하며 살았는지, 또 그 교류의 유형은 어떠했는지를 아는 것은 조선 중엽의 행형 제도나 당시의 풍속, 또는 사회적 관습을 살피는데 매우 의의가 깊을 것이라는 생각이다. 또한 이 작업을 통해 그 무렵 공주 지역에서 살았던 상류 지배층의 판도는 어떠했는지를 대략 짐작해 볼 수도 있을 것이며, 역사 속의 인물들이 살았던 궤적을 실록 등의 관변측 공식 기록이 아닌 개인의 사사로운 기록을 통해 그 실상에 가깝게 살필 수도 있으리라는 기대도 가져 본다.

2. 인물들과의 교류 범위와 형태

실제 이 일기에 거명되고 있는 인물이 얼마나 되는지 정확하게 헤
아려 보지는 않았지만, 대략 수 백 명에서 천여 명에 육박하리라는
것은 대충만 보아도 금방 알 수 있다. 그 가운데는 이 지역의 최고 통
치자였던 순찰사를 비롯하여 고위 관료, 여러 고을의 수령이나 하급
관리, 지방 유림의 선비와 호족, 기록자의 형제자매를 위시한 여러 가
족, 멀리 또는 가까이에 있는 친구와 동료, 고향 사람들 등 매우 다양
하게 나타나고 있다. 역시 어떤 사람이든 그가 어디에 위치하고 있거
나를 떠나 그의 사회적 신분이나 개인적 인품에 따라 교류의 범위가
좌우된다는 것을 쉽게 떠올릴 수 있다.

먼저, 교류하고 있는 인물들의 범위를 살펴보기로 한다.

가. 인물들의 교류 범위

1) 관리들과의 교유

(1) 巡使 또는 巡相이라고 기록되고 있는 인물

巡察使는 공주 지역에 주재하는 최고 지위의 관리였다. 선생이 6년
간 유배되어 있는 중에 교체되는 분도 있으니(甲辰年 2월 24일 李裕
甫 등) 실제로는 여러 명인 셈인데, 그들은 수시로 可畦 선생을 찾아
오기도 하고, 또 세밑이나 신년에는 세찬 또는 선물을 보내주기도 한
다. 가끔 잔치를 열어 초대하기도 하고, 선생이 상을 당했을 때는 賻
儀를 전하기도 한다. 기쁜 일이 있을 때(가휴 선생의 백씨 과거 급제,
벼슬 제수 등)는 축하해 주고, 슬픈 일이 있을 때는 위로해 준다. 유

배 와 있는 인물임에도 선생을 극진하게 예우해 주고 있음을 알 수 있다.

(2) 通判, 半刺 등의 인물

지방 감영에서 통치자의 보좌역, 또는 지방을 다스리는 일을 하는 사람으로 이들은 수시로 왕래하며 선생과 함께 술자리도 같이 하고, 간혹 同宿을 하기까지도 한다. 또한 가까운 지역을 함께 다니며 유람도 하고, 함께 초정리로 약수 목욕을 다녀오기도 한다.(갑진년 7월 11일) 이들도 선생에게 슬픈 일이나 기쁜 일이 있을 때 일일이 찾아와 위로하고 즐거움을 함께 나누며 선생을 예우하고 있다. 오히려 순찰사보다는 더 자주 왕래하고 더 가깝게 지내는 사이라고 할 수 있다. 직급상 그렇게 하지 않았나 추측된다.

(3) 고을 수령, 지방 관리

각 지역의 수령(보통 지명 밑에 '守'자를 붙임)들은 인사차 선생에게 來訪하기도 하고, 일이 있을 때 공주에 왔다가 들러서 선생을 뵙기도 한다. 계절에 따라 새로 산출되는 곡식이나 과일을 보내 주기도 하고(여러 사람이 여러 차례 보내어 자주 기록되고 있다.), 종이나 소금, 생선, 약초, 혹은 궁핍한 데 사용하라고 돈('資'라는 글자로 기록함) 같은 것을 보내 주기도 한다. 가장 빈번히 왕래하는 사람은 니산(지금의 노성), 석성 등의 책임자다. 지방의 관리(이들은 지명 밑에 '倅'자를 붙임)들은 직접 찾아와 인사를 하기도 하고, 그 지역 산물을 보내주기도 하며, 문안 편지를 하기도 한다. 인원수로 보면 이들이 제일 많다.

(4) 군관 등 무인들

가휴 선생은 문과 출신이면서도 임진년과 정유년 왜란 때 의병을 모집하여 직접 전투에 참여했던 경력이 있어서인지, 군관 등 무인들과의 교류가 빈번히 이루어지고 있다. 공주에 있던 中軍 군영 사람들은 수시로 선생을 찾아와 문안하고 인사를 할뿐만 아니라 어려운 일이 있을 때 앞장서서 일을 도와주고 있다. 매년 신년이 되면 여럿이 함께 와 신년 하례를 하기도 한다.

(5) 전현직 관리

그들이 공주를 지나가거나 일이 있어 왔을 때 직접 선생을 찾아오기도 하고, 또 지위가 높은 사람일 경우 선생이 직접 찾아가 만나기도 한다. 공주의 위치상 주로 호남 지역과 연관된 사람들이 많다. 호남 지역의 순찰사, 御使, 亞使, 지방 수령, 兵使, 水使 등 다양한데, 직급을 따져 그렇게 한 것 같다. 선생은 유배 와 있는 신분이었지만 그런 사람들을 만나는 데는 아무런 제약이 없었던 것 같다.

(6) 기타

지방 관청의 書吏, 각 驛의 丞, 외국인의 통역관 등이 있는데, 이들은 친소 관계에 따라 자주 왕래하기도 하고, 실질적 도움을 많이 주기도 한다. 이인과 성환의 丞은 자주 왕래하며 가까운 사이를 계속 유지한다.

2) 선비들과의 교류

(1) 고을 선비들

공주 지역의 선비들은 가휴 선생을 상당히 예우했던 것 같다. 향교 쪽에서 문제가 생겼을 때 이를 선생과 상의기도 하고, 행사 때는 빠짐없이 초청하고 자문을 구하기도 한다. 특히 晦齋(이언적) 선생을 위한 상소 때는 여러 차례 상의하고 있는 것을 볼 수 있다. 그들은 수시로 饌物이나 기타 물건을 보내 주기도 하고, 어려운 데 보태 쓰라고 文件을 돌려 곡식을 걷어 주기도 한다.(癸卯年 10월 16일) 배타적이기 쉬운 고을 선비들이 유배 와 있는 분을 그렇게 예우한 데는 선생의 학식이나 덕망 등 그만한 이유가 충분히 있었을 것이다.

(2) 다른 지역의 선비들

다른 지역의 선비들도 수시로 찾아오거나 인사차 들르는 것을 볼 수 있다. 그들은 시를 지어 보내기도 하고, 碑文을 구하는 사람도 있다. 나주 선비 홍매는 자기 아버지의 억울함을 풀어달라는 편지를 써 달라고 부탁하러 오기도 한다.(甲辰年 9월 19일) 그 만큼 선생의 文才를 인정했기 때문이라고 볼 수 있겠다.

편지를 하거나 찾아온 인물들 가운데는 이덕형, 정장(선생의 스승인 한강 정구의 아들), 이경정(율곡 선생의 아들) 같은 분들도 있다.

(3) 공부를 원하는 유생들

여러 사람이 가휴 선생을 찾아와 공부하기를 청한다. 특히 고을 사람들은 비용을 염출하여 유생들을 가르칠 수 있도록 선생에게 집을 지어 주기까지 한다.(乙巳年 2월 7일) 고을의 通判은 자기 아들 둘을 맡기기도 하고, 먼 곳에서 찾아오는 사람들도 많다. 그 중 자주 언급된 사람은 조상우와 맹세형으로, 이들은 오랜 기간 동안 가휴 선생에게 배우는데, 그 결과 조상우는 과거에 급제되기도 한다. 고을 유생들은 과거에 대비한 글을 지어 가지고 와서 조언을 받기도 한다.(乙巳年 11월 15일 노응탁, 오중일, 오중철)

3) 가족, 친구, 동료들

(1) 가족

가족은 누구에게나 정이 쏠리고 애틋할 존재일 수밖에 없다. 특히 유배를 와서 가족과 떨어져 있어야 하는 처지에서는 더욱 그렇다고 할 수 있다. 이 일기에서도 가족에 관한 기록이 상당히 많은 부분을 차지하고 있는데, 가장 많이 기록되고 있는 가족은 伯氏다. 가휴 선생이 유배 중에, 백씨는 과거에 급제하여 벼슬을 받고 다른 곳으로(경주 제독, 대구 판관) 벼슬을 옮겨가기도 한다. 그분은 나중에 서원에 배향될 정도로 뛰어난 인품과 학식을 겸비한 黔澗公이시다. 안타까운 것은 4형제 중 하나(止仲)가 세상을 떠났는데(乙巳年 12월 9일) 마침 동생이 공주에 와 있고, 백씨는 서울에 있어 아무도 없는 가운데 상을 당해 애통해 하는 장면이다. 또한 공주에서 소실 枝母가 세상을 떠나고(그 장례식에 열 살도 안된 아들 枝遠이 상주 노릇하는 장면 묘사는 눈물겨운 대목이다), 揚母도 별세하는 아픔을 겪는다. 아들과 조카들도 여러 번 언급된다. 특히 몇 년만에 만나 보는 아들에 대한 어버이로서의 따뜻한 정, 아들이 전염병에 걸려 고생할 때(병오년 2월 21일부터 수일간) 노심초사하며 무사하기를 바라는 대목의 서술은 눈시울을 뜨겁게 할 정도다. 또한 공주 가까이에 있는 정산에 누이동생이 살고 있어 그 가족들과의 교류도 가끔 언급되고 있다. 유학자였던 만큼 돌아가신 아버지와 어머니의 忌日을 맞는 정성스런 자세와 마음가짐도 매우 소상하게 기록되어 있다.

이처럼 가족에 대한 기록들은 형제자매, 아들과 조카들, 아내와 돌아가신 부모 등이 중심을 이루고 있는데, 한결같이 따뜻한 어버이, 남편, 형제의 모습을 보이고 있어서 가휴 선생의 인품이나 성격을 짐작케 해 주고 있다.

특이한 것은, 가끔 상주 본가에서 집안 소식을 가지고 오는 노비(대소가나 친지들의 죽음을 알리는 訃音, 先塋 관리를 맡은 사람의 수해 상황 보고, 다른 소식 등)에 대한 기록에도 꼼꼼히 배려하고 있는 점이다. 제주에 거주하는 家奴가 전복과 烏賊魚를 가지고 왔다는 기록은 당시의 노비 제도를 연구하는 데도 귀중한 자료가 될 듯하다.(乙巳年 12월 29일)

(2) 친구, 동료

이 일기에서 가장 많이 등장하는 인물이 친구들이다. 그들 중에는 과거에 함께 급제한 사람들도 있고, 나이가 비슷한 사람도 있으며, 고향에 같이 살던 사람도 있다. 또 예전 난리 때 함께 의병으로 전장에 나갔던 사람도 있고, 벼슬길에 같이 있던 사람, 공부를 함께 한 사람도 있다. 이들은 수시로 찾아오기도 하고, 편지를 하기도 한다. 매달 월말이 되면 그 달에 편지를 하거나 찾아왔던 사람을 일일이 기록하고 있는데(두 달치를 몰아서 한 곳도 있음), 그 숫자가 많을 때는 70여명에 이를 때도 있다. 그들은 때때로 서책, 소금, 생선, 고기, 햇과일, 곡식, 종이, 약초 같은 것을 보내주기도 한다. 가장 빈번한 기록은 술을 가지고 왔다는 것과 시를 짓거나 주고받았다는 것이다. 술과 시를 좋아했던 가휴 선생의 풍모가 드러나는 장면이라 할 수 있다. 또한 그들은 어려운 일을 당했을 때, 특히 喪中에 각별한 후의와 위로를 보내 주고 있다. 선생은 유배 중 세 번의 상을 당하게 되는데 그때마다 관리들과 유생들은 물론, 각지의 친구, 동료들이 직접 찾아오고, 부의를 보내 주고, 상례 절차를 챙겨 주기도 한다. 또한 가휴 선생이 몸이 아파(乙巳年 9월 6일, 脫肛之症) 巡相이 초대한 잔치(重陽會)에도 못 가고 있을 때, 소식을 듣고 여러 사람이 병 문안을 오고, 어떤 사람은 치료법을 알려 주기 위하여 먼 곳에서 직접 오기도 한다.

이런 교유 관계는 평소 본인이 쌓아 놓은 깊은 교분이 아니면 어려울 것이다. 이런 일을 통해서도 이 분의 인품과 성정을 짐작해 볼 수 있다.

4) 기타의 인물

이 일기에는 외국인에 대한 기록도 나오는데, 중국의 장수, 포로로 잡힌 왜인과 중국인, 북쪽 오랑캐들 등에 관한 것이 그것이다. 이에 관한 상세한 내용은 앞의 내용을 참조하기 바란다. 당시 어지러웠던 정세와, 변방 지역을 중심으로 극심하게 우리 민족을 危害했던 일들에 대해 기록하며 나라를 걱정하는 선비의 마음이 잘 표현되고 있다.

특이한 인물로는 간혹 스님에 대한 기록이 나오는 점이다. 유학을 하는 선비로서 공식적으로는 불교와 거리가 멀 듯하지만, 절에 자주 들른 점이나, 절에 가서 공부를 하는 점등을 볼 때, 가휴 선생은 개인적으로 불교를 배척하지는 않았던 것 같다. 그래서인지, 가끔 스님이 찾아오기도 하고 편지를 보내오기도 한다.

점술이나 기이한 일들에 대해서도 가휴 선생은 관심을 열어 두고 있다. 별자리에 대한 기록, 流星에 관한 징조의 의문, 기상이변이나 자연재해에 관한 기록 등이 이를 말해 준다. 이 점에 대해서는 앞에서 상세히 논의했다. 이와 관련하여 특이한 인물이 松京에서 온 안경창이라는 사람에 대한 기록이다. 方外土라고 되어 있는데, 나이가 80여세나 되었는데도 자연을 편력하며 일은 해 보지 않았다는 것이 기이하다고 적고 있다.(을사년 2월 8일)

이상에서 가휴 선생이 유배 생활을 하며 교류했던 인물들의 범위에 대해 알아보았다. 이렇게 많은 사람들과 수시로 교류하는 것으로 보아 선생의 유배 생활이 고립무원의 적적하고 고단한 삶과는 상당한 거리가 있다는 것을 알 수 있다. 선생은 유배 중의 行刑者라기보다는 오히려 여러 사람들의 예우와 보호를 받으며 평상시 선비들의 삶과 별반 차이 없는 생활을 하고 있는 것이다. 이는 당시 유배의 형태나 등급과 관련이 있는 것인지, 아니면 정치적 파당의 대결 양상에서 이곳 사람들과 동일한 소속의 결과이어서인지는 명확하게 알 수는 없으나, 사람들과의 교류 범위에는 아무런 제한이 없었던 것처럼 여겨진다.

그 결과, 위로는 최고 관리인 순찰사를 비롯하여, 버금가는 통판이나 반자, 군영의 장교와 관리, 각 고을의 수령, 하급 관리, 여러 직급의 관료, 전현직 관원 등 다양하게 접촉하고 있다. 가족들도 수시로 찾아와 만나고, 일부 가족은 여기에서 함께 거처하기도 한다. 형제자매와 아들, 조카, 家奴 등도 수시로 왕래하고, 소식을 전하기도 한다. 친구와 동료들도 마찬가지다. 어려운 일이 있을 때 방문하여 위로하기도 하고, 힘든 일을 거들어 주기도 하며, 물품으로 어려운 생활을 도와주기도 한다. 편지도 제한 없이 주고받으며, 시를 교환하기도 한다. 선비들과의 교류도 극진한 예우와 공경 속에 각지의 선비들이 방문하고, 자문을 구하고, 글을 부탁하기도 한다. 공부하려는 선비들은 수시로 찾아와 배움을 청하고, 그들을 가르치기도 한다.

이처럼 유배 생활 중임에도 불구하고, 만나는 사람에는 전혀 제한이 없었던 것 같고, 또 만나는 사람들도 당사자가 죄를 짓고 유배 와 있다는 사실을 전혀 개의치 않았던 것 같다. 그저 객지에 와 있는, 학식과 덕망을 갖춘, 존경할 만한 선비의 한 사람으로 대접했던 것 같다.

나. 인물들의 교류 형태

다음으로는 인물들과의 교류 형태에 관해 알아보기로 하겠다.

앞에서도 간간이 언급했지만 일기에 나오는 인물들과의 교류 형태는 다양하다. 물론 親疎 관계에 따라 달라지기는 하겠으나, 여기에도 유배 생활을 하고 있다는 것이 그다지 영향을 미친 것 같지는 않다.

1) 술과 시에 관한 교류

가휴 선생은 술을 매우 즐겼던 것 같다. 아니면 옛 선비들의 교유에서 술이 대단히 중요한 비중을 차지했는지도 모른다. 일기 곳곳에 사람들이 술을 가지고 왔다는 기록이 보인다. 술을 가지고 오는 것이 인사하러 오는 사람들의 기본적 예의였는지는 몰라도, 당사자가 술을 즐기지 않는 성품이라면 그렇게 많은 사람들이 술을 가지고 올 까닭이 없었을 것이다. 술을 가지고 오면 대개 자리를 마련하여 함께 마시고 이야기를 나누는 것으로 되어 있다. 하기야 요즘도 윗사람에게 인사하러 갈 때 술병을 들고 가고, 또 간단히 술대접을 받기도 하지만 아마도 술은 인간 관계를 유지하는 데 있어 기본적인 매개물인지도 모르겠다. 술을 가지고 왔다는 사실을 빠뜨리지 않고 세밀히 기록한 것으로 보아 선생은 그에 대해 무척 고맙게 생각했던 것으로 짐작해 볼 수도 있겠다.

술을 마시는 데는 그 장소와 분위기가 중요하다. 멀리서 찾아온 반가운 사람과 한 잔 술을 나누며 그 동안의 회포를 푸는 모습은 예나 지금이나 다름이 없을 것이다. 술은 대개 강변에 나가 마시기도 하고, 특별히 잔치를 열어 마시기도 한다. 그리고 그 자리는 대체로 밤늦게까지 이어지기도 한다. 날이 저물어 술자리가 끝났다거나, 밤늦게 돌아왔다는 기록이 자주 보이는 것이 이를 말해 준다. 매화가 피거나, 꽃이 아름다울 때, 또는 경사가 있거나 계절이 바뀌어 특별한 歲時가 되었을 때 빠짐없이 술 이야기가 나오고, 사람이 찾아오고, 술을 마시며 이야기하는 것으로 되어 있다. 이는 풍류를 알고, 생활에 여유를 가진 사람들이 할 수 있는 일인데, 유배 생활 중임에도 그러한 생활을 했다는 것은 대범한 인품의 소유자가 아니면 힘들다고 할 것이다. 또한, 술을 마시되 대취하여 인사불성이 된다거나 다음날에까지 영향을 줄 정도로 마시지는 않았으니, 이는 절제와 분수를 지키던 선비로서의 자세라 할 것이다.

그러면, 선생이 술만 마시고 방탕한 생활을 했느냐 하는 의문이 들 수 있는데, 그것은 전혀 그렇지가 않은 것 같다. 그야말로 술이라는 것은 사람들을 사귀고 정을 나누는 것으로 마시면서, 술을 음미하며 즐기고 그로 인해 흥취와 인정을 불러일으키도록 술을 요긴하게 활용했던 것 같다. 이는 선비들이 술을 대하는 모범적 태도이자 술 그 자체의 속성을 가장 잘 선용하는 지혜로운 자세라 할 것이다.

다음으로는 시에 관한 것이다. 앞에서 소개한 바와 같이 선생은 시에 대해서도 뛰어난 안목과 재능을 지녔던 분이다. 문집에는 많은 양의 시가 수록되어 있는데(문집 열 권 중 절반이 시로 되어 있음), 여기서 일일이 그 가치를 논할 입장은 못 되나 항상 몸에서 시를 놓지 않고 살았던 자취로서 부족함이 없다 할 것이다. 일기에도, 시를 지어 가까운 사람에게 보내기도 하고, 또 다른 사람이 시를 지어 보내 오는 내용이 여러 번 나온다. 다른 사람이 지은 시의 韻字를 가지고 次韻을 하기도 하고, 혹은 다른 사람이 지은 시를 비평하기도 한다. 혹자는 선생에게 시를 지어 보내며 지도를 부탁하는 경우도 있다. 일기 중에 간혹 꿈속에서 시를 지었다는 내용이 나오기도 하는 것으로 보아서, 선생은 시를 생활과 떼어서 생각할 수 없도록 시의 생활화가 이루어진 분이라고 할 수 있겠다. 이는 詩作을 통해 항상 사물의 본질을 통찰하려는 자세이며, 동시에 삶에서 올바른 길을 선택하려고 늘 자신을 돌아보는 태도로서, 올곧은 선비들이 취했던 진정한 생활의 모습이라고도 할 수 있을 것이다.

시와 관련하여 특기할 것이 있다. 고향 친구 여덟 명이 찾아와서 소를 잡고 수레에 술을 싣고 가서 큰 잔치를 하는데, 여기에는 순찰사도 임석하여 밤늦게까지 동석을 한다. 그 다음날은 산성에 가서 공북루 등 여러 곳의 경치를 감상하고 배를 타고 돌아온다. 그런데 여기에서 아마 시를 많이들 지었던 모양이다. 차복원을 불러 公山會序 70여 句를 써 정리하라고 했다는 기록이 나오는데(을사년 11월 16일), 이는 잔치를 할 때나 산성을 구경하면서 각자 시를 지은 것을 모은 것이라고 볼 수 있다. 친구들과 놀이를 하면서도 시를 손에서 놓지 않았던 옛 선비들의 모습을 볼 수 있는 장면이라 할 수 있다.

2) 명승지 유람

유배 와 있는 몸이면서도 선생은 공주 인근의 명승지를 여러 차례 찾는다. 그것도 어떤 경우에는 하루 일정이 아니라 며칠씩 걸리는 나들이를 하고 있다. 그것이 공식적으로 허용되는 것인지, 아니면 비공식적으로 묵인 받아서 실행한 것인지는 분명치 않다. 다만, 어떤 경우에는 관청의 고위 관료가 동행하기도 하니 불법적인 일은 아니었을 듯하다.

선생이 찾은 곳은 마곡사, 갑사, 신도안, 신원사, 계룡산, 초정리 등이다. 대부분 공주 관내의 곳이긴 하나, 초정리는 충청도 관할이기는 해도 공주 관내라고 보기는 어렵다. 유람을 할 때는 항상 여러 사람이 동행하거나 나중에 합류하는 것으로 되어 있다. 주로 평소에 가깝게 지내던 사람들이거나, 미리 약속한 사람들이다. 그 내용을 대략 살펴보면 다음과 같다.

임인년 10월 6일에 계룡산에 갈 때 이성유와 곽몽득이 동행하고, 곽몽득의 사위 김굉도 나중에 합세한다. 이들은 전란 후에 새로 지은 갑사의 모습을 보면서 가을의 단풍을 완상한다.

계묘년 2월 30일에는 마곡사를 가는데, 여성우와 노응탁이 동행한다. 꽃이 피어 있는 가운데 냇가에 앉아 발을 담그고 시를 읊는다. 3월 1일에는 냇가에서 천렵을 하고 소나무 숲 속을 산보한다.

갑진년 7월 11일에는 초정리에 목욕을 하러 간다. 半刺와 함께 가서 하루에 한번씩 목욕을 하는데 3일간 세 번을 하고 독락정 아래서부터는 배를 타고 돌아온다.

갑진년 9월 28일 김의중을 송별하러 공암에 갔다가 半刺와 함께 신도안으로 간다. 사자암에는 김지화가 이미 와서 기다리고 있다. 나중에 박경행도 유성에서 와서 합류한다. 셋이서 용추의 신비한 모습을 구경하고 저녁에 험준한 용천령을 넘어 신원사로 향한다. 30일은 신원사에서 머문다. 윤9월 1일에 냇가 바위 위에서 술을 나누고 다음 25일에 다시 만날 것을 기약한다.

윤 9월 25일에 다시 신원사에 간다. 김지화, 홍사과, 정진생, 홍세윤, 김의립(김지화 아들), 이익형(김지화 사위) 등이 찾아와 술을 나누며 이야기한다. 다음날은 술도 마시고, 바둑도 두고, 무릎을 맞대고 이야기도 나눈다. 옥천의 김득이 선생을 찾아온다. 28일에는 단풍이 지는 모습을 보며 바위 위에서 술잔을 나눈다.

을사년 정월 4일에는 巡相이 교외의 경치를 玩賞하기 위해 紙磨洞1)에 장막을 설치하고 선생을 불러 여러 관리와 자리를 함께 한다.

---

1) 현재의 금학동. 이에 대해서는 강헌규 교수가 '우금티/우금고개에 보이는 우금의 어원에 대하여'(웅진문화 12집, 1999)에서 자세히 논의하고 있다.

꿩을 사냥하여 굽고 술자리를 마련하여 날이 저물도록 즐긴다.

이상 살펴본 바와 같이 자주는 아니나, 때를 맞추어 공주 인근의 유명한 명승지는 대충 다 돌아본 셈이다. 그것도 하루 일정이 아니라 충분한 시간을 들여 여유를 가지고, 술 마시고, 시를 짓고, 자연의 경관을 완상하는 그런 유람이다. 선생과 함께 한 사람들도 관리이거나 고을 선비들로서, 선생을 유배 와 있는 사람으로 대하는 모습은 전혀 찾아볼 수 없다. 마음 맞는 선비들이 어울려 봄가을에 명승을 유람하는 것이나 하등 다를 바가 없다.

3) 잔치와 상례, 제례

잔치는 기쁜 일이 있을 때 여러 사람들이 모여 축하하고 기리는 일로 술과 음식이 따르게 마련이다. 또한 잔치에 참석한 사람들은 당사자를 즐겁게 해 주고 함께 즐기는 것이 당연한 일이다. 유배 중의 사람에게 무슨 즐거운 잔치가 있을 수 있겠는가 하는 의문이 들 수도 있겠으나, 이 일기에는 두 번에 걸쳐 큰 잔치가 기록되고 있다.

첫 번째는 선생의 백씨가 과거에 급제하여 벼슬을 받은 후 공주에 있는 동생을 찾아온다는 소식을 듣고 고향 친구들이 대거 몰려와 하는 잔치다. 이 잔치에 관해서는 앞에서도 잠시 언급했지만, 소를 잡고 술을 수레에 실을 정도로 많이 마련하여 巡相까지 임석한 가운데 3일간에 걸쳐서 진행된다. 멀리서 찾아온 친구들이 유배 와 있는 친구를 위로하기 위해 잔치를 열고, 오래 만나지 못했던 회포를 마음껏 푸는 행사로서 옛 선비들의 우정과 의리를 살필 수 있는 대목이라 할 것이다.

두 번째 잔치는 유배에서 풀려 상주 본가로 가는 도중 要院川邊에서 열린 잔치다. 바른 말을 하다가 파직되어 유배를 와 6년이란 세월

을 보내고, 비로소 그 억울함이 풀려 다시 고향으로 돌아가는 심정이
야 말해 무엇하겠는가. 공주에서 각계각층의 많은 사람들이 이별을
아쉬워하며 여러 날 전별을 하는 것은 그 동안 고생한 것을 위로하는
뜻이었을 것이고, 한편으로는 그 동안 정들었던 사람을 떠나 보내는
아쉬움을 보여주는 반응이라 할 것이다. 상주의 가족들이나 친구 입
장에서 보면, 선생이 유배 생활을 끝내고 귀가하는 것은 더할 수 없
이 기쁘고 경하해야 할 일이었을 것이다. 그래서 그들은 멀리까지 나
와 마중을 하고, 집에 도착하기 전 요원천 가에 30여 명이나 나와서
소를 잡고 술을 준비하여 잔치를 벌이는 것인데, 이는 선생을 맞이하
는 친구 동료, 가족으로서 너무도 당연한 일이라 할 것이다.

경우는 좀 다르지만, 순찰사 대부인의 壽宴 잔치 얘기도 나온다. 이
잔치에 선생도 초대를 받는데, 잔치 과정의 상세한 묘사는 없으나, 당
시 사람들의 잔치 풍속이나 모습을 살필 수 있는 좋은 자료가 된다고
볼 수 있다.

선생은 유배 생활을 하는 동안 형제 중의 한 분, 소실인 枝母, 그리
고 揚母의 상을 당하게 된다. 이때 많은 사람들이 찾아와 조문을 하
고, 물품을 부조하고, 혹은 상례에 필요한 여러 절차를 도와준다. 장
례 기간은 대개 한 달, 또는 두 달간에 걸쳐 진행되는데, 관리를 비롯
하여 친구, 동료, 고을 선비들이 물심양면으로 부조를 하고 위로해 주
는 것을 볼 수 있다. 선생의 높은 인품과, 평소 다른 사람들과 좋은
교분을 유지해온 결과라 할 것이다. 또 이는 당시의 장례 절차와 풍
속을 연구하는 자료로서도 가치가 있다 할 것이다. 또한 그분들의 小
祥이나 大祥 때 빠짐없이 사람들이 위문하고 물품 보조를 하였다고
기록하고 있는데, 이도 선생의 높은 인품의 결과임은 물론 당시의 사
람들이 교유하던 형태로서 소중한 가치가 있다 할 것이다.

이 일기에는 조선의 역대 왕과 왕비의 기일이 빠짐없이 기록되고

있다. 그리고 선생의 부모 기일에 대해서도 자세히 기록하고 있다. 그 날을 맞이하면 전날부터 몸을 삼가고 조심하는 齋居를 하고 새벽에 곡을 하며 애통해 하였다고 적고 있다. 돌아가신 분을 추모하는 마음이 잘 나타나 있고, 선비로서의 표본적 자세를 보여 준다 할 것이다. 이 경우에도 간혹 사람들이 제수에 보태 쓰라고 물품을 보내 주기도 하였다.

4) 서신 교환, 세시 풍속

앞에서 서술한 대로 이 일기에는 많은 사람들이 선생에게 편지로 문안을 하기도 하고, 또 선생이 서신을 보내기도 하는 내용이 나온다. 擧名되는 사람 가운데 상당수는 여기에 해당한다고 볼 수 있다. 오늘날처럼 우편 통신 제도가 갖춰져 있지 않았던 시대였던 만큼 편지를 주고받자면 당연히 인편을 이용했을 것이다. 그런 불편이 있었음에도 불구하고 선생에게 한 달에 수십 명씩 편지를 했다는 것은 그만큼 선생이 다른 사람들과 폭 넓게 교류하고 있었다는 증거가 된다 할 수 있다. 또 이는 당시의 양반 사대부들의 생활 모습을 보여 주는 한 예가 된다고 할 수도 있다. 자고로 어떤 사람이든 외부와 교통이 없으면 침체되고 위축되는 것은 필연지사다. 더 나은 미래를 바란다면 항상 자신을 돌아보고 끊임없이 외부와의 교통을 열어 두어야 한다. 자칫 유배라는 상황 속에서 자포자기하거나 원망으로 몸을 그르칠 수도 있는 상황인데도, 엄격한 자기 관리와 지속적인 학문 연구를 통해 학자적 풍모를 유지한 것은 선생의 고매하고 염결한 인품 때문에 가능했다고 볼 수 있을 것인데, 이에는 외부 사람들과의 끊임없는 교류도 한 몫을 담당했을 것이 틀림없다.

예나 지금이나 사람들은 계절이 바뀌고 해가 바뀌는 때를 맞이하면 지난 날을 돌아보고, 새로운 계획을 세우거나 마음가짐을 다시 하는 계기로 삼는다. 이 일기에도 연말이 되거나, 새 해가 되면 사람들이 여러 물품을 보내 주기도 하고, 인사를 하러 오가기도 하는 내용이 나오고 있다. 높은 사람이나 어른을 찾아 뵙고 인사를 드리는 풍속은 아름다운 우리 전통이라 할 것이다. 선생은 유배 중의 몸이었음에도 순찰사에게 신년 인사를 드리고, 여러 사람으로부터 새 해 인사를 받기도 한다. 어떤 사람은 守歲를 같이 하기 위해 일부러 찾아오기도 한다.(갑진년 12월 28일, 李聖兪) 관리들, 특히 軍營의 장교와 관리들은 세배를 하러 오기도 한다. 이런 사실도 선생의 존경받는 인품을 보여 주는 예라 할 것이다.

4월 8일이 되면 觀燈會를 열고 선생을 초청하는 기록이 나오는데, 관등회가 불교 행사에만 그치지 않고 백성들의 일반화된 풍속의 하나로 정착되어 있음을 보여주는 예라 할 것이다. 특히 초청하는 주체가 通判 등으로 되어 있는 것을 보면 관청에서도 이를 특정한 종교 행사로 보지 않고 있음을 알 수 있다.

9월 9일은 重陽節인데 이때도 자리를 마련하여 선생을 초청하고 술자리를 함께 하는 것을 볼 수 있다. 바쁜 공무에 시달리다가 이런 세시를 맞아 잠시 여유를 가지고 휴식과 재충전의 기회를 갖는 것은 조상들의 슬기를 보여 주는 한 사례라 할 수 있을 것이다.

이밖에도 봄날의 답청놀이, 여름의 천렵, 가을의 단풍 구경 등 세시와 관련된 기록들이 더러 나오는데, 이때마다 선생은 초청을 받아 술자리를 함께 하는 것으로 보아 고을의 주요 인사로 대접받고 있음을 알 수 있다.

이상 살펴본 바와 같이 서신 교환과 세시풍속 같은 것을 통해서도 선생은 여러 사람과 격의 없는 교분을 나누며 존경과 예우를 받는 생활을 했음을 알 수 있다.

3. 나오는 말

위에서 可畦 선생의 公山日記에 나오는 인물들에 관해 그 범위와
형태를 중심으로 대략 살펴보았다. 개인적인 사사로운 기록인 만큼
거기에 여러 사람이 등장하는 것은 당연하다 하겠는데, 이 일기가 공
주라는 곳에 유배되어 있을 때의 기록이라는 점에서 우리의 관심은
과연 여기에 어떤 사람이 어떤 형태로 언급되고 있는가 하는 점이었
다. 400여 년 전 공주에는 어떤 사람들이 살고 있었으며, 또 그들은
어떤 형태로 서로 교류하고 있었는가, 특히 유배 중의 주인공이 접촉
했던 인물들은 어떤 범위였으며 그들은 무슨 연결 고리를 가지고 서
로 왕래하고 교류했었는가를 아는 것은 당시의 제도나 풍속을 살피는
데 매우 유용할 것이라는 전제에서였다.

가휴 선생이 공주에서의 6년간 유배 생활 중 만난 인물들 가운데
관리쪽은 고위 관료에서부터, 지방의 관리, 각 지역의 수령, 여러 지
방의 하급 관리, 역의 책임자, 서리, 통역관, 전현직 관리 등 제한이
없었다. 또한 과거의 친구나 동료, 제자, 지역의 유생들, 다른 곳에서
찾아오는 선비들, 고향 친구도 있었고, 가족들도 형제자매, 조카, 아내,
아들, 家奴, 先塋 관리인, 夶居 노비, 고향의 친지 등이 아무 제약 없
이 왕래하고 있음을 볼 수 있다. 이것이 당시 유배형을 당한 사람들
의 보편적인 모습이었는지, 아니면 선생에게만 특별히 허용된 조치였
는지는 분명히 알 수 없다.

위와 같은 사람들과 교류하는 형태도 다양하여 매우 자유롭게 이루
어지고 있다. 술자리를 같이 하기도 하고, 관리들이 행사에 공식적으
로 초청하기도 한다. 때로는 관리들과 어울려 나들이를 하기도 하고,

마음 맞는 사람들과 동행하여 공주 인근의 명승지를 찾아 유람을 하기도 한다. 세시풍속에 따라 여러 행사에 동석하는가 하면, 개인적으로 어려운 일을 당했을 때는 한결같이 모두 위로하고 도움을 준다. 햇곡식이나 과일 같은 것을 보내주기도 하고, 유배 생활을 하는 가난한 선비에게 서책이나 소금, 생선, 종이, 약초 같은 것을 전해 주기도 한다. 특히 많은 사람들이 술을 가지고 직접 찾아와 술자리를 같이하기도 하고, 시를 써서 교환하기도 한다. 이로 보아 유배 생활 중의 의식주 해결은 본인에게 모두 맡겨졌던 사실을 확인할 수도 있다. 상을 당했을 때나, 형의 과거 합격 같은 경사가 있을 때도 많은 사람들이 위로와 축하를 해 주고 있다. 또한 원근을 막론하고 많은 유생들이 선생을 찾아와 공부하기를 청하고 실제로 선생은 이들을 정성을 다해 가르치기도 한다.

이와 같은 사실을 종합해 볼 때, 선생의 유배 생활은 본인의 關外 출입만 제한되었을 뿐 평상시와 조금도 다름없이 일상생활이 이루어지고 있음을 알 수 있는데, 이는 당시의 유배 제도를 생생하게 증언하는 사실이라고 할 수 있을 것이다. 선생을 대하는 다른 많은 사람들도 선생이 유배 중의 죄인 신분임을 전혀 개의치 않고 존경과 예우를 하고 있는데, 이는 선생의 고매한 인품과 깊은 학식, 높은 덕망 때문에 가능했다고 볼 수 있을 것이다. 또한 억울하게 유배를 당한 선생은 이를 조금도 원망하거나 자포자기하지 않고, 오히려 평상시와 여일하게 학문을 연구하고 선비로서의 몸가짐을 조금도 흐트러뜨리지 않는 모습을 보이고 있는데, 이 또한 선생의 깊은 수양의 결과임은 물론 襟度를 지키는 선비의 도리를 다하는 모습이라 할 수 있을 것이다.

우리는 이 한 편의 일기를 통해 한 인간의 내밀한 고뇌와 번민을 알 수도 있으며, 나라와 겨레를 걱정하는 우국충정의 선비의 기개를 읽을 수도 있다. 또 수백 년 전 사라진 공주의 옛 모습을 엿볼 수도 있고, 당시 관리들을 비롯한 양반 사대부들의 생활 보습을 생생히 알 수도 있다. 어느 시대가 됐든, 또 어디에 위치하든 사람이 다른 사람들과 어떻게 교유하고 몸가짐은 어떠해야 하는지를 모범적으로 보여 주는 가르침을 얻을 수도 있다.

公山日記 飜譯

□ 壬寅年 （1602년）

壬寅년 4월에 掌令으로서 己丑의 억울한 獄事[1]에 거스르는 말을 주창한 것 때문에 벼슬을 박탈하여 광주로 내치는 聖旨가 내려졌고, 臺啓[2]로 인해 갑자기 공주로 유배를 가게 되었다.

● 5월 3일

귀양지로 출발할 때 方伯인 李養久 令公[3]께서 서신을 부쳐 안부를 물으면서 아울러 전별하는 물자를 보내오니 위로하는 뜻이 가히 감동스럽다.

● 5월 6일

계룡산 골짜기에 도착하자 거세게 바람이 불고 비가 세차게 내렸다. 다행히 곧바로 개어 계속하여 나아갔다.

● 5월 10일

公山에 도착했다.

● 5월 13일

연기군수인 直夫 鄭樟[4]이 서신을 부치면서 아울러 물자도 보내와 詩로써 감사함을 전했다.

---

1) 기축옥사의 핵심은 西人에 속해 있던 松江 鄭澈이 東人에 속한 최영경을 무고하여 죽게 하였다는 죄를 추론하는 일
2) 사헌부, 사간원에서 有罪로 인정하여 올리는 啓辭
3) 종2품과 정3품 의 관원을 일컫던 말. 令監이라고도 함
4) 이 분은 선생의 스승인 寒岡 鄭逑 선생의 아들임

● 5월 19일

고을의 牧使인 金尙寯이 내방했다. 장차 다음날로 관직을 버리고 고향으로 돌아간다 한다. 여기 객지에 와서 더불어 서로 의지할 만한 사람이 오직 이 수령뿐이었는데, 결연히 돌아가 쉴 계획이라 한다. 情이란 원망이나 슬픔에 끌리지 말아야 깊어지는 것이니 이에 네 韻을 사용하여(시를 지어) 부치고 회한을 떨쳐 버렸다.

연기군수가 화답하여, 전에 보낸 시의 韻을 사용하여 지은 시를 보내면서 또 別韻을 부쳐오니, 곧 다음에 보내야겠다.

● 6월 1일

심심풀이로 글을 지어 한 편 읊었다.

참봉인 金吉遠 子善이 산중으로부터 서신을 보내왔는데 산중에서 한번 모여 열흘 정도 지내고자 하며 나를 기다린다는 것이다. 이는 진실로 좋은 소식이나, 감히 대답을 못 하였다. 허락하는 명이 있으면 서늘한 바람이 불 때(가을)를 기다렸다가 한 번 가겠다는 뜻을 詩로 읊어서 보냈다.

연기 군수가 또 詩를 보내왔는데 30여구나 된다. 글을 읽는다는 것이 덕이 있는 사람을 만든다는 뜻으로 근면함을 보여주는데, 친지의 내방이 계속하여 끊이지 않아 책을 살펴볼 틈이 없어 옛 사람의 뜻에 맞게 할 수 없으니 부끄럽고 한스러움이 어찌 지극하지 않겠는가, 라는 뜻으로 삼가 화답하는 시를 지어서 보냈다.

● 6월 20일

宋尼山仁甫5)가 있는 힘껏 물자를 베풀어주니, 감탄한 나머지 시를 지어 보내 그에 사례했다.

7월 3일

한산 군수인 친구 韓懷가 내방하고, 또 생선, 소금, 쌀, 술 등을 넉넉히 보내 도와주니 나그네 부엌이 넘쳐나 감동스럽다.

● 7월 7일

김참봉이 또 사람을 보내서 부르기에 저녁이 되어서 갔다. 암자의 건물은 자못 깨끗하고 산골짜기의 물소리가 또한 그윽하고 깊어서 족히 산보할6) 만한 곳이다. 술을 대하여 마음을 논하니 문득 내 몸이 귀양 와 있다는 것7)을 잊었다. 다만 가는 곳마다 연달아 펼쳐져 있는 유적이 많이 방치되어 있어 가까이 얻을 수 없으니 이것이 가히 두렵다.

● 7월 12일

고을 사람 鄭鷗가 와서 보았다. 鷗은 향교에서 심부름하는 사람이다. 일찍이 임진왜란 때는 나와 더불어 義兵의 진지에 있으면서 같이 일한 적이 있다. 사람됨이 자못 아낄 만하였고, 또 더불어 詩를 말할 만한 사람이다. 여기에 온 후에 곧 그 안부를 물었으나 海邑에서 일이 있어 돌아오지 않았다고 하였었는데, 어제 비로소 돌아와 오늘 아침 와서 방문하니 여러 해 동안 만나지 못한 서운함이 이미 지극하여

---

5) 니산은 현재의 논산시 노성면임. 노성은 그 지명에 공자가 태어난 魯나라의 '魯'字를 쓸 정도로 유서 깊은 곳이며, 지금도 공자를 모시는 궐리사라는 사당이 있음. 노성의 고을을 맡고 있는 송인보를 이렇게 표현한 것임.
6) 盤桓은 머뭇거리며 서성거리다의 뜻임
7) 원문에 나오는 長沙는 중국의 지명인데, 한 나라 때 賈誼라는 사람이 이곳으로 귀양을 가서 屈原을 조상하는 글을 지었으므로 억울하게 귀양 가 있는 충신을 가리킬 때 이 말을 사용함

크게 기뻤다. 이로 인하여 아침, 저녁으로 서로 함께 하며 귀양살이하는 근심을 달랠 수 있어서 가히 다행이다.

● 7월 16일

都事인 呂大老가 해상으로부터 달려 이르니 대개 그 행차는 나를 만나보기 위함이다. 임란 후 멀리 떨어져 지낸 지 이미 일 년이 지나 옛날의 감흥이 이미 지극하던 것을 이제 위로 받게 되었다. 계속하여 여러 날 머물면서 술자리를 베풀어 서로 주고받으니 그 뜻은 더욱 감동스러웠다. 金子善, 林直卿이 이 모임에 동참했다.

● 7월 22일

商山 朴提督 어른 春亭이, 鄭三峰8)이 지은 錦江樓의 시를 次韻9)으로 하여 멀리서 그 뜻을 부쳐오니 감탄의 여운이 있어 화답하는 글 두 章을 지어 보냈다.

집에서 소식이 왔는데, 다 화평하고 좋다 하니 객지에서의 우울함에 조금의 위로가 된다.

● 8월 7일

釋奠10) 후에 고을 사람이 膰肉11)을 보내왔다. 대개 내가 일찍이 벼슬을 하던 후예로서 이름이 죄인의 문서에 오르게 된 사람이니, (이를 받는 것이) 돌이켜 두렵고 불안한 마음이 있다.

---

8) 三峰은 조선초 개국 공신인 정도전의 호임. 정도전이 공주의 금강루를 소재로 지은 시가 있음.
9) 次韻이란 다른 사람이 지은 시의 운자를 이용하여 시를 짓는 일을 말함
10) 文廟에서 孔子를 제사 지내는 의식. 음력 2월과 8월의 上丁日에 거행함
11) 제사 때 쓰는 익힌 고기

● 8월 13일

기억나는 꿈이 있어 시로 지었다.

● 8월 15일

오늘 같은 명절날에는 돌아가신 조상에 대한 감회12)가 갑절이나 절실하여 회한이 됨을 어찌할 수 없다. 秀才13) 成南秀와 鄭鷗이 술을 허리에 차고 와서는 날 불러내, 강으로 나갔다. 물가에 임하여 달을 대하고 서로 술잔을 권하다가, 밤이 깊어서야 헤어졌다. 잠시 귀양살이하는 근심을 잊을 수 있었다. 고을 사람 康俔, 康時建이 이 모임에 동참하였다.

● 8월 19일

충주의 成則優가 시험 장소로부터 말을 달려 이르니, 오랫동안 만나지 못한 나머지, 기쁘고 위로됨이 헤아리기 어렵다. 다만 公的으로 다니는 형편이라 오래 지체할 수 없어 새벽닭이 울기를 기다렸다가 곧 출발하니 이별의 감회가 다시금 창연하다(한탄스럽다).

● 8월 21일

단양의 李叔平이 면양 시험장으로부터 먼 길을 돌아 멀리서 오니, 마음에 느끼는 행복이 어떠하겠는가. 와서는 나를 불러 나가서 금강의 가을 경치를 감상하였다. 또 비가 와 머물면서 다시 하루를 더 정을 나누게 되니, 아마도 하늘이 사람의 아쉬운 이별을 헤아려 주는

---

12) 중추절은 연중 가장 큰 명절인데 귀양 와 있는 몸이기 때문에 조상의 산소에 성묘하지 못하는 심정을 표현한 것임. 원문에 나오는 松楸는 소나무와 배롱나무로 무덤 가에 심는 나무를 총칭하여 가르키는 말이니, 松楸之感은 돌아가신 조상을 추모하는 감회가 될 것임.
13) 결혼하지 않은 남자의 美稱

뜻인 것 같다. 더욱 다행스러운 것은 송인보가 이 모임에 함께 한 것이다. 세 사람이 솥발처럼 벌려 앉아 함께 시문을 지어서 서로 주고 받았다.

● 9월 3일
進士인 鄭文振이 半刺14)를 손님으로 하여 찾아온 바, 후에 그와 더불어 서로 지내보니, 그 의용(儀容:몸을 가지는 태도)과 견식이 참으로 단아한 선비였다. 서로 친하게 지내는 즐거움이 끊임없이 있었으나, 이제 장차 북쪽으로 돌아갈 날이 되고, 뒤에 다시 만나는 것 또한 쉽지 않으니 한탄스럽고 슬픈 감회를 이기지 못해 시 네 편을 읊어 그에게 주었다.

● 9월 8일
고을 사람 李天章이 사람편에 서신을 보내서 초대했다. 李聖兪와 더불어 물길의 흐름을 따라 함께 갔다. 대개 천장은 젊었을 때 과거를 치렀으나 그 뜻을 이루지 못하고는 강 상류의 소나무 숲 사이에 몇 간의 집을 지어 숨어서 살고 있는데, 가옥의 창과 벽면이 모두 조용해 보였다. 집의 주인과 더불어 포구에 배를 정박하고, 반나절을 높은 곳에 올라 경치를 조망했다. 同知15)인 吳大獜 형제가 또한 술을 가지고서 와서 해가 저물도록 즐거움을 나누다가 헤어졌다.

● 9월 11일
연기의 수령이 내방하여 머물면서, 赦免을 반포하는 일을 맡은 使

---

14) 벼슬 이름. 郡의 보좌관으로 長吏, 別駕, 通判 등을 일컬음
15) 同知는 조선조의 벼슬 이름으로 종2품의 同知中樞府事를 줄여서 말하는 것임. 그러나 때로는 직함이 없는 노인의 존칭으로 쓰이기도 함.

臣되는 사람이 左路16)로 향한 것에 대해서 대화했다.

● 9월 12일

山谷17) 선생의 시 가을의 감회에 次韻하여 10수를 지었다.

● 10월 6일

李聖兪, 郭夢得과 더불어 계룡산에 가기로 하여 갔는데, 산 입구에서 수재 金鉉이 또한 온다는 약속도 없이 이르니 김은 곧 몽득의 사위로 함께 마음 속에 두었던 사람이다.

드디어 손을 이끌고 선방에 이르니 이것으로 3일간의 만남이 이루어졌다. 단풍잎은 아직도 좀 남아있고 날씨 또한 심히 춥지 않아 걷기에 마땅했고, 함께 구경하는 것이 즐거웠다. 이것은 진실로 우리들이 (만남의 약속을) 바꾸지 않아(지켜서) 얻어진 아름다운 모임이었다. 다만 가는 곳마다 연달아 펼쳐져 있는 유적이 거의 방치되어 있어 마음에 두려우나, 옛 사람들도 또한 계룡산을 그대로 유람했으니, 이로써 스스로 위안을 삼고 스스로를 구원한다. 이러한 심사를 각자 글로 써서, 다음 날에 서로 기억하는 자료로 삼기로 하였다.

● 10월 19일

巡相께서 오셔서 뵈었다. 지난번에 이미 심부름하는 사람을 보내 안부를 물으셨는데, 이제 또한 몸소 왕림하시어 이 초라한 사람을 보러 오시니, 어찌 이 깊은 수고로움을 감사히 여기고 행복해 하지 않을 수 있는가.

---

16) 서울에서 지방으로 내려오는 길에 右路와 左路가 있었던 것 같음.
17) 山谷 선생이 黔南에 유배 가 있을 때 지은 시를 가리킨다.

● 11월 14일

朴景行이 오늘 내방하겠다는 약속이 있었으나, 연고가 있어 오지
못하고, 그의 맏아들 文吉을 대신하여 보냈는데, 그 사람됨이 단아하
고 아름다워 보인다. 또한 그의 詩文이 민첩하여 또한 족히 일어날
것 같아(성공할 것 같아) 나는 그들을 일컬어 어진 아버지에 어진 아
들이라 말하는 것이 옳다고 본다.

● 11월 19일

巡相께 가서 인사드렸다.

● 11월 22일

두 동생이 왔다. 반 년 동안 떨어져 있다가 만나는 것이라 기뻐서
손을 잡고는 말을 할 수 없었다. 또한 모든 가족들이 두루 다 평안하
다니 다행스런 일인데, 다만 큰 형님께서 오래도록 북방의 나그네로
지내시면서 돌아오지 못하니, 무엇을 먹고 견디시는지 고초를 멀리서
걱정이나 할 뿐 해드릴 것이 없다.

● 12월 3일

내일은 선친의 기일이다. 종일 재계하며 지냈다. 객지의 큰형은 이
미 멀리 있으나, 우리 형제가 다같이 여기에 있어 이로 인해 제사 지
내는 일을 행할 수 있으니 감사한 일이다.

● 12월 4일

새벽에 일어나 제사를 행하니 추모하는 아픔이 집에 있던 날보다
배나 애절하다.

● 12월 21일

가까운 곳의 군수 및 오랜 친구들이 한 해를 마감하는 물사를 함께 베풀어 보내 주었다. 순상께서 또한 생선, 고기, 종이, 약초 등을 넉넉히 보내주니 나그네의 살림살이에 가히 감동스럽다.

날마다 내방하는 사람을 계묘년부터는 그 달의 마지막에 나란히 기록하여 후일에 잊지 않는 자료로 삼을 요량이다.

□ 癸卯年 （1603년）

● 1월 1일

선조 조상님의 위패를 모시고 간략히 제물을 올려 제사를 거행했다.

● 1월 2일

인순황후 심씨의 기일이다.

● 1월 5일

審仲이 돌아가게 되니 마음이 좋지 않다.

● 1월 8일

審藥[18] 韓應仁이 서울로부터 이르렀는데 큰형의 편지를 가지고 왔다. 들으니, 대궐 안에 돌을 던진 변괴가 있었다는데, 사람의 마음에 지극히 해괴하고 놀랄 일이다.

---

18) 審藥은 궁중에서 소용되는 약재를 고르기 위해 지방으로 파견했던 종9품의 벼슬 이름

● 1월 13일

岳丈(丈人) 李察訪께서 오셔서 뵈었다. 십 여일 동안 모시고 대화하면서 귀양살이하며 지내는 근심을 잊을 수 있게 되었으니 다행이다.

● 1월 17일

止仲이 또 돌아갔다. 귀양살이 중에 계속하여 동기(형제)를 떠나 보내자니 가고 머무를 수밖에 없는 마음의 일이 스스로 많아 감당하기가 어렵다.

  -방문자 : 송인보, 최선, 민여흔, 정방, 이천장, 정언(술 가지고 옴), 이충언, 구계(平壤判官), 정원경(영동의 수령), 소세안, 나수, 이몽윤(술 가지고 옴), 임회(직경), 박희일, 오효남, 장덕익, 박문겸, 노수오(천안의 수령), 지득원(찰방), 민원백, 오중일, 오중철, 강시진, 오대린, 박첨, 이상중(전라도 亞使), 고경우, 류경종(비인의 수령), 김현, 석양정, 송계창, 박충남, 민여침, 노응탁, 이이재, 신수, 윤갑훈(천안 사람), 남변(巡相의 조카), 송승록, 송희진, 노응완, 송원기(진사, 성주 사람), 정직부(술 가지고 찾아옴), 조영암, 이경준(통제사), 정영국(보령의 수령), 이덕연(정산의 수령), 홍순제, 여성우(都事로 고을에 들어옴), 이구순(금산의 수령), 임자신(통제사 종사관), 이정시(別坐), 윤삼빙(임천의 수령), 송석규(인보의 아들), 안곡(提督)
  -서문 : 호남 方伯[19] 한익지

● 2월 10일

서울에서 온 사람에게 들은 것에 의하면 궐 안에 돌을 던지는 변고

---

19) 관찰사의 별칭

가 있다니 사람으로 하여금 지극히 놀랍고 두렵게 한다.

● 2월 17일
세종대왕의 기일이다.

● 2월 22일
이숙평이 시험 장소로부터 직접 와 머물며 묵으면서 이야기를 나눴
다.

● 2월 27일
鄭直夫가 논박을 당하여 고향으로 돌아갔다. 귀양살이하는 중에 이
런 벗을 얻어 의지하며 서로 도울 수는 있었는데, 이제 갑자기 그를
잃어버린 마음은 심히 슬프다.

● 2월 30일
呂聖遇가 나를 불러 함께 마곡사에 갔다. 盧應暲도 같이 갔다. 본
고을에서 사십 여 리를 가니, 마을이 깊고 깊은 곳에 있는데, 산에는
꽃이 피어 있고, 또 흐르는 물소리는 詩歌를 읊는 소리 같아 속된 생
각을 씻기에 충분했다.

　　-방문자 : 신행원(홍주 목사), 박로(경행, 친구), 이타(은진 사람),
　　박후현, 이득부(회덕의 수령), 최두(새로 과거 급제), 김료(임피의
　　수령), 최덕윤, 최덕준, 윤길(호남 경시관), 권해미(술 가지고 옴),
　　박간, 이덕언(석성의 수령), 박문준, 박문형, 박상현, 정명세(고을
　　사람), 전덕일(전 半刺의 아들), 성윤문(水使), 목장흠(호남 어사),
　　송철창, 이함(진사, 광산 사람), 이충언(利仁), 송망영, 김진, 홍세
　　웅, 박의현, 임득신(연산으로부터 조정에 가는 길), 이수륜, 노극

점, 고용후(霽峯의 아들), 한백겸, 정양일(경시관), 박원표
—서문 : 領台[20], 孫倜(正字), 안남평

● 3월 1일

마곡사에 머물렀다. 시냇가 돌로 나와 위, 아래 시냇물에서 물고기
잡는 것을 구경하였다. 산이 비록 수려한 모양은 아니었으나 여기저
기 흩어져 있는 소나무 사이로 함께 이리저리 거닐며 유유자적하기에
는 충분한 정취가 있었다.

● 3월 2일

장경왕후 윤씨의 기일이다.

● 3월 3일

성우가 대흥으로 향하자 鄭嗣安이 나를 위해 초청을 하여 그 못 가
에 있는 정자로 갔다. 정자에는 자못 상쾌한 바람이 불어 깨끗한데,
(그 경치가) 자못 볼 만하였다. (정자에는) 또한 많은 시인들이 읊은
글이 붙어 있었다. 주인이 정자 위에서 나에게 술잔을 돌려서 늦게서
야 헤어져 돌아왔다.

● 3월 4일

함경감사의 狀啓를 얻어 보았는데 북청, 홍원, 함흥 등의 바닷물이
붉어져 고기잡이하는 배가 그 속에 들어가면 곧 붉은 색이 사람 옷에
비추일 정도라고 한다. 햇빛이 비추이는 바다와 산이 다 붉은데, 북방
을 시작으로 해서 점점 이동하여 남쪽에 이르니 지금 8일에는 그 색
이 말의 피와 같고 그 형상은 물에 떠 있는 점액(침)과 흡사하여 지

---

20) 영의정을 말함

극히 작은 두꺼비 알이 물에 떠있는 형상이라 한다. 또 쌀가루가 불에 비친 모양과 같으며, 그 물을 취하여 끓여도 그 붉은 색이 변하지 않았다고 한다. 그 알 같기도 하고 가루 같기도 하고 침 같기도 한 형상은 또한 익혀지지도 않았다고 하는데, 경성 이남의 바닷물이 다 이렇게 변했다고 한다. 이러한 현상은 가까운 옛날에는 없던 변화로 끝까지 무슨 조짐인지 알 수가 없다. 작년에는 용주산 돌이 움직였고, 봄이 되어서는 풍천, 과천, 재령 등지에서 또한 돌이 움직이는 일이 있었다. 지진이나 우레는 경계를 보일 때에 있는 것이니, (이번) 일은 지극히 염려스럽다.

● 3월 8일
高擎宇가 상주에서 편지를 보내와 두 아우가 무사함을 알게 되었고, 큰형은 左試인 進士科 시험에서 으뜸이라니 끝마무리가 곧 얼마나 다행한 일인가.

● 3월 9일
巡相께서 산성에 도착하셔서 나를 부르시기에, 날이 늦어서야 가 다다르고 저녁에 돌아왔다.

● 3월 11일
巡相께서 해상으로 순찰을 나가다가 지나는 길에 내가 거처하는 집에 들르셨다.

● 3월 16일
校理21)인 權縉이 임금의 命을 받아 호남을 향하면서 잠시 들어와 이야기하고는 갔다.(호남에 역병이 지극히 성해서 많은 사람이 다치

고 죽은 고로 임금이 관리를 파견하여 제를 올리게 함이다)

● 3월 19일

통천 등지의 바닷물이 붉고 탁해졌는데 평해에 이르기까지 다 그렇다고 한다. 대개 북쪽으로부터 남쪽으로 옮겨온 것이다.

● 3월 24일

소헌왕후 심씨의 기일이다.

들으니, 통천 이하의 모든 고을 바닷물 색깔이 간간이 붉은 색을 띠더니 26일 이후부터는 붉은 색이 두루 미쳐 바닷물 기운이 혼탁해져 고기잡이배가 그 흐릿함을 만나면 노를 젓기가 수월하지 않아 다니기에 어려움이 있는 것 같다고 한다. 전에는 보지 못하였던 것으로, 바다 깊은 곳은 피와 같고 가까운 해변은 그 붉기가 조금 엷으나 그 물을 취하여 염색하면 淡紅과 같다고 한다.

● 3월 25일

덕산의 수령인 黃致中이 내방하여, 강의 상류에 있는 이천장의 정자로 가서 모였다. 전 진산 수령이었던 姜德袞가 술을 가지고 함께 모여서 술이 다하도록 즐기다가 헤어졌다.

● 3월 27일

들으니, 강원도 양양부 낙산사에는 돌 두 개가 있는데, 바다 속으로부터 나와서 의장대 아래 스님들과 사람들이 미역을 채취하던 곳에 가로누운 것이라 한다. 바닷가에는 원래 쌓인 돌이 많아서 혹은 푸르

---

21) 校理는 벼슬 이름으로 홍문관의 정5품, 또는 校書館이나 承文院의 종5품에 해당됨

고 혹은 검은 이끼가 끼어 가라앉아 있었는데, 두 돌은 곧 흰 가루를 발라놓은 것처럼 그 색깔이 현저하게 달랐다고 한다.

춘천의 동면에서는 암꿩이 변해서 수꿩이 되었다 하니 변괴가 심상치 않은 일이다.

> ㅡ방문자 : 김정혁(익산 사람), 임득지, 임득신(이 두 사람은 公直의 조카), 이호의(本道의 御使), 윤구(한산의 수령), 박희일, 신도 (부여의 수령), 이진선(병랑), 이홍벽(천안 사람), 홍순개, 김관옥 (한림), 장희성(참봉)
> ㅡ서문 : 임공직, 이숙평, 윤황(통판), 이덕언(석성의 수령)

● 4월 1일

巳時初(오전 9시경)에 日食이 있었다.

석성의 수령이 생선을 보내왔다.

재계하며 지냈다.

● 4월 2일

새벽에 돌아가신 어머니의 제사를 지냈다.

● 4월 3일

산 사람[22] 法宗이 와서 보았다.

● 4월 7일

문정왕후 윤씨의 기일이다.

---

22) 스님을 가리키는 듯함

● 4월 19일

들으니, 서천군 남쪽 5리쯤에 큰 돌이 있는데 여덟, 아홉 자쯤을 옮겨 앉았다고 한다. 그 돌이 지나간 땅은 움푹 들어갔는데 여러 치었다고 한다. 그 무게는 비록 7, 80여명이라도 능히 굴려 움직일 수 없었다 한다.

밤에 약간의 비가 내려 농사 짓는 사람들의 소망에 조금이나마 위로가 되었다.

● 4월 22일

큰형이 서울에 있으면서 편지를 보내 와서, 객지에서 평안히 지내고 오신 것을 알게 되었으니 참으로 다행이다. 들으니 竺山 尹士淵이 이미 작고하였다 한다. 이 사람이 지난해 내가 귀양을 올 때에 병 때문에 와서 작별 인사를 못하고 글을 보내는 것으로 대신했는데, 또 멀리 떠남에 있어서도(마지막 장례식) 한번 가서 미치지 못하니 사람의 일이 여기에까지 이르게 된 것이 놀랍고 슬플 뿐이다.

　　　-방문자 : 이대하(은진의 수령), 박효남(成歡驛의 관리23)), 이이
　　　재, 박춘우(회인의 수령), 장천룡, 송영남, 조경승(同福의 수령), 강
　　　덕수, 이사덕, 정사안, 이정시(別坐), 한줍(監察), 박난영(中軍), 이
　　　방숙(경차관), 안몽규(술 가지고 와 인사함)
　　　-서문 : 이덕형

● 5월 1일

들으니, 연기군에 또다시 돌이 옮겨지는 일이 있었다 한다.

---

23) 丞은 殿中寺, 司農寺, 典獄署 등 여러 관아의 벼슬로 품질은 종5품에서 정9품
　　까지 있음. 여기서는 지방의 驛을 책임지고 있는 관리를 말하는 듯함.

● 5월 5일

진사인 白振南이 내방하여 전하기를 약포 鄭相公께서 벼슬을 그만
두는 상소를 올리고 벼슬을 그만두었다고 한다. 이미 이루었으면 조
용히 물러나는 절개, 또는 옛 사람의 의리는 펴는 것, 이것이 진실로
지금 세상에서는 드문 일이니, 지극히 탄복스러운 일이라 하겠다.

● 5월 7일

趙相禹가 와서 보고 배움을 원한다고 했다.

● 5월 10일

태종대왕의 기일이다.

● 5월 14일

문종대왕의 기일이다.

● 5월 21일

李景鼎(栗谷의 아들)이 내방하였다.

● 5월 22일

조상우가 또 다시 와서 배움을 청하니, 그 성의가 가상하여 드디어
함께 서혈사로 가서 논어와 時局에 대한 論, 詩韻을 가르쳐 주었다.

　　　－방문자 : 안절, 조식(敬承의 아들), 조진남(魚川의 수령), 곽명겸,
　　　홍세충, 김취권(고향 사람), 곽희맹(西浦의 아들), 전충제(태안의
　　　수령), 임득의(정랑), 임득례, 임득제, 임집, 남대호, 남변, 윤동노
　　　(新都事)

-서문 : 안영백(종이와 부채도 보내옴), 고사물(함양의 수령), 임
자신, 강태초

● 6월 1일
큰형의 서신을 얻어 요즘의 동정을 알게 되었다. (형이) 힘써 근무
함으로써 (효과가 있어) 창고에 곡식을 많이 비축하게 되었고, 해당
관청에서 임금께 아뢰어서 뛰어넘어 6품을 내려주는 명이 내려졌다니
가히 위안이 되고 가히 기쁘다.

● 6월 4일
들으니, 평안도 정주 남쪽 바다 가운데 달도라는 섬이 있는데 여기
에 높이가 한 길이 넘는 돌이 있다고 한다. 지난 2월 이 돌이 북쪽으
로부터 남쪽으로 옮겨졌는데, 그 두 곳 사이의 거리는 수백 여 자나
되고 돌뿌리는 위로 향해 있으며 거꾸로 세워져 있다고 한다.
강원도 홍천현의 앞 시내 계암 여울 가운데 있는 돌은 물 남쪽 가
장자리에서 열 다섯 자쯤 옮겨 와 있는 것인데, 일찍이 보지 못하던
돌이라고 한다. 여울 가장자리에 있는 두 돌은 서로 거리가 스물 다
섯 치쯤 된다고 한다.

● 6월 8일
큰비가 와서 농사 짓는 일에 가히 다행스럽다.

● 6월 9일
巡相께서 나를 부르셔서 산성으로 물이 불어 넘쳐나는 것을 구경나
갔다. 한산의 군수인 金景仁이 격서(편지, 회문)를 보고는 이르렀다.
인하여 주연을 베풀고는 술이 다하도록 기쁨을 나누었다. 한산에는

밤에 도착하게끔 계획하고, 우거하고 있는 집에서 담화를 나누었다. 또한 정성을 다한 물자도 보내왔다.

- 6월 16일

들으니, 안주 청천강이 평일엔 수심이 4, 5 길이나 되었는데 지금에 이르러서는 수심이 얕아져, 길을 가는 사람이나 말이 직접 걸어서 건널 수 있다고 한다. 전에는 없었던 일이니, 변괴가 범상치 않다.

- 6월 24일

맏형이 差使員이 되어 본 고을에 들어와 만나게 되니 鴒原[24]으로 오래 떨어져 있던 정이 어찌 끝이 있겠는가.

中殿이 誥命을 받고 면복으로 19일에 비로소 서울에 들어오게 되니, 이 날이 곧 전교를 반포한 날이며, 이 사실을 팔방에 고할 사신으로는 李光庭, 權憘, 朴震元 등이 추대되었다. 은혜롭게도 모든 벼슬아치에게는 (직급에 맞게) 차등을 두어 각각 품계를 올려 주었다.

- 6월 25일

정안왕후 김씨의 기일이다.

들으니, 參議[25]인 姜德輝가 백천에 있었는데, 세상을 떠났다고 한다. 지난 해에도 내방하여 서로 왕래하였거늘 (그가 세상을 떴다는 것이) 꿈인 것만 같아 한탄스럽다.

---

24) 鴒鴒在原의 준말. 형제가 급한 일이나 어려운 일을 당하여 서로 돕는 비유로 쓰임
25) 參議는 조선조 六曹의 정3품 벼슬 이름

● 6월 26일

巡相께서 우리 형제들을 부르셔서 산성에 가서 모여 이야기하였다.

● 6월 27일

의인왕후 박씨의 기일이다.

張德蓋, 姜德夋, 朴希一이 내방하여 큰형을 청하여 뵈었다.

● 6월 28일

명종대왕의 기일이다.

  -방문자 : 권화보(主簿), 윤여승(大諫), 김옹서(兵使), 성윤문(水使), 김희원(익산의 수령), 황처중(청주 사람), 오대린, 민천길(僉正), 박숙야(正郎, 賜祭官), 이진선(兵郎)
  -서문 : 기경헌(龍安의 수령)

● 7월 1일

인종대왕의 기일이다.

● 7월 2일

큰형이 비로소 서쪽으로 돌아가게 되어 강 상류에서 전송하니, (사람으로서) 가고 머무르는 마음이 어떠하였겠는가. 인하여 水寺[26]로 가서 조상우를 방문하고 文義를 논하고는 다음날 집으로 돌아왔다.

---

26) 아마도 옥룡동 수원골에 있었던 수원사를 가리키는 듯함

● 7월 4일

큰형이 천안에 도착하여 편지를 부쳐왔다.

● 7월 9일

4일자 朝報를 얻어 보니 4일 정부 발령에 큰형이 軍器27) 主簿28)에 제수되었는데, 이는 그 동안 노력하여 쌓은 공로 때문일 것이니 이 특별한 천거가 가히 다행스럽다.

● 7월 10일

원경왕후 민씨의 기일이다.

● 7월 17일

큰바람이 홀연 남쪽을 따라 일어나더니 나무를 뽑아 버리고 오두막 집을 부수기도 하였다. 사람과 물건도 혹 다치고 상하였으니 곡식의 손해야말로 말로 다할 수 없다. 가뭄과 장마 같은 재해는 지극한 준비로 대비하여야 하는데, 바람이 계속하여 불어 장차 우리 백성(의 농사를) 크게 침범하였으니 이를 어찌할 것인가. 내가 사는 곳 역시 울타리가 넘어지고 국화가 다 꺾이었으니 子美29)의 重茅之捲30)을 탄식하는 꼴이 되었다. 족히 가련한 일이 아닐 수 없다.

● 7월 22일

致祭官인 正郎 朴曄이 찾아왔다가 곧 출발했다.

---

27) 軍器監 또는 軍紀寺라고 하는 군사용 무기를 다루던 관청 이름
28) 조선조 때 각 관아에 속한 종6품의 벼슬
29) 당 나라 때의 시인 杜甫의 자임.
30) 띠풀로 엮은 조그만 草屋의 지붕이 거센 바람에 날려서 말려 올라가는 형상을 말하는 것으로, 두보의 시에 나오는 것임.

● 7월 24일

현덕왕후 권씨의 기일이다.

● 7월 25일

들으니, 전라도 고창 卞德壽의 집에서 암탉이 변하여 수탉이 되었다 한다. 경상도 울산부 서쪽 용당 마을에서는 날개가 있는 개미 같은 벌레들이 골짜기를 가득 메우고 날아다녔는데, 지나가는 그 마을 사람에게 물어보니 수상한 것들이 골짜기를 가득 채우고 마을의 집을 향해 날아오고는 해서 남자와 여자들이 한꺼번에 모여 구경했다고 힌다. 날개가 있는 작고 큰 개미 같은 벌레들이 어디로부터 왔는지 알 수 없으나, 동래 북쪽으로부터 본부(울산)를 향해 날아온 것 같다 한다. (그것들은) 사이에 있는 작은 흙덩이를 돌고 뒤치면서(날면서) 가리어 덮었는데, 날이 저물자 날아서 지나갔다고 한다.

또 예천 북면의 저곡리 논에 있는 창고 땅이 사방으로 꺼졌는데 그 주위가 아홉 자 일곱 치며 그 꺼진 깊이는 두 자 다섯 치였다고 한다. 흐린 물이 꺼진 밑바닥에 있는데 겨우 두어 동이쯤 되고 사람이 꺼진 곳을 밟으면 단단하기가 평지와 같았다고 한다. 그 후에 사방의 땅이 나날이 붕괴되어 흙무더기로 자연히 메워져 두어 달 안에 논이 만들어져 곡식을 심어 가꾼다 한다. 요사스러운 재앙과 괴변이 어찌 이에 이를 수 있단 말인가. 이것은 다 方伯의 장계에 나오는 것이니 반드시 헛된 말은 아닐 것이다.

－방문자 : 김지해(龍宮의 수령), 이준영, 조대신, 류징(청양의 수령), 조현(직산의 수령), 박희일, 이상덕, 이식, 김회, 김사필, 오대붕(同知), 손진덕, 민재문, 임득례, 류지강(호남 頒教 差官), 임기,

이대하(은진의 수령)
－서문 : 박로(햅쌀 보내옴), 신문숙(고령의 수령)

● 8월 1일

趙相禹가 水寺로부터 내려와서는 돌아가겠다고 말하여 한번 講論을 하였는데, 서로 (학문이) 늘어나는 보태짐이 없지 않으니 다행이며, 모름지기 뜻을 더했을 따름이다. 金瑚(본명은 鉉)도 들어와서 배움 받기를 청하였다.

안동 黃和甫가 살고 있는 대홍촌의 집에 화적이 들었는데 그 또한 몸에 해를 입었다 한다. 경악을 이기지 못하겠다. 토적의 방자한 행동이 사대부를 살해하는 데까지 이르렀는데 그들을 어찌 막지 못하였으며, 일이 여기에 미치도록 깨닫지 못했다니 통탄스럽다.

● 8월 2일

沔川 출신 李達夫가 서울에 있었는데 세상을 떴다고 한다. 이 수삼일 동안에 친우들의 흉한 訃音이 계속하여 들려오니 통탄스러움이 얼마나 지극하겠는가.

● 8월 25일

정현왕후 윤씨의 기일이다.

● 8월 26일

會試 과거 합격자 명단을 얻어보니 큰형이 3등 두 사람 가운데 하나로 합격되었다. 놀랍고 기쁜 것이 어떠하겠는가. 다만 부모님이 살아 계신 날에 미치지(합격하여 기쁨을 드리지 못한 것) 못한 것이 (죄스러워) 감격하는 눈물이 저절로 흘러내린다.

● 8월 29일

들으니, 북쪽 오랑캐가 국경 지방인 종성이란 곳 주위를 침범하였다고 하니 지극히 사람 마음을 놀라게 한다. 鄭時晦가 白面書生[31]으로서 홀로 외로이 성을 지켰다니 일의 종말이 어떠하였겠는가. 근심됨이 지극하다.

들으니, 同知 벼슬을 하는 柳姬瑞가 추석명절 제사를 지내러 포천에 가 있었는데 도적을 만나 해를 당했다고 한다. 輦穀之下[32]에 도적이 흥행하여 재상과 신하들이 살해되기에 이르니 시국의 일이 가히 탄식스럽고 놀라지 않을 수 없을 뿐이다.

　　－방문자 : 변언수, 윤기중(都事), 이여검(監察), 박자순(成歡驛의
　　관리), 조원상(藍浦의 수령), 곽몽득(尼山의 수령), 민욱(영동 사
　　람), 노극함, 박난영, 조여실(호남 敬差官), 윤경(본도 경차관), 유
　　형(새로 임명된 兵使), 최응추(水營의 中軍), 조희식(김포의 수령,
　　宗人)

● 9월 2일

덕종대왕의 기일이다.

● 9월 6일

순상께서 나를 부르셔서 산성에 구경갔는데 북문루가 새로 건립된 연고에서이다. 宋通川과 池察訪, 柳比安이 함께 가서 날이 저물도록 두루 보았다. 반자가 가지고 온 朝報를 쌍수정에서 보았는데, 북쪽의 오랑캐가 물러갔다 하니 위안이 된다. 다만 적의 계략이 무엇인지는

31) 흰 얼굴의 선비, 전하여 나이가 젊고 경험이 적은 서생, 풋내기
32) 임금이 타는 수레의 밑이란 뜻으로, 서울을 일컫는 말

알지 못하겠다.

● 9월 8일

세조대왕의 기일이다.

● 9월 9일

통판께서 나를 부르셔서 곰나루 상류로 물고기를 보러 갔다. 돌아
오는 길에 金子善을 방문하여 함께 절33)에서 묵었다. 郭希舜이 서울
로부터 도착하여 또한 함께 묵었다.

● 9월 11일

큰형이 편지를 보내와서 會試34)에 많은 곡절이 있었음을 알게 되
었다. 두 곳의 試官이었던 李成吉은 이미 파직되어 등급이 없어졌고,
두 곳의 감찰도 아울러 이로 인해 파면되었다. 임금께서 하교하여 아
울러 두 곳의 試官에 대해 논하였을 때 윤허되는 은혜를 입지 못하였
다. 다만 미루어 상고할 것이 있다면, 試官을 명하였더라도 (그가) 만
약 파면되었다면, 장차 합격자 발표도 그만둘 수 있다는 뜻이 된다는
것이라 한다.

● 9월 12일

호남의 옛 巡相이었던 韓益之 영공이 지나가시기에 가 뵈었다.
들으니, 인척 숙부뻘인 佩卿씨가 세상을 하직했다 하는데, 삼십 구

---

33) 蕭寺는 원래 양 나라 武帝가 사원을 짓고 자기의 성을 따 붙인 이름인데, 후
   일 뜻이 바뀌어 절을 가리키는 범칭으로 쓰임
34) 문무과의 과거 初試 급제자가 서울에 모여 다시 보는 覆試. 여기서 급제하면
   다시 殿試를 보게 되었음

세의 나이가 이미 지극히 슬픈 일인데, 집안에는 다만 시집 안 간 딸 하나뿐이라고 한다. 松坡公이 학문을 쌓고는 남에게 펴지 못했으니 사람들이 다 애석해 한다. 이제 또 그에게는 요절한 한 아들이 있게 되었으니, 하늘의 베푸심이 어찌 이리 인색한가.

● 9월 17일

試官을 파직하는 일을 논하는 것은 이미 멈추었다는 소문이 들리더니, 이십 일 일로 날짜를 물려 합격자 명단은 그대로 방을 붙이기로 정하여 啓를 올렸다니 다행이다.

● 9월 26일

공정대왕의 기일이다.

큰형의 편지를 받았는데 가까운 날에 남쪽으로 내려온다고 한다. 돌아가신 부모님의 묘소에 과거 급제를 알리기 위한 일 때문이다. 나는 이름이 죄인을 적은 문서에 있어 귀양을 와 한 모퉁이에 있는 처지라서, 한 집안에 좋은 일이 있어도 형제들이 함께 경사스러워하지 못하는 신분이니, 동쪽으로 구름처럼 돌아가기를 바라며(귀양이 풀리기를 바라며)35) 다만 애절하고 슬픈 마음을 품고 있을 따름이다.

－방문자 : 유위(전 비안 수령), 송남수(전 통천 수령), 홍해운, 유경원(調度 從事官), 장호고(호남 巡使), 정국보(영동의 수령), 조언기, 김여수(調度使), 송석하(경차관), 이웅

35) 원문에 나오는 東望歸雲이란 표현은 줄여서 東歸라 할 수 있고 이는 西遷이라는 표현과 대응되는 것으로, 각각 釋放과 流配를 달리 표현한 것임

- 10월 14일

순상께서 城門의 공사를 마치고 공북루에서 낙성(공사의 준공) 잔치를 베풀었다. 한산의 金景仁, 석성의 李德言, 천안의 盧受吾, 청안의 洪寬夫 및 기타 수령, 品官, 將官, 군관 등 이 백 여명이 어우러져 진실로 임진왜란 후 의관을 갖춘 성대한 모임이었다. 나는 누를 끼칠까 염려되어 참석하지 않았다. 순상께서 술과 음식을 보내 주시고, 모임에 참석했던 수령들이 다 내방했다. 임천의 尹莘娿, 부여의 申權가 또한 뒤따라 모임에 참석하였다.

- 10월 16일

본 고을의 유생들이 글을 돌려 곡식을 거둬서 급한 데 쓰라고 보내왔다. 비록 가로되 이것이 鄕風의 후한 인심이라고는 하나 그간 얼굴도 모르는 사람이 많은 터에 이는 지극히 未安한 일이다. 그러나 사양하기도 어려워 받아 두었다.

- 10월 21일

大科 會試의 합격자 명단을 얻어 보니 고향 친구인 全淨遠이 합격해 있었다. 이 사람은 진실로 우리들이 믿고 의지하는 사람이니, 가히 다행스럽다.

－방문자 : 윤차야(湖南 巡按 御使), 양천운(落講人), 강시진(새 진사), 이산립, 송석규(새 진사, 니산의 아들), 송방조(진사, 영동 사람), 고부천(落講人), 조지세(察訪), 조몽익, 이유위(전 別坐, 새 생원)), 박첨, 허구연(直長), 변경윤
－서문 : 한사앙, 임직경, 소세녕

● 11월 15일
중종대왕의 기일이다.

● 11월 28일
예종대왕의 기일이다.

● 11월 29일
인성왕후 박씨의 기일이다.

　　－방문자 : 이외지(석성의 수령), 신경락(연기의 수령), 유영범(금
　　정역의 관리), 장세철(인척 아저씨), 전충제(태안의 수령), 한호문
　　(서산의 수령) 두 고을 수령이 함께 해산물을 보내왔다. 이시량
　　(故 參軍 賁의 아들), 김석광, 노득준(진천의 수령), 김사일(장흥의
　　수령), 이승룡(풍덕 사람), 이영부(直長), 김덕민, 채종길
　　－서문 : 이성여(김제 군수), 조상우(물자 보내옴)

● 12월 3일
재계하며 지냈다.

● 12월 4일
새벽에 돌아가신 아버지에게 곡했다(제사를 지냈다).

● 12월 5일
장순왕후 한씨의 기일이다.

● 12월 19일
교리 金而晦가 備邊寺36) 浪廳37)으로서 산성의 형세와 백성들의 민

심 동향, 그리고 軍兵들의 무기와 전력을 심사하기 위해 이 고을에 왔는데, 먼저 내 집을 방문하여 그 동안 떨어져 있었던 정을 나누게 되니 기쁘고 위로가 됨을 헤아리기가 어려울 정도다.

● 12월 24일
성종대왕의 기일이다.

● 12월 29일
김이회가 장차 돌아가게 되었는데, 객지의 생활 중 고향 친구를 만나 날마다 서로 친하게 지내며 귀양살이의 근심을 잊었으니, 이 또한 사람의 일에 우연한 것이 아닐진대 이제 마침내 작별하지 않으면 안 되니 그 마음이 마땅히 어떠하겠는가.

> ─방문자 : 정현길(서원 사람), 유시보, 조중림, 김호덕, 성즉행(校理), 윤기중(亞使), 이홍벽, 한사앙, 곽린, 신덕룡, 송계창, 조공근(옥천 군수), 이수의(산음 군수), 기명수, 이진선, 정문해, 이홍준, 박문근, 원종식(관아의 손님), 조사빈, 이기수(전 익산 수령), 조준남(연산 군수), 안영백(남평 군수), 조칙, 권흡(비인 군수), 조언기, 이식, 지봉휘
> ─서문 : 정장(전 연기 군수), 김광엽(校理), 이우(옥산 어른), 노수오, 이외지, 이충언, 최응주(전 영동 수령), 조공근

---

36) 나라의 군사에 관한 일을 맡아보던 관아
37) 堂下官 벼슬의 총칭

□ 甲辰年 （1604년）

● 1월 1일

객지에서 또다시 새해 아침을 맞으려니 부모를 여읜 회한과 조상의 산소를 찾지 못하는 감회가 마땅히 어떠하겠는가.[38]

통판이 아침 일찍 와서 보았다. 병영과 수영에서 각각 군관을 보내어 문안을 살피니 대개 신년을 축하하기 위해서이다.

저녁에 흰 무지개가 해를 꿰뚫었다. 연초에 이런 재앙의 조짐이 되는 변괴가 있으니 놀랍고 두려운 처사일 뿐이다.

● 1월 21일

집의 소식을 들으니 모두 무사하며, 枝遠이 등 아이들도 천연두를 순조롭게 겪어냈다니 가히 다행스럽다.

● 1월 23일

밤에 지진이 있었는데, 집이 다 흔들렸다. 서쪽 방향으로부터 일어나서 한참이 지나 그쳤다. 큰형의 편지를 받아보니, 객지에서 임시로 지내며 편안한 것을 알겠으니 다행스러울 뿐이다. 인하여 답장을 부쳤다.

－방문자 : 이일장, 김적, 김개(돌아가신 재상 貴榮의 아들), 조몽현(현감, 고을 사람), 조사빈, 이산립, 조수초(湖南 量田 御使), 권운경(호남 左御使), 조박, 최봉, 장득여, 박제립, 최두, 민여혼, 박

---

38) 원문에 있는 '孤露'는 어려서 부모를 잃는 것이고, '松楸'는 조상의 산소 주위에 심는 나무의 총칭임

충남, 박첨, 유위(比安), 정회(同福), 여인길(先達), 최연(正字), 김
계언, 정봉남(都事), 안욱(縣監), 한원, 한윤(연산 사람), 조전(동년
친구 敬承의 아들), 이여협, 남환, 남찬, 김효성, 허흔(본도 御使),
김중신(상주 사람), 박시립(술 가지고 방문), 신경렴, 김웅립(술 가
지고 방문), 지봉휘, 유시보, 유흘, 송이진(상주 사람), 신희룡, 윤
차야(御使), 이서정, 최정, 윤절, 이의, 권흡, 김자정(湖南 亞使), 김
선(亞使의 조카)), 홍유성(고을 사람), 황석(長溪府院君의 아들)
ㅡ서문 : 박덕웅(靑松), 김이회(詩도 같이 보냄)

● 2월 6일

향교에서 釋菜(釋奠祭)의 예를 거행하고 제물로 쓴 膰肉을 보내왔
다. 유생인 李熊이 가지고 왔다.

● 2월 8일

제주에 흉년이 들어 기근에 허덕이는 빈민을 구조하기 위한 어사
趙誠立이 지나면서 방문하였다.

● 2월 24일

순상께서 벼슬이 갈리어 새로운 순찰사로 右尹이신 李裕甫가 임명
되었다.

ㅡ방문자 : 윤기중(都事), 임직경(正郎), 조몽익, 이시량, 이영조,
박의현, 조효윤(宗人), 우종길, 남경석(參奉), 신덕자(栗峯의 丞),
강위재, 이하(서울 사람), 이시직, 조경관(宗人), 최달효, 한대인(충
주 사람), 이인백(친구), 송상(선전관), 소순, 윤빈, 허징(陜州 牧
使), 권웅희, 우난, 이효민, 이시정(結城의 수령), 어수침 등 칠십여
명인데 이미 지난달에 기록했던 사람들은 다시 기록하지 않았다.
ㅡ서문 : 김창원, 임탁이

● 3월 8일

조상우, 김호 및 본 고을의 유생 사, 오명이 배움을 청하였기에 함께 山寺에 가서 大學의 文義를 강론하였다.

● 3월 18일

순상께서 장차 돌아가게 되었기 때문에 강 상류에 가서 작별하였다. 金調度39)가 함께 여정을 출발했는데, 이윽고 산성에서 작별을 하려니 떠나보내는 마음이 슬프다. 배 안에서 安榮伯을 만나 그와 더불어 함께 돌아와서 같이 나의 오두막에서 묵었다.

> ─방문자 : 여상부(광주 목사), 김선방, 김경인(한산의 수령, 천안
> 부여, 석성 임천의 수령과 술 가지고 와서 담화), 이대하(은진의
> 수령), 윤황(수원 판관), 유징(청양의 수령), 조준남(연산의 수령),
> 이호의(장령), 변명숙(통판), 김극녕(正字), 중국 將帥 맹지휘(해상
> 에서 고을에 들어와 來訪함), 이안의(監察)
> ─서문 : 이덕연(정산의 수령), 김성여(김제의 수령, 삿갓 보내옴),
> 조수초

● 4월 1일

재계하며 지냈다.

● 4월 2일

새벽에 제사를 올렸다. 객지에서 연이어 돌아가신 어머니 제사를 지내게 되니 추모의 애통함이 더욱 절실하다.

─────────────

39) 세금 징수, 물자 조달 등의 일을 맡은 관리의 벼슬 이름.

134

● 4월 4일

새로 오신 方伯이 내포 지방을 순시하러 가시다가 지나는 길에 누추한 오두막을 방문하였다. 또한 穌齋[40] 선생의 손으로 적은 책 한 권을 전하여 주었는데, 이는 대개 귀양살이 중에 지은 것으로, 부임하러 올 때 천안에 도착하여 얻어온 것이라고 하였다.

● 4월 6일

張德蓋가 술을 가지고 와서 李天章의 강가에 있는 정자로 나를 불렀는데, 강덕수도 같이 갔다. (나를 부른 것은) 꽃구경을 하자는 일이었다. 비록 강변의 경치는 오히려 때가 좀 늦은 감이 있기는 하나 족히 구경할 만하였다. 셋이 앉아 서로 술잔을 주고받다가 날이 저물어서야 각각 흩어졌다.

● 4월 8일

半刺가 와서 관등회를 베풀었다. 李承元, 朴蘭英, 郭希舜이 모임에 함께 했다.

● 4월 19일

西厓 柳相國 어른이 나이가 들었음을 내세워 벼슬을 사양하는 상소를 올리니, 해당 官司에서 前例를 좇아 아뢰는 것을 막기는 했으나, 조정의 형상에 근심되는 것이 많으니 이것이 걱정이다.

고을 유생 鄭霄, 趙夢翼, 曺士彬, 盧應晫, 朴景行이 와서 보았는데 향교에 일이 있어서였다. 근자에 다섯 현인을 사당에 배향하는 문제로 성균관에서 공부하는 유생 <泮儒>들이 표문을 올렸으나 임금으로

---

40) 조선 宣祖 때의 재상 盧守愼의 호. 己丑獄事 때 鄭汝立을 추천한 죄로 파직되어서 귀양을 갔었음.

부터 윤허가 나지 않았다. 그것은 乙巳年 이하의 일로 晦齋[41]를 가려내어 엄히 교시하였기 때문이다. 이에 성균관 유생들이 팔도에 글로 알려서 억울함을 진정하는 상소를 올리기로 했는데, 와서 모여 함께 논의할 것이라고 한다.

● 4월 30일

태양 한가운데에 검은 것이 있었는데 시간이 지나면서 서로 부딪쳤다. 크기는 계란과 같았다.

　　－방문자 : 황우청(단양의 수령), 금훈지(제천의 수령), 이숭인, 육천구, 이제, 김준, 이진선(호남의 새로운 亞使), 박섬, 한욱(고인이 된 친구 應時의 아들), 강언, 이이재, 송경조(監察), 이원장(친구, 목천 사람), 홍세찬(姻戚 아저씨), 이명남, 손여해(부여의 수령), 홍세철(姻戚 아저씨)
　　－서문 : 김면부, 박자순(察訪), 김이회, 구계(함흥의 수령)

● 5월 1일

순상께서 注書[42]인 李好信을 보내 산성에서 베풀어지는 전별연에 나를 초대하였다. 나를 부르는 것을 여러 번 재촉을 하고 注書 또한 간절히 청하였으나 출입의 번거로움을 들어 사양하고 가지 않으니 마음에 심히 未安하다.

通判[43)께서 장차 기우제를 지내려고 곰나루로 가면서 지나는 길에 祭文을 구하려고 방문했는데, 서툴게 지은 것도 잊어버리고 드렸다.

―――――――――――

41) 조선 명종 시대의 성리학자 李彦迪 선생의 호임
42) 조선 때의 정7품 벼슬 이름
43) 원래는 고려 때 도호부의 判官. 조선시대에 공주 지방을 다스리던 判官을 지칭하던 이름인 듯함.

● 5월 3일

새벽에 과연 비가 왔다. 기도에 대한 응답으로 결과가 헛되지 않았나 보다. 그러나 가랑비가 조금 내려주고 마니 어찌 능히 오래도록 타들어 가던 것들을 다시 소생시킬 수 있겠는가.

맏형의 편지를 받았다. 객지에서 큰 탈없이 잘 지내고 계시다니 참으로 다행이다.

晦齋 선생의 억울한 일로 訟事했는데, 임금님께서 서울과 지방의 선비들이 을사년의 사적에 대해 논급한 내용을 아시고자 한다고 한다.

● 5월 10일

오늘은 太宗雨[44]가 내린다고 하는 날인데, 이제 징험되지 않으니 (비가 내리지 않으니) 이것이 하늘의 뜻인가.

들으니, 고을의 유생들이 바야흐로 갑사에서 모여 의논하여, 회재 선생의 억울함을 상소할 일을 정하였다 한다.

● 5월 18일

이인역의 丞(관리)이 서로 만나서 이야기하자고 불러서 本驛에 가다다르니 金滋(전 金溝 군수) 또한 모임에 왔는데 일찍이 약속이 있어서였다. 함께 취병루에 올랐는데 주인이 술과 노루고기 안주를 갖추어 베풀어 내었다. 종일토록 담화하고 헤어졌다.

---

44) 조선조 태종이 가뭄에 병으로 누워 비를 염원하다가 5월 초열흘날에 승하한데서 연유한 말로, 이 날이 되면 반드시 비가 내렸다고 함.

● 5월 19일

섣달에 태어난 손자 아이가 고을로 들어왔는데, 보지 못하고 또 삼년이 약간 지나는 사이에 이미 많이 자랐다. 이것으로 능히 귀양살이하는 회한을 위로하게 되니 기이한 행복이로다.

● 5월 26일

고을 유생 吳中逸, 盧應暭이 서울에서 돌아왔다. 근자에 상소하는 일로써 올라갔는데, 서울에서 상소하는 것에 대해 서로 의견이 엇갈려 논의하는 것이 중지되어 결과가 없었다고 한다.

● 5월 28일

利仁의 丞이 논박을 당하여 장차 벼슬을 내놓고 돌아가게 되어 취병루에서 작별을 했다. 이 사람 丞이 여기에 온 지 수년 동안 인정과 의리가 서로 쌓였는데, 가히 논의의 실마리가 될 만한 것도 없이 이제 갑자기 파직을 당하였다. 이는 역졸들이 침범하여 포학을 행한 것이니 진실로 이것은 인정에 지나친 논박으로서 탄식하지 않을 수 없는 일이다.

　　　　－방문자 : 이덕순(別坐, 친구 繼祿의 아들), 안책(전 咸悅), 정원경(영동의 수령), 이성(청산의 수령), 홍연기(都事), 최탕, 정립, 박대이(進士), 임자문, 임자립, 임자공, 민정걸
　　　　－서문 : 김이회, 지득원, 정몽여, 신경술, 익산군수, 진산군수(當歸 한 묶음 보냄)

● 6월 1일

반자가 기우제를 지내는 일로 潛淵으로 가면서 또 祭文을 부탁하기에 지어서 드렸다. 李畏之(석성 수령)가 기우제를 집행하는 執事 일로

가게 되어 이곳에 왔으니, 또 한차례 만날 기회를 얻게 되어 다행이
다.

● 6월 3일

순찰사께서 이튿날 새벽 곰나루에서 비가 오기를 기도한다고 하니
여러 수령들이 모두 집사로서 와서 모였다. 대개 본 道의 가뭄 재해
상황이 狀啓에 올라 조정으로부터 향과 초를 내려 보내왔기 때문이
다.

● 6월 14일

朝報를 보니 영남유생 金允安 등 육십여 인이 회재 선생의 일로 대
궐에 가서 상소를 올렸다고 한다. 맏조카 基遠이도 또한 상소하는 유
생으로서 서울에 있으면서 소식을 편지로 부쳐왔다.

● 6월 23일

들으니, 崔遊擊45)이 倭國의 정세를 탐지하는 일로 나오고, 金而晦
는 接伴官이 되었다고 한다.

진영 안에서 관상감의 장계를 얻어 보니, 이 달 십 일 일 밤에 금
성의 빛 기운이 심히 성해서 헌원 제 오성을 범했다고 한다. 십 오 일
申時에 태백성이 未地에 보였고, 십 육 일 未時에는 태백성이 午地에
보였다고 한다. 이것은 작지 않은 재앙이다. 이에 하늘이 국가에는 경
계를 보여주고, 나에게는 성후의 도를 닦는 것에 더욱 힘쓰라는 것이
아니겠는가.

北兵使가 올린 장계 안에 기록하기를 胡老土 등지의 도적들이 군대

---

45) 최씨 성을 가진 군대의 책임자. 우리 나라에도 고려 때 종5품의 무관 품계로
遊擊將軍이란 것이 있었음

를 거느리고는 胡外山 부락을 울타리 쳐서 (포위해서) 공격하여 죽이고 노략질하였다 한다. 이 또한 염려스러운 곳이라 하겠다.

● 6월 29일

들으니 보은의 외숙 洪世哲氏가 작고하였다고 한다. 문득 고인을 생각하니 통탄스러움이 얼마나 지극한지 모르겠다. 돌아가신 아버지 외가는 이미 다 시들어 떨어졌다. 이 분 외숙부 또한 난리[46] 초에 보은으로 내려오고, 그 아내되는 분은 고향에 살고 있었는데, 여러 해가 지나도록 돌아가지 못한 고로 산(속리산)의 암자에서 갑자기 죽음을 맞이하였다. (그분이 사시던) 포천의 옛 터전은 이제 수호할 사람이 없어졌고, 단지 아들 하나가 있으나 또한 나이가 어려서 누군가 돌봐주어야 자립할 수 있을 정도다. 생각이 여기에 이르자 더욱 더 목이 메인다.

● 6월 30일

순찰사가 당나라 장군을 영접하는 일로 잠시 충주에 갔다. 이제 들으니 당나라 장군은 이미 부산으로 내려갔다 한다. 대개 당나라 장군이 내려온 것은 다만 金光의 말에 말미암은 것이다. 金은 곧 영남사람으로 초봄에 일본으로부터 도망하여 돌아와 자세히 적의 형편을 설명하기를, 적들이 군비를 크게 정비함으로써 오래지 않아 바다를 건너 침범할 정도에까지 이르렀다고 말했다. 그런 고로 본국에서는 이미 일찍이 그를 군문(진영의 문)으로 들여보내 적의 형적을 직접 아뢰게 한 것이라 하니, 이로써 중국 조정에서는 遊擊을 파견하여 그 형상을 살펴 장차 군사를 일으키는 계획을 세우고자 함이었다.

---

46) 임진년에 일어난 왜란을 가리킴

-방문자 : 이신원(전 載寧 수령, 친구) 한여철(진사), 이정시(金吾郎 직첩을 받아 서울로 올라간다고 함), 이희생, 곽명겸, 주홍방, 박개(이인역의 관리, 개성 사람), 송황생(회덕 사람), 한근(參奉), 박문겸, 스님 지호(總攝)

-서문 : 이양구(영남 방백), 이충언(이인역의 옛 관리), 윤택원(부안의 수령), 성측생(서천의 수령), 금훈지(제천의 수령), 임탁이, 김이회

● 7월 1일

統營所47)에서 왜인 30여명과 당나라 사람 19명을 체포하였는 바 군관이 이들을 통솔하여 와 어제는 본 고을에서 묵고 오늘 천안으로 향하였다.

들으니, 宣武48)와 扈從49)(에 공이 있는) 兩 功臣들이 지금 이미 명이 내려서 扈從功臣 80여 명과 宣武功臣 70여 명은 이미 훈공을 봉작 받았는데 그들의 맹세를 다짐하는 會盟宴 잔치 날짜가 8월 19일로 정해졌다 한다.

● 7월 2일

太白50)이 낮에 보이는 것이 이상하다. 계속되는 전쟁 뒤에 하늘마저 이상한 변괴를 보이는 데까지 이르니 가히 염려스런 일이다.

---

47) 통제영의 준말로 三道統制使의 軍營
48) 임진왜란 후 1604년(선조 37년)에 공신에게 공훈을 내려 준 일. 이 때 이순신 등 여러 명의 武臣들과 文臣들에게 훈공이 내려졌음.
49) 임금이 출타하거나 피난 갈 때 모시고 따르는 일, 또는 그 사람.
50) 太白星의 준말로 金星을 일컬음. 長庚 또는 長庚星이라고도 하며 우리말로는 개밥바라기라고도 함.

● 7월 6일

통제사의 장계를 얻어 보았는데, 지난달 15일에 미지도 앞 바다에
서 일본의 커다란 배 한 척을 싸움 끝에 붙잡았다고 한다.

● 7월 7일

왜인 여덟 명과 당나라 사람 두 명이 전라도에서 붙잡혀 어제 본
고을에 들어왔다가 오늘 천안을 향하여 출발하였다. 적의 목을 벤 것
또한 많았다고 한다.

● 7월 11일

반자와 더불어 목욕하러 갔다. 초징에서 삼 일간 목욕하고 돌아왔
다.

● 7월 14일

朝報 중에 계속하여 남쪽 변방에서 일본 사람을 잡은 일이 있었다
고 한다. 비록 가로되 바람에 떠서 흘러 들어온 것이라 하나, 변방에
서의 보고에 연속하여 이와 같은 일이 많은 것은 근심스런 일이다.

강릉 해상에 물고기가 있는데, 길이가 세 자쯤 되고 위아래 지느러
미가 모두 박쥐 날개와 같은데 자못 길다고 한다. 등 위, 허리 아래에
각 다섯의 梁이 있어, 대개 그 형상은 거북이 같으나 다리가 없다고
하니, 변괴가 보통이 아니다. 마지막에는 어떤 징조를 보일까.

● 7월 15일

고을의 유생 金瑚와 여러 사람이 山寺에서 한 번 만나자는 약속이
있었는데 두려운 더위로 감히 뜻을 펴지 못하다가, 이제 곧 三伏도
이미 지나고 조금 서늘해진 것 같기도 한 까닭에 서로 더불어 함께

가서 열흘간 공부하면서 中庸을 강론하였다. 어려운 질문에 답하는 사이 자못 얻은 것도 있었다. 조상우는 이 자리에 함께 하지 못한 것을 한스러워 하였다.

● 7월 27일

당나라 장군이 부산에 가서 귤지에게 적의 형편을 묻고는 바로 호남으로 길을 취하여 어제 이 고을로 들어오니, 순찰사는 피향당에서 당나라 장군을 위한 잔치를 열고 많은 놀이도 함께 베풀었다고 한다. 좌랑인 김이회가 接伴官으로서 뒤를 따라다니며 그를 모시기 위해 왔는데, 저녁에 틈을 내어 나를 찾아와 이야기를 나누게 되니 뜻밖에 그를 만나 회포를 풀게 되어 또한 매우 다행한 일이다.

● 7월 28일

순찰사가 관내의 진영 열 고을의 군인들을 불러모아 곰나루에서 무예를 검열하는데 나를 초대하여 함께 구경하였다. 수령들 가운데 얼굴을 아는 사람들이 또한 많이 와서 모였으니 한 번의 유쾌한 나들이였다.

> ─방문자 : 강극유(아산의 수령), 김경주, 유중룡(새로 임명된 都事), 이준미, 조효윤, 조경국(이들 둘은 宗人으로 임천 사람), 김득추(옥천 사람), 정명신(고을 사람), 이영노(主簿), 최대윤, 박자순(성환역의 관리), 이정림(서울 사람)
> ─서문 : 성측생(서천 수령), 순찰사(새우와 소금 한 동이, 새로 인쇄된 詩傳 보내옴), 이희헌(홍주 목사, 안주 거리 보내옴), 남덕광(청양의 수령), 권여림(함열의 수령, 생선과 종이 보내옴)

● 8월 3일

都事 柳仲龍이 반자와 더불어 술과 음식을 준비하여 와서 이야기를 나누니, 대개 귀양살이하는 회한을 위로하고자 함이었다. 仁伯과 德叟 어른이 함께 하였다가 밤이 깊어서야 헤어졌다.

● 8월 5일

朝報 중에 계속하여 태백성이 낮에 보이는 기이한 일이 있었다고 한다. 歲星51) 또한 지난 23일과 5일에 巳地에 보였다고 한다. 다 酉時에 있었다고 하니, 이것이 무슨 조짐인지 모르겠다. 길함과 흉함의 교훈에서 오직 나에게는 성후의 도를 닦고 반성하는 것밖에 또 무엇이 있겠는가.

● 8월 6일

南德光이 延命52)하는 일로 들어와서 밤에 그와 함께 묵었다. 고향 친구가 이웃 고을의 수령이 되어서 객지에 있는 동안 서로 친하게 지낼 수 있게 되었으니, 어찌 사람의 일 중에 다행스러움이 아니겠는가.

● 8월 14일

호남의 유생 高用厚, 鄭文海, 李翰龍, 裵克承이 와서 보았다. 회재 선생의 원통함을 푸는 일로 상소하는 것을 돕고자 서울에 올라간다고 한다.

● 8월 15일

고을 사람들이 호남의 유생들을 불러 나의 오두막에서 술자리를 베

---

51) 木星의 다른 이름
52) 감사나 수령이 부임할 때에 闕牌 앞에서 왕명을 傳布하는 의식

144

풀어주었는데, 날이 저물어서야 헤어졌다.

● 8월 19일

閔在汶, 吳中喆, 李栻, 金善邦이 와서 보았다. 모두 함께 상소하는 일로 서울에 간다고 하여, 인하여 그들 편에 큰형에게 편지를 부쳤다.

● 8월 28일

순찰사가 順嬪鄭氏53)의 喪에 다니러 가다가 나의 오두막에 도착하여 안부를 묻고는 갔다.

서천의 成(成則生)과 청양의 南(南德光)이 함께 초상에 관한 모든 일을 주관하는 수령이 되어 왔는데, (이 기회에) 그들과 만날 수 있게 되었으니 즐거운 일이다.

> ─방문자 : 이신의(임천의 수령), 이관민(奉事), 이진, 이경유, 송석경(호남의 犒軍 御使), 임자신(茂長의 수령, 술 가지고 방문), 김경인(한산의 수령), 유제증, 송인수(청풍의 수령), 민성지(전라도 災傷 御使)
> ─서문 : 강극유(牙山), 정몽여(海伯)

● 9월 6일

고을 선비 趙夢翼, 閔在汶, 吳中喆, 姜時進, 李栻, 朴時立, 金善邦, 盧應晫 등이 서울로부터 내려와 함께 들어와 만났다. 晦齋 선생의 억울함을 밝히는 상소를 재차 자세히 올렸는데 임금께서 그 뜻을 관대

---

53) 이 분은 명종 임금의 후궁이었는데, 임진란 초에 林川에 와서 살고 있었다. 그의 친척 조카인 尹堅鐵이 그곳의 군수로 있었기 때문이었다. 계사년에 병으로 세상을 뜨자 그곳에 매장했으나, 도에서 장계를 올리니 임금께서는 交河의 옛 터전으로 移葬하라는 명을 내려서 발인하여 돌아가는 것이다.

히 용납하셔서 사당에 배향하는 일이 순조롭게 이루어지게 되었다고 한다. 斯文54)들의 다행함이 크고 크도다.

● 9월 7일

궁평 사람 韓恩福이 와서 뵈었는데, 이 사람은 바로 先山 아래에서 사는 사람이다. (그의 말을) 들으니, 두 물줄기가 넘쳐 났는데, 先塋의 구역은 훼손되거나 붕괴되는 곳이 없다고 하니 또한 다행스럽다.

● 9월 9일

순찰사께서 도내의 군병을 다 모아 곰나루 위에서 사열을 하신다 하여 (각 지역의) 兵使들이 군사를 영솔하여 오고 각 읍 수령들도 많이 오니 삼십 칠, 팔 명에다 군대의 장정들이 총 만 여명이나 되었다. 이른 새벽에 石城의 수령인 李畏之가 집사가 되어 먼저 제를 올리고, 닭이 울 때쯤 진을 친 곳으로 돌아갔다. 오후에 張應時와 더불어 산에 올라가 멀리 진치고 연습하는 절차를 바라보았다. 비록 이르기를 한 도의 군사가 다 모였다고는 하나 원래의 수에서 많이 늘어나지를 못했고, 앉고 일어나고 나아가고 물러나는 절차 또한 많이 착오가 나니, 이를 들어서 한나라의 군병이 가히 벗어남(군사 훈련의 부족함)을 알겠다. 만약 사변이 일어난다면 (이런 군사들로) 그 어찌 적을 막을 수 있겠는가.

● 9월 19일

나주 선비인 洪邁가 그의 어버이를 위하여 장차 호조에 원통함을 상소하고자 와서 큰형에게 부탁하는 글을 청하므로 글을 적어서 부쳤

---

54) 유교에서 유교의 문화를 이르는 일, 또는 유학자의 경칭

다.(큰형은 당시 戶曹의 관리였음)

● 9월 27일

御使인 金義重이 나를 불러내 배를 띄우고 술자리를 베풀었다. (배를 타고) 내려가 곰나루에 이르러서 다시 돌아왔다.

● 9월 28일

金義重이 회덕을 향하여 출발하여 나도 또한 따라가 공암의 강 위에서 이별하고는 반자와 더불어 함께 산을 찾아 密項峴55)을 넘어 신도에 들어가니 지금도 도랑과 섬돌이 오히려 남아 있었다. 조선초에 장차 도읍을 옮기고자 하여 임금이 탄 수레가 남쪽으로 순행할 때 점을 쳐서 그 터를 얻고 공사를 시작했었으니 이것은 그 옛 자취이다.

날이 저물 무렵에 봉림동으로 들어갔는데 위, 아래 샘의 돌이 자못 기이하고 뛰어난 풍광이다. 서쪽으로 온 후에(귀양 온 후에) 지금까지 보지 못하였던 곳인데, 비단으로 수를 놓아 단장한 것 같은 숲과 여울이 흘러 이룬 연못은 詩를 읊어서 세상의 잡념을 씻어 없애기에 충분했다.

몇 리를 더 지나니 사자암이란 암자가 있어서 말에서 내려 걸어 들어가니 金志和가 尼山으로부터 이미 먼저 도착해 있었다. 우리들의 오래된 약조가 이제야 비로소 성과를 얻으니(이루어졌으니), 한 번의 회합에 또한 운수가 있음을 알겠다. 인하여 丈室56)에 들어가 술잔을

---

55) 이 고개는 우리말로 밀목재, 또는 민목재라 불리는 곳인데, 공암에서 신도로 넘어가는 고개 이름이다. 한글학회 지명총람에 나와 있는 민목재란 이름은 불과 100여년 전 일본 사람들이 만든 5만분의 1 지도에 처음 사용된 이름이고, 예전부터 사용된 이름은 밀목재. 이 말의 의미는 '新都로 넘어가는 비밀한 길목', 또는 '나무숲이 빽빽하게 우거진 고개'라는 뜻이다.
추만호 : 東學寺1(우리문화연구원, 1999.) pp.21-22 참조

기울이면서 서로 잔을 돌리고, 겸하여 노래도 하고 피리도 불며 즐겼다. 흥이 다하여서야 이에 자리를 끝냈다.

● 9월 29일

아침에 비가 내려서 비가 개기를 기다렸다가 늦게서야 걸어 바윗돌 있는 데로 내려갔다. 그 폭포수의 맑은 소리를 아껴서 흩어져 앉아 잠시 술잔을 띄워 보내 마시기도 하고, 혹은 단풍나무를 꺾어서 즐기기도 하며, 산보를 하고 깊이 토론하기도 하면서 날이 이미 저무는 것도 깨닫지 못하였다. 朴景行이 유성으로부터 달려와 도착하여 우리들의 흥취를 족히 더했다. 산 속에서 한 벗을 만난 것은 이 또한 우연한 일이 아닐 것이니, 景行이 마침 사고가 있어서 떨어진 뒤였던지라 과연 좋은 일이란 함께 하기(일어나기) 어려움을 알겠도다. 다시 신도의 옛 터에 세 사람이 다다라 함께 시냇가 위에 앉아서 한참동안 대화하였다.

깊은 연못의 물이 빙빙 돌고 있는데 그 연못의 모양새가 또한 심히 기괴하다. 양쪽 산의 높고 깊은 사이로 작은 시내가 있고, 그 시내의 가운데로 물이 흐르는 속에 큰 바위가 있어 그 모양이 마치 거북과 같은데, 그 넓이는 가히 수십 장이나 되고 깊이는 또한 바닥이 없다(매우 깊다). 물이 흘러내리는 것이 검푸르고 검으며 연못을 이루고 있는데, 양쪽 언덕은 경사가 급하고 미끄러워 가히 발을 붙이기 어렵고, 그래서 우러러 바라볼 수 있을 뿐 가히 가까이 할 수는 없었다. 세속에서 사람들이 이르기를 (여기에는) 항상 용이 있어 구름 기운을 타고 들고나는데, 날씨가 가물어 비오기를 빌면 금방 응답이 있다 한다. 물건을 연못 가운데로 던져 넣으면 다음날 모두 돌 위로 내놓았

---

56) 열 자 사방의 방이라는 뜻인데, 불교에서는 절의 주지가 거처하는 방을 일컬음

으나 지금에는 그렇지 않다고 하니, 신묘한 물건이 또한 반드시 옮기 어 간 것인가. 汝直이가 스스로 빠르고 민첩함을 믿고 험한 곳을 높이 오를 적에 다리 힘이 나는 것처럼 나아가다가 실족하여 물 속으로 추락하였다. 옷이 물에 흠뻑 젖고 말았는데, 일행은 (그 모습을 보고) 몸을 가누지 못할 만큼 웃음이 나오는 것을 깨닫지 못하였다. 어찌 변고가 소홀함에서 생기는 것을 알았겠는가. 이 또한 가히 몸을 가지는 경계로 삼을 수 있겠다. 뜨거운 불로 옷을 말리고, 저녁때가 되어 湧川 고개에 올랐는데, 고갯길이 지극히 험준하였다. 나는 말이 지쳐서 말에서 내려 걸어서 오르내렸더니 가히 버티기가 힘들었다. 해가 져서야 신원사에 도착했다. 초저녁에 연산의 洪司果 大父 僖께서 潛淵으로부터 우리가 지난 길을 뒤밟아 쫓아서 이르렀다.

- 9월 30일
절 안에서 머물렀다.

- 閏 9월 1일
일행은 나와서 시내의 바위 위에 앉았다. 각각 술잔을 잡아 여러 잔 마시고는 헤어져 돌아왔다. 우리들 세 사람은 모두 몇 번 숨쉴 만한 거리(멀지 않은 거리)의 밖에 있으면서도 (서로 만나지 못했다가) 좋은 기회에 더불어 함께 하면서 아름다운 자연 속에서 정이 더욱 깊어졌으나 며칠만에 헤어져야 하니, 진실로 사람의 일에는 우연한 것이 없으며 이제 다시 이별하고 돌아가야 하니 슬픔이 어떠하겠는가. 25일에 다시 入山을 기약하여 앞의 사귐을 이어갈 수 있도록 했으나 이 약속에 과연 마귀의 장애가 없을지 모르겠다.

● 9월 3일

들으니, 당나라 장군이 또 와서 순찰사가 환영하고 위로하는 행사를 마련했다고 한다.

● 9월 5일

들으니 큰형이 府啓57)에 의해 벼슬자리가 바뀐다고 하니 가히 탄식스러운데, 이 또한 시대의 운수에 관계되는 바다. 당부컨대 한번 웃고는 전원으로 돌아가 살면서 경서와 서적으로 마음을 즐기며 집으로부터 제 일의 즐거움을 삼아야 할 것이나, 또한 어찌 마음 상할 일이 아닌가.

● 9월 25일

신원사에 도착하니 약속된 모임에 金志和가 이미 먼저 도착해 있었고, 洪司果와 숙부뻘인 洪世贊씨는 매를 놓아 꿩을 사냥하여 오느라 뒤따라 들어왔다. 고을 사람인 진사 鄭晉生이 산 아래에서 검소하게 지냈는데 몸을 가지는 행실이 또한 가히 현인답다고 한다. 그가 모임이 있다는 말을 듣고는 술을 허리에 차고 이르렀는데, 금년에 75세인데도 기력이 쇠하지 않아 같은 나이의 사람보다 젊은 사람이었다. 담론이 시원하고 활달하여 듣기에 싫지 않았다. 尼山의 선비인 洪世胤 또한 이르렀는데 志和의 아들인 金義立, 志和의 사위인 李益亨 등 세 사람은 공부하고자 온 지가 이미 오래되었다. 함께 절의 방에 앉아 술을 마시며 대화를 나누었다.

---

57) 사헌부에서 임금께 말씀을 올림

● 9월 26일

머무르며 혹은 술을 마시고 혹은 바둑을 두면서 무릎을 맞대고 담화하니, 어찌 덧없는 세상에서 하나의 행복한 일이 아니겠는가. 옥천의 僉正 金得礪가 公山으로부터 나를 찾아 이르렀다.

● 9월 28일

나가서 바위에 앉아 술을 따라 서로 권했다. 시냇물에 이미 떨어진 나뭇잎과 또한 색이 바랜 만물들이 쓸쓸하여 자못 전날에 본 바가 아닌지라 다만 이별의 고통을 더해줄 뿐이다. 늦게서야 각각 헤어져 돌아갔다.

> －방문자 : 최기문, 장응시, 장응형, 신광익(친구 光祐의 동생), 이명남(進士, 서울 사는 姻戚), 한경서(進士), 황정현(남원 사람), 이성(청산의 수령), 황정철(단양의 수령), 심종(목천의 수령), 경괄(全義의 수령), 신의복(보은 사람), 이위중(결성의 수령), 이원백, 이응학, 전충제(兵軍官, 전 태안 수령), 윤덕요(統制 從事), 조영중(主簿, 宗人, 서울 거주), 이해(성주 사람), 홍인좌(친구), 이의(성주 사람으로 楷의 동생), 민여혼(參奉), 구인기(정산의 수령), 윤빈(술과 안주 가지고 방문), 홍매, 신역우, 장충한, 이홍사, 최응주(영동의 수령), 심덕현(海運 判官), 김극녕(正字), 성민후
> －서문 : 박백헌(고향 사람), 이경함(광주 목사, 생선과 종이 보냄), 장호고(호남 방백, 겨울 날 물자 보냄), 김의중(御使), 이실지, 금훈지(제천의 수령), 이외지(석성의 수령)

● 10월 5일

朝報를 보니 太白星이 지난달 21일부터 연달아 4일 동안 午地에서 보였다 한다. 또 25일 밤에는 客星[58]이 天罡星[59] 위에 있었는데, 歲星(목성)과 비교하니 그 차이가 적었고, 그 색깔은 누렇고 붉으며, 또

움직이고 있었다 한다.

● 10월 19일

동년배 친구 李仁伯, 洪仁佐가 호남으로부터 와서 방문하였다. 朴景行이 또한 마침 이르고, 都事인 친구 柳汝見이 방금 고을로 들어온 고로 불러서 뱃놀이를 베풀었다. 밤이 깊어서야 이에 헤어졌다.

● 10월 21일

또 朝紙를 보니, 金星이 연일 낮에 보이고, 客星이 또한 사라지지 않았다고 한다.

> －방문자 : 조극신(함창 사람), 유성민(別坐), 정견길, 박대유, 박대중(회덕 사람), 신세근, 한여철, 민성지(호남 御使), 이신원(武學御使), 한준(회덕 사람), 권염(전의 사람), 신행원(장흥의 수령), 윤영(서울 사람), 김경탁, 강여륜, 박중진, 박형, 박상의(主簿, 장흥 사람), 변웅성(호남의 새 兵使), 정웅춘(문의 사람), 임준(통역하는 사람으로 중국 장수를 따라 왔는데 지난 날 중국에 사신으로 갈 때 동행했던 사람), 박안립(호남 敎差使), 김정립(別坐, 본도 敎差使)
> －서문 : 전식(正字, 고향 사람), 유형(兵使), 김광엽(흥해의 수령), 민추경(인척 아저씨), 장시보(옥천의 수령), 임집(進士)

● 11월 4일

날씨가 오히려 따뜻하여 노란 매화와 진달래꽃이 반쯤 피어 있고, 산기슭의 양지바른 곳에는 작은 풀들이 혹 싹이 돋아났다. 節侯의 어

---

58) 恒星이 아니 별. 新星 또는 彗星을 가리킴
59) 북두칠성을 말함

152

굿남이 이에 이르니 시절의 일이 가히 염려스럽다.

本營으로부터 관상감의 장계를 얻어 보았는데 지난달 21일 밤에 流星이 天擔星 위에 나타나서 羽林星 아래로 들어갔는데 그 모양이 바리때 꼬리와 같고 길이는 8, 9자 정도이며, 색깔은 붉었다고 한다.

● 11월 15일

盧應暭, 吳中逸, 吳中喆이 지은 詩文을 가지고 와서 질문하는데 반자가 마침 이르러 그와 더불어 함께 살펴보니 자못 가히 볼 만한 점이 있었다. 과거에 임하려는 선비를 위하여 가히 축하할 만한 일이다.

● 11월 18일

都事인 柳仲龍(汝見)이 道內를 지나면서 같은 나이 친구인 나를 위로코자 찾아와 오늘 나의 오두막에서 자리를 베풀어 거문고와 피리까지도 다 연주하게 하니 진실로 남쪽으로 옮겨온 후(귀양살이를 시작한 후) 가장 즐거운 일이었다. 이것 또한 임금님의 은혜이다.

● 11월 23일

巡相께서 앞뒤로 한 두 번에 그치지 않고 오셔서 안부를 물으시니, 지극히 감사하고 황송하여 틈을 타서 가서 문안을 여쭙고 돌아왔다.

● 11월 27일

審仲이 함열로부터 오니 해를 걸러 만나게 된 것으로 서로 떨어져 지낸 날들을 위로하고 기쁨을 나누는 것이 마땅히 어떠하겠는가. 들으니 큰형이 집으로 돌아온 지가 이미 오래되었고, 집안 여러 분이 다 고르게 편안하다고 하니 더욱 다행이다.

－방문자 : 장민(서울 사람으로 난리 초에 일 년 정도 같이 있었
던 사람인데 10여 년이 지나도록 보지 못했던 사람이 뜻밖에 찾
아옴), 김태국(고부의 수령), 민회, 이시달, 기윤헌(진사), 조즙(종
사관), 한 대종(청주 사람으로 의병의 진지에서 같이 일했던 사
람), 박자순(성환역의 관리), 아울러 수십인
－서문 : 김관옥, 김자선, 조박(進士, 안주 보내옴), 이시직, 남덕광
(청양의 수령), 김정수(서산의 수령)

● 12월 1일

들으니 高擎宇가 화적을 만났는데 집안 식구들은 화살을 맞아 곧
죽었고, 그 자신과 조카는 창날에 중상을 입어 생사가 분명치 않으며
집안의 재산 또한 다 잃었다고 한다. 놀라서 탄식을 이길 수 없어 곧
사람을 보내 위로하고 부조하는 물건을 보냈다.

本道의 右試 과거 합격자 명단을 얻어 보았는데 생원 중 장원은 李
大承, 진사 중 장원은 본 고을 尹彬이었다.

● 12월 3일

재계하며 지냈다.

● 12월 4일

또 돌아가신 아버지 기일이 지나니 애통하고 더욱 망극하다.

● 12월 14일

들으니 嶺南에서 치러진 과거에 弘遠 조카가 진사 시험에 합격하였
다 하니 가히 다행스런 일이다.

● 12월 15일

審仲이 돌아가게 되었다. 2년간 헤어졌다가 만났는데 겨우 반 달 동안 머무르다가 가게 되었으니 가고 머무르는 그 회한이 마땅히 어떠하였겠는가.

● 12월 16일

趙國賓이 또 東科의 左榜에 장원으로 올랐고, 右榜에서의 장원은 金濚이었다.

● 12월 22일

枝兒가 온지 삼 년 사이에 자못 몸이 장성하니 가히 사람이 하는 일이 쉽게 변함을 알겠다. 들으니, 그 어미의 병이 달이 갈수록 낫지 않고 오래 간다니 가히 염려스럽다.

● 12월 28일

李聖兪가 장차 나와 더불어 함께 섣달 그믐을 보내기 위해 오니 그 뜻이 가히 감격스럽다.

● 12월 30일

곧 후처의 기일이다. 순찰사와 通判이 亞使를 불러 함께 나의 오두막에 임하여 섣달 그믐날에 나를 위하여 술자리를 베풀고자 하였으나, 忌日임을 듣고는 술 마시는 것을 생략하고 돌아갔다. 진영으로부터 새해 물자를 정중히 보내왔다. 통판 또한 함께 보내왔다.

  ─방문자 : 이경기(호남 武學 御使), 조대신, 김영, 이옥여(안산의
  수령), 박여준, 신존일(이 두 사람은 술과 안주를 가지고 옴), 홍수

경(고향 사람), 신순보(직산의 수령), 조대득(무주의 수령, 宗人), 이신, 이성여(김제의 수령), 장환(호남 방백 好古의 동생), 김희개, 유계룡(亞使 汝見의 동생), 박의립, 송홍문, 신형수, 이승원 등 아울러 30여인

－서문 : 신순보(稷山), 김경인(한산의 수령, 종이 보내옴), 권여림(함열의 수령), 여사추(친구로 성주 사람), 이제경, 이순(參奉, 楷의 아버지), 고사물(함양의 수령, 안주거리 보내옴), 정몽여(海伯, 서울에 있으면서 편지를 보내옴), 한응인(審藥, 새해 曆書 보내옴), 吏曹書吏 이수남(새해 冊曆 보내옴, 賜祭官을 배행하고 내려왔다 함)

□ 乙巳年 (1605년)

● 1월 1일

李承元, 宋孝南 및 진영의 裨將 이하로 와서 본 사람이 이루 헤아릴 수 없으니, 객지에 살면서 새해를 맞는 감회를 위로하기에 충분하다. 인하여 생각해보니 올해로 내 나이가 꼭 50을 꽉 채우게 되는데, (40대의 나이를) 원통하게 마쳐 가는 그 회한이 이렇게도 절실함에 이른다. 비록 귀양살이 중이라 하나 새해 첫날의 하례를 행하지 않을 수가 없어서 늦게 순상께 가서 인사하였다. 순상께서 술자리를 베풀어 주셔 마시고 돌아왔다.

● 1월 4일

순상께서 郊外로 나가 봄 경치를 즐기고자 紙磨洞60) 시냇가에 장막을 치고 나를 불러서 가서 함께 했다. 꿩을 사냥하고 쑥을 지져 놓

---

60) 지금의 금학동을 말함

고는 술자리를 베풀어서 해가 다 져서야 헤어져 돌아왔다.

● 1월 7일

집의 소식을 들었는데 큰형이 東科에서 두 번째를 차지했다 하니
끝을 잘 맺은 것 같아 얼마나 다행인가.

● 1월 22일

반자가 불러내 정지방 옛터에서 만났다. 옛날에는 여기에 작은 사
찰이 있었는데 정유년 병화로 없어졌다 한다. 경치가 좋기로는 금강
상, 하류에서 여기가 으뜸이다. 깊은 恨을 지닌 사람이 와서 감상하다
보니 저물었다.

> ─방문자 : 박첨, 우정준, 민추경(인척 아저씨), 이시직, 송희종, 홍
> 순개, 최봉, 임득의, 최정, 조준남(연산의 수령), 최덕윤, 최덕명,
> 박희성, 박의현, 오경문, 박문겸, 조대신, 박희일, 이신, 이도, 이수
> 의(청주 사람으로 의병의 진에서 함께 일했던 사람), 강원, 황현
> 원, 황현경(이 두 사람은 고향 사람), 이수례(예산의 수령), 조식
> (宗人), 유표(친구)
> ─서문 : 이경준(統制使), 임직경, 권여림

● 2월 8일

松京 사람으로 方外士인 安慶昌이 내방하였다. 금년에 80여 세나
되는데 일생 동안 산수를 편력하며 움집에서 지내면서 생산하거나 작
업하는 일이 없었다고 한다. 그를 보니 기이했기 때문에 특별히 기록
한다.

- 2월 17일

시냇가 위에 草家61)가 완성되고 또 앞쪽에 연못을 파서 만들어 주었다.

- 2월 18일

會試의 과거 합격자 명단을 얻어 보니 弘遠 조카가 합격하지 못했다. 가히 한탄스럽다.

禮郎으로 賜祭官을 맡은 尹景悅이 호남과 호서의 여러 곳을 두루 돌아보고 이제 막 서울로 올라갔다 한다.

> -방문자 : 윤택원(부안의 수령), 이호신(翰林), 심종준, 전사성(술 가지고 방문), 차복원(校理, 서로 헤어진 지 수 년만에 만남), 정원경(司禦), 정연수(서울 사람), 양시진(새 진사), 성즉행(按問 御使), 민성지(호남 御使), 성계선(남원의 수령)
> -서문 : 이옥여(안산의 수령), 조탁(掌令)

- 3월 1일

金瑚, 趙相禹 및 고을 선비 등 여러 사람이 시냇가에 있는 집에서 열흘간 講學하자는 계획을 세웠다.

- 3월 6일

오늘부터 時論과 經書의 文義, 또 과거에 필요한 재주를 課하는 공부를 시작하였다.

---

61) 이 집은 고을 사람들과 通判이 선생을 위해 지어 준 집인데, 시냇가 위 동쪽 언덕에 위치하고 있으며 그 땅이 매우 깊숙하고 외진 곳이라는 주석이 붙어 있다. 집을 지어 준 이유는 장차 유생들이 모여 공부를 배울 수 있게 함이다.

- 3월 14일

 저녁에, 관청에서 일하는 사람이 文科 會試의 합격자 명단을 가지고 나왔는데 큰형이 3등을 차지하여 올라 있었다. 놀랍고 기쁜 나머지 계속해서 감격의 눈물이 흘러 옷깃을 적신다. 순상과 亞使, 통판께서 듣고 곧 와서 축하해 주었다.

- 3월 15일

 축하객이 문에 가득 차서 능히 다 기록하지 못할 정도니, 또한 족히 귀양살이를 하는 중에 빛나는 光榮이다.

- 3월 16일

 들으니 큰형이 합격자 발표가 있던 날 아침에 곧 戸郎이라는 관직을 제수 받았다고 한다.

- 3월 25일

 큰형의 편지를 받았는데, 放榜62)한 후에 직접 이 곳으로 내려오겠다고 한다. 미리 애절하고 기쁨이 커진다.

- 3월 28일

 통판께서 뱃놀이를 꾸며 나를 비롯해 車復元, 李承元, 李承亨 등 여러 사람을 초대했다. 공북루 아래부터 노를 놓고 곰나루에 이르러서 (뱃놀이를) 끝냈다. 모든 사람들과 더불어 시냇가 위의 집에 이르렀고 해가 저물어서야 헤어졌다.

---

62) 과거 합격자에게 증명서(紅牌, 白牌)를 내려 주는 일

● 3월 30일

石城의 수령이 나에게 가까이 先祖의 기일이 있음을 알고 특별히 사람을 보내 신선한 생선을 보내주니 가히 감격스럽다.

　　－방문자 : 고부천, 조척(掌令 倬의 동생), 윤빈(이 셋은 새로 진사가 됨), 심광세(海運使), 정직(直長 西川君의 아들), 남환(새 진사), 홍석윤(진사), 노승(參奉 玉溪의 손자), 이경유(연산 사람), 이란(금산 군수인 久泂의 아버지로 83세인데도 기력이 아주 강건하여 젊은이 같음), 조이숙(博士), 진우창, 권순(산음의 수령), 윤혜, 홍구
　　－서문 : 이순(參奉), 여찬(친구 士推의 아들), 김지화

● 4월 1일

재계하고 지내면서 손님을 사양하였다.

● 4월 2일

새벽에 먼저 가신 어머님께 곡하였다.

들으니 忽賊이 북쪽 경계인 潼關을 침범하였는데 僉使가 죽은 몸이 되고 하나의 성에 남은 게 아무 것도 없었다 한다. 慶源 또한 (도적에게) 포위를 당했었다고 하는 北方의 方伯 장계가 전월 22일에 도착해서 서울의 인심이 흉흉하다고 하니 시국의 일이 지극히 염려스럽다.

● 4월 5일

李楷와 함께 갑사에 갔다. 金志和는 일찍이 함께 구경하자는 약속을 하였으나 날이 저물도록 오지 않았다. 사람을 보냈더니 맨발로 다음 날 아침에 친구 김지화가 급히 이르러 드디어 함께 中峰寺로 올라갔다. 鄭震生 어른은 이미 일찍이 와서 있었다. 절 건물은 전쟁 중의

화재로 인해 뒤에 새로 지어져 단청이 빛났고, 늙은 느티나무는 계단 곁에 서 있어 맑은 그늘이 땅에 가득하였다. 흩어져 앉아 이야기를 하노라니 시원한 바람이 불어와 티끌 묻은 옷깃을 나부껴 가히 즐거웠다. (시절이 지나) 봄의 경치 즐기는 일들이 비록 다하였다 하나, 장미 여러 송이가 휘늘어지게 많이 피어 있어 함께 한번쯤 즐기기에는 충분하였다.

● 4월 7일

차복원, 이승원과 더불어 草堂에 가서 대화하였다.

● 4월 8일

오늘은 이에 등불을 켜는 날63)이다. 저녁에 通判께서 저물 무렵 오셔서 술자리를 베풀고 등을 켜고 음악을 즐기다가 밤이 깊어서야 헤어졌다.

● 4월 16일

조카 亨遠이 왔다. 들으니 큰형이 湖西 오른쪽 길을 취하여 오고 있는 중이라 하니 가서 마중해야겠다.

● 4월 19일

큰형이 도착했다. 서로 떨어져서 해를 거르도록 만나지 못하다가 새로 과거에 급제하셔서 오시니 지극한 슬픔과 기쁨이 함께 하여 말로 표현하기가 어렵다.

---

63) 음력 4월 초파일은 부처님이 탄생하신 날로 등불을 밝혀 이를 축하하는 풍속이 있음. 이를 燃燈節이라고 함.

● 4월 20일

通判께서 일찍 방문하고, 巡相께서도 이어 오셔서 큰형을 청해 만났다.

● 4월 21일

순상과 통판께서 큰형을 위하여 경사스런 자리를 누추한 오두막에서 베풀어 주셨는데, 여러 놀이도 모두 갖추어 진설하고 음식 또한 풍성하여 (축하하는) 뜻을 전하려 힘쓰는 것이 골육을 넘쳐남이 있으니(부모, 형제의 사이보다 더 하니) 그 감격스러움 극진하기만 하다.

● 4월 23일

큰형이 길을 떠나서 나 또한 따라가 孝家里에 도착하여 작별하고 돌아오니 마음이 마땅히 어떠하겠는가. 더욱이 가는 길에 宮坪에 있는 先代의 산소에 가서 영광스러운 掃墳[64]을 하는데 형제로서 함께 참여하지 못하게 되었으니 더욱 슬픈 일이다.

● 4월 24일

朝紙를 얻어 보니 이번 달 13일부터 15일까지 압록강 물이 변하여 자주색으로 되었다 하니 지극히 괴이하다.

● 4월 29일

큰형의 편지를 받아 보니 宮坪의 先塋에 제물을 올리는데, 생각하기에 6일 날이나 거행할 수 있으리라 한다.

  - 방문자 : 윤구(대구 判官), 정충열, 최명길(새로 임명받은 巡使),

---

64) 경사로운 일이 있을 때 조상의 산소에 가서 제사 지내는 일

석양정, 최보신(태안의 수령), 유영효(지금 면천에 살고 있는데 亂後
에 처음 만남), 신린백(고향 사람)

● 5월 1일
꼭두새벽에 꿈을 꾸었다. 내가 흰옷을 입고 들어가 天顔[65]을 가까
이 모시고 있는데 큰형도 동참하였다. 고향을 떠나 타향에 사는 중에
이런 꿈을 꾸게 되었으니 과연 무슨 조짐인가.

● 5월 6일
朝報 중에 대구의 良人 여자가 한번 잉태하여 아들 셋을 출산하였
다 한다.

● 5월 7일
趙相禹, 孟世衡이 온양으로부터 이르렀는데 공부할 계획을 세우기
위해서 온 것이다.

● 5월 9일
石陽正이 나를 불러서 前坪 시냇가로 가니 물고기를 잡아 정성스레
끓이고 있었다. 朴瞻 또한 술과 닭을 가지고 오고, 金志和도 또 진사
인 선산 사람 朴忠一과 더불어 함께 도착해서 다같이 좋은 모임이 되
었다. 날이 저물어서 헤어졌다.
조상우, 맹세형이 공부하러 水源寺로 올라갔다.

● 5월 21일
尹通判께서 繡衣論의 狀啓 중에 (이름이) 들어가 이제 장차 罷免되

_____
65) 임금님의 얼굴. 聖顔, 玉顔, 龍顔이라고도 함

어 돌아가게 되었다.(繡衣論의 장계 중에는 온양, 한산, 니산, 보은, 공
주, 은진의 여섯 고을과 柳亞使도 함께 들어갔으니 한 道에서 파직
당한 사람이 어찌 이리도 많단 말인가.) 객지 생활 3년 중에 오래도
록 주인이 되어 주었는데(주인이 되어 나를 손님처럼 돌봐 주었는데),
사람의 일이란 기약하기가 어려워 이리 급하게 이별을 하게 되었으
니, 黔江에서 曹를 이별하는 탄식66)이 마땅히 어떠했으리오.

● 5월 27일

들으니 惟政67)의 일행이 일본으로부터 전쟁 때 포로로 사로잡힌
본국 사람 일 천 삼 백여 명을 인솔하고 바다를 건너 함께 나오게 되
었다고 하니 그 공이 또한 위대하지 않은가.

● 5월 29일

집의 노비가 枝母(小室)의 부음을 가지고서 오니 놀랍고 애통함이
얼마나 지극하겠는가.

● 5월 30일

순상께서 아침에 직접 와서 위로를 보내고 계속해서 賻儀로 피륙
을 보내 주셨고, 中軍의 裨將과 군관들 및 고을 사람들이 위로를 보
내주는 것이 연속 이어져 그치지를 않았다.

車復元은 밤 사이에 哀詞를 지어 보내왔다.

---

66) 원문은 '黔江別曹之嘆'인데, 黔江은 烏江의 별칭으로 여기에는 잘 알다시피
항우의 고사가 얽혀 있는 곳이다. 그러나 이 구절이 그 고사와 관련이 있는
지는 잘 모르겠다. 다른 고사는 찾지를 못했다.

67) 임진왜란 때의 승병장으로 속성은 任氏이며, 자는 離幻이고, 승명은 松雲惟
政이다. 僧兵總攝으로 활약했으며, 시호는 慈通弘濟尊者임

　－방문자 : 김극녕(正字), 김준계(新 兵使), 최홍재(전라 都事), 한
경서(正字, 새로 급제한 사람), 권운경(校理), 이상겸, 황택중(니산
의 수령)
　－서문 : 정장(전 연기 군수), 유중룡(亞使), 윤여직(전 통판)

● 6월 2일

소실의 아이에게 상복을 입히니 이제 비록 나이가 십 세라고는 해
도 사람일이 분명하지 않아서 능히 奔哭을 하지도 못하고, 또 능히
喪禮를 집행하는 것을 알지도 못하여, 그런 그를 보고 있자니 다만
슬프고 가련함을 더할 뿐이다.

● 6월 4일

제주에서 말을 조사, 수령하던 李民宬이 지나면서 방문하여 밤에
대화를 나누었다. 오래도록 바다를 건너가서 돌아오지 못한 지가 수
개월인데도 그 행동은 가히 빠르다고 이를 만하다.

● 6월 7일

兩司[68])에서 논한 狀啓를 얻어 보니 가히 시국의 일을 알겠다. 어찌
지붕(하늘)을 우러러 한번 탄식하지 않을 수 있겠는가.

● 6월 15일

순상께서 과거에 함께 급제한 사람을 위해 자리를 베푸셨는데 趙守
倫(대흥의 수령, 宗人), 朴子順, 朴坤元, 朴春興이 이 모임에 왔다가
내방하였다.(이 네 사람은 다 순상의 동년배 친구다)

---

68) 司憲府와 司諫院을 합해서 부르는 명칭

● 6월 22일

집의 소식을 들으니 小室의 장사가 17일에 이미 흑석리 밖 백호(서쪽) 방향 산중턱 위쪽에 행해졌다 한다. 살아서는 시집 와 고생하더니 이제는 모두 끝이 났으니 어찌 애통하지 않으리오.

● 6월 26일

호남 推考 敬差官인 趙應文이 지나면서 방문하였다. 그는 궁벽한 里門69)의 마을에서 나고 자랐기 때문에 자못 우리 집의 先代 일을 잘 알고 있었다. 어려서는 일찍이 돌아가신 아버지께 洞内에서 인사하였었다고 하니 사람으로 하여금 슬픈 감정이 들게 한다.

● 6월 28일

孟世衡이 돌아가겠다고 말하였다. 5월중에는 趙相禹와 더불어 초당에서 함께 지냈는데, 이제 돌아가게 되어 이별하니 감회가 다시금 슬프구나.

> －방문자 : 민척(都事), 유도(新 判官), 한덕급(석성의 수령), 김경익(新 亞使), 이통(온양의 수령), 이승형(은진의 새 수령, 친구 景仁의 아들), 이영노(主簿), 이경유
> －서문 : 이응수(금산의 수령, 안주거리 보냄), 조대신(무주의 수령), 윤여직, 이희축, 김준계(兵使, 술안주 보냄), 巡使(소금 한 섬 보내옴)

● 7월 1일

朝紙를 보니 지난 20일에 都政70)으로 큰형에게 北評事71) 자리가

---

69) 동네의 어귀에 세우는 문
70) 都目政事의 준말. 해마다 음력 6월과 12월에 벼슬아치들의 성적을 따져 벼슬

제수 되었다. 비록 말하되 맑은 자리라고는 하나 노인이 이미 멀리서 근무함이 많았고 허물도 없었는데, 하물며 북쪽 변방 마을에서 많은 일을 해야 한다니 더욱 민망스런 일이다.

官人인 弘男이 햅쌀을 보내주었는데 崔斗가 또 햇메벼를 보내 주니 그 은근한 뜻이 가히 높고, 또한 계절에 따라 나오는 산물들이 (무사히 수확할 수 있게) 바뀌고 변화하는 것이 감격스럽다.

● 7월 2일

廷試72) 과거 합격자 명단을 얻어보니 고향 친구인 曹友仁이가 합격하여 있어 가히 위안이 된다.

● 7월 7일

備忘記73)를 얻어 보았는데 새로 과거에 합격한 韓玉이는 (왜적에게 항복한) 成世寧74)의 외손이다. (적에게 항복한) 그 자손은 네 개의 관청75)에서 마땅히 과거 보는 것을 정지시켰어야 했는데, 이와 같이 엄하게 하지 않는다면 사람의 도리가 없어지고 말 것이기 때문이다. 대저 사대부로서 임금을 배신하고 적에게 항복하면 그 추한 행위가 어찌 지아비를 배신하고 타인에게 다시 시집가는 것보다 심하지 않겠는가. 선비와 군자는 그 자손에게 (가르침을) 주고자 할 때 義理로 임금을 섬기는 것에 비견해서 해야 하거늘, 모두 인심을 잃어 무너져

을 올려주거나 떼어버리는 일
71) 北兵營에 속한 정6품 문관의 벼슬
72) 임금 앞에서 직접 치르는 과거
73) 임금의 명령을 적어서 승지에게 전해 주는 문서.
74) 성세령은 왜적을 영접하여 항복하고 성 안에서 함께 거처했었다.
75) 조선 시대의 成均館, 藝文館, 承文院, 校書館을 총칭하여 이르는 말인데, 이들은 모두 과거에 관한 일을 맡아보던 곳임.

버렸으니 이것은 족히 이를 징험하는 것으로서 지극히 상서롭지 못한 일이 되는 까닭에 이를 말하는 것인데, 다만 승정원에서만 그 사실을 알고 있을 뿐이라고 한다.

전라감사 장계에, 지난 13일 청명한 申時에 흰 용이 문득 礪山에 나타났는데 땅에 구불구불하게 뻗쳐 있는 모양이 역력하여 가히 볼 수 있었다고 한다. 조금 있다가 구름과 안개로 사방이 막히고 물과 불이 서로 싸우는 듯 하더니, 北面에 사는 哨官76) 閔忠一의 집이 바람과 비로 뽑혀 버리고 집에 소장한 물건들이 다 공중으로 날아가 그 간 곳을 모른다고 한다. 변괴가 보통이 아니다.

● 7월 14일

밤에 車復元과 더불어 달빛을 받으며 蓮을 심은 연못을 감상하였다.

● 7월 17일

함경감사 장계를 보니, 忽賊이 멀리서는 미약하게 오는 것으로 보였는데, 가까이 닥쳐서는 집을 태우고 재물을 노략질한 것이 특히 심했다고 한다.

● 7월 18일

車復元이 와서 전하기를 歙谷 韓濩가 이미 작고했다고 한다. 내가 동쪽으로부터 여기에 온 뒤(귀양 온 뒤) 필적마저 끊어졌었으니 가히 애석한 일이다.

---

76) 한 哨(약 100명)의 군인을 거느리던 각 군영의 종9품 尉官

●7월 23일

趙相禹가 내가 살고 있는 草堂으로 왔다. 李承亨 등과 더불어 왕래
하며 배움을 받았는데, 시험을 치를 시기가 머지 않아 이제 돌아간다
고 알렸다.

안동 黃和甫의 두 번째 忌日이 가까이 닥쳐 지금 이르니 인하여 일
년이 되도록 한번도 안부를 묻지 못하여 비로소 祭文을 짓고 제사지
낼 물건도 갖추어 조상우로 하여금 돌아가는 길에 대신 제물을 올리
게 해서 보냈다.

● 7월 27일

순찰사 편에 큰형의 소식을 들었다. 큰형이 기한이 지나 벼슬이 갈
리어야 하는데, 諫院에서는 멀리 떨어져 있는 道의 수령은 40일의 한
도를 주어야 한다는 論劾에 따라서 올렸고, 兵曹에서는 이를 알지 못
하고 가벼이 먼저 장계를 올려서 이미 불가하다고 했다는데, 諫院의
보고는 또 무슨 까닭으로 나왔다는 말인가. 다만 나이가 들어 노년에
접어든 즈음에 천 리 밖의 일(벼슬)을 면하게 되었으니 이는 심히 다
행스런 일이다.

금번 水災는 지극히 참혹한데, 소문을 들으니 영남 지방은 더욱 심
하다고 하니 가히 한탄스럽다.

   ─방문자 : 원욱(한산의 새 군수), 이시응, 박홍의, 정광우, 김태성,
   송계록, 이준영(宣傳), 곽린, 육천구, 조홍택(參奉), 이문영
   ─서문 : 맹세형, 송인수, 이옥여, 원욱

● 8월 1일

朝報를 본 즉, 다만 홍수의 피해와 폭풍의 재해뿐만 아니라, 더욱

심한 것은 社稷, 宗廟, 文廟의 여러 곳에 있는 오래된 나무가 다 꺾어
지고 부러지고 쓰러졌다 한다. 생각컨대 다른 곳도 또한 같은 모양일
것이니, 이것은 얼마만큼의 괴이한 변고인가.

● 8월 8일

들으니, 上侯께서 오래도록 나쁜 병을 앓았으나 마침내 이제 평상
을 회복하시어 또 다시 經筵을 시작하신 까닭에, 조정의 신하들이 글
을 올려 사정을 진술하여 간청하여서 초4일부터 陳賀[77]를 계속하고
있으며, 또한 널리 赦免을 베풀었는데, 赦免을 담당한 관리가 오늘 우
리 고을에 오게 되어 순찰사 이하 여럿이 가서 교외에서 맞이하였다.

● 8월 9일

꼭두새벽의 꿈에, 계속하여 여러 차례 대궐에 들어가 便殿에서 임
금님을 모시니 이 얼마나 상서로운가.

● 8월 19일

本道의 右試 과거 합격자 명단을 얻어 보니 본 고을 사람으로 두
시험[78]에 합격한 자가 무릇 열 사람이나 되는데 盧季晦가 홀로 뜻을
얻지 못하니 가히 탄식하지 않을 수 없다.

右試에 보내 떨어진 폭은 아주 조금이었다.

● 8월 24일

左試 과거 합격자 명단을 얻어보니 마음속에 두었던 사람인 趙相
禹, 趙國賓, 金德民 등이 아울러 합격해 있어서 가히 위안이 된다.

---

77) 나라에 경사가 있을 때 신하들이 왕에게 나아가 하례를 드리는 일
78) 兩試는 右試와 左試를 함께 일컫는 말.

-방문자 : 한희익(進士), 장충한, 이신의(홍주 목사), 심즙(京試官), 김정립(敎差使), 나위(同知), 신경등(僉知, 의병 진지에서 함께 일했던 사람으로 또한 종사관이기도 함), 이경엄(부여의 새 수령, 五峯 令公의 아들), 최성원(청주 사람), 신순보(직산의 수령)
-서문 : 송흠보(청산의 새 수령), 조원상(남포의 수령), 권여림(함열의 수령), 윤택원(부안의 수령), 이항의(홍주목), 민성지(호남 御使), 윤여직(전 通判), 김지화(과일과 목화 보내옴), 권염(술 보내옴)

● 9월 1일

들으니 큰형이 서울로 들어간 후, 해당되는 관청에서 비로소 그 잘못을 깨닫고 지난 달 초 7일에 사유를 갖추어 죄를 기다린다고 한다. 이들은 꾀를 써서 죄를 피하는 무리가 아니니, 바라건대 일이 잘 풀리는 길이 있다면 다행이겠다.

● 9월 2일

嶺南 지방 과거 합격자 명단 소식을 들으니, 弘遠이 進士 시험에 합격하였고, 基遠은 生員 시험에 합격하였다고 하니 가히 기특하도다.[79)]

● 9월 6일

石陽正과 더불어 敬差官인 趙貫一을 산성으로 방문하였다. 산성으로부터 돌아오는데 마침 날씨가 고르지 않더니 폭우가 내려 인하여 脫肛의 증상이 나타나는 병을 얻었다.

---

79) 홍원과 기원은 선생의 조카들임

● 9월 9일

순상께서 重陽節[80] 모임을 베푸는데 사람을 시켜 부르러 왔으나 병세에 차도가 없어 모임에 가지 못하니 한스럽다.

고향의 여러 친구들을 생각하다 보니 곧 만나기로 한 약속이 있어서 청양의 수령인 南德光으로 하여금 모임에 가서 주선하도록 해야겠기에 바야흐로 편지를 부쳐 처리하였다. 그런데 정산의 심부름하는 사람에게 들으니, 남덕광이 사간원의 탄핵을 당함으로써 장차 파면되어 돌아갈 것이라 한다. 사람의 일에서 기쁜 일이 어그러지게 되었으니 어찌하랴. 곧 사람을 보내 위로하는 말을 전했다.

● 9월 10일

병세가 여전하여 여러 가지 세속적인 방법으로 치료를 시험하였으나 다 효과가 없으니 가히 걱정스럽다. 조상우가 연기로부터 내 병 소식을 듣고 달려와 방문하니 성의가 가히 아름답다.

● 9월 15일

온양의 수령 李士達이 내게 병이 있음을 알고 편지를 보내 문안하고, 또 치료 방법을 덧붙여 보내오니 그의 힘쓰는 뜻이 가히 감격스럽다.

● 9월 25일

朝報를 얻어 보니, 큰형이 지난 12일 이미 관작을 수여하는 명을 받고, 14일에는 南曹佐郎[81]을 배임 받았다 하니 가히 위안이 된다.

---

80) 陽의 數인 9가 겹친 음력 9월 9일에 단풍과 국화를 즐기는 놀이를 하는 민속이 있는데, 이날 선비들은 국화전을 부쳐 술을 나누며 시를 짓고 그림을 그리는 등 하루를 즐김.

－방문자 : 순찰사(문병차 오심), 이간(中軍), 송유조(임피의 수령, 부임하러 가는 길에 왔는데 巡相의 사위임), 소자실(金馬), 이명남, 한효중(성환역의 새 관리), 윤의(右道 敬差官)

－서문 : 남덕광(청양의 수령이었는데 파직되어 떠나게 되었다는 뜻으로 편지), 권도(진사), 원욱(한산의 수령, 생선과 술 보냄), 박시립(과일 보냄)

● 10월 5일

통판인 柳塗께서 車復元, 李承元 및 나와 더불어 신원사에 같이 갔다. 니산의 韓景緒, 李弘震과 연산의 閔惕 또한 이르렀는데, 대개 전에 모임을 갖는 일로 약속이 있었던 것이다. 낙엽은 좁은 길을 가득 메웠고 깊은 골짜기는 쓸쓸한데, 보이는 경치가 지난해보다는 못하면서 달라지기도 해 흥취가 일지 않았다. 밤에 통판께서 술과 음식으로 자리를 베풀었는데, 李希古가 또한 술병을 차고 모임에 와서 함께 그것을 다 먹어 없앴다.

● 10월 10일

본 고을의 향교 옛 터가 기울어 위험해져 다시 세우지 않을 수 없게 되었다. 종전의 향교 서쪽 고개에 땅을 고른 후 날을 택해 터닦기를 시작한다고 고을 유생들이 다 모였는데, 나도 불러 와서 보라 하기에 復元과 더불어 함께 가서는 날이 저물어서야 돌아왔다.

● 10월 12일

집안의 소식을 들으니 다 편안하고 좋다고 한다. 弘遠이는 또 東堂

---

81) 南曹는 吏曹의 별칭이니 곧 吏曹佐郎

에 합격했다고 하니 가히 다행이다.

● 10월 14일

들으니 藥圃 鄭相公께서 지난 달 열흘 후쯤에 별세했다고 한다. 국가의 원로라 이르는 분이 돌아가시니 병들고 초췌함을 넘어 탄식하지 않을 수 없다.

● 10월 22일

懷川의 李察訪 어른이 고을 동쪽에 있는 李時稷의 집에서 모임을 갖자고 약속한 까닭에 일찍 밥을 먹고 가니 宋希進이가 이미 먼저 도착해 있었다. 宋應瑞(전 价川), 宋楠壽(전 通川), 姜節이도 나를 보기 위해 각자 그 집에서 달려와 도착했다. 僉知인 李希壽와 진사 朴景行도 또한 뒤좇아 이르렀는데 이희수는 곧 주인의 큰형이다. 합하여 10여인이 찰방 어른 및 이시직이 베풀어 준 풍성한 술과 음식을 종일토록 취하게 마시고 배불리 먹고는 돌아왔다.

● 10월 27일

들으니, 큰형이 정약포 상공의 祭官으로 임금으로부터 명 받고 남쪽으로 내려온다 한다.(朝報에 나옴)

● 10월 29일

금구읍의 居書員인 崔永純이 와서 인사를 올리니, 그는 곧 갑오년 간[82]에 고생하며 지낼 때 하룻밤을 묵은 적이 있었던 옛 館人[83]이다.

82) 선생은 임진왜란이 일어나자 의병을 일으켜 활동했었는데, 당시 군량을 조달하기 위해 충청도와 전라도의 여러 곳을 편력하며 다녔다. 갑오년(1594년)의 漂迫이라는 것은 이 때의 일을 말하는 것이라고 보여짐.

유명한 의원의 이름을 얻어 벼슬자리에 임명받아 이로 인해 서울로 올라가는 길이라고 한다. 능히 10년 전의 일을 기억하고 와서 안부를 물으니 가히 정이 있는 사람이라고 할 만한데, 또 (약재로 쓸) 생강까지 주고 갔다. 이날 밤 초경(오후 일곱 시에서 아홉 시) 말에 남방에서 붉은 기운이 있더니 하늘을 가로질렀는데 밝기가 불이 활활 타는 것 같았다. 한참이 지나서야 없어지니 가히 괴이하다.

- 방문자 : 임전, 권도(진사), 김민수(서울 사람), 노계회(술과 안주를 풍성하게 가지고 왔는데 최근에 내가 아프다는 걸 알고 위로하고자 함이다.), 이희백(한산 사람), 유견(通判의 동생), 정사(본 고을 새 通判), 이직(전 務安), 남영(진천의 수령), 박종현(청양의 수령)
  -서문 : 권화보(산음의 수령, 생선과 감을 보내옴), 이상중(正郞), 유도(通判, 결성에 있으면서 고별인사), 조박(진사)

● 11월 8일
主簿인 李榮老의 편지를 받아 보니, 큰형이 대구의 判官에 임명되었음을 알게 되어 가히 행복하다.

● 11월 9일
고을 사람이 큰형의 先文84)을 가지고 와서 보았다. 초이렛날 출발하여 商山85)으로부터 보은 쪽으로 길을 취하여 오는데 열흘 정도 사이에 이곳에 도착할 것이라고 한다. 이리로 오는 것은 나를 만나보기 위해서이며, 마을에 사는 여러 친구들도 또한 한꺼번에 (이곳을) 다녀가기로 했다니 미리 애절하고 기쁘기만 하다.

---

83) 객사를 지키고 빈객을 접대하는 사람
84) 벼슬아치가 지방에 출장 갈 때 미리 도착할 날짜를 그곳 관청에 알리던 공문
85) 경상도 尙州의 옛 이름

● 11월 10일

　계속해서 큰형의 편지를 받아 보니, 江陵 金氏 昌遠이 지난달 14일에 세상을 하직하였다고 한다. 관직을 벗어난 후 미처 길을 떠나지도 못하고 갑자기 이렇게 되었다 하니 놀라움을 금치 못하겠다.

● 11월 13일

　고향 사람 朴汝珩(伯獻) 어른, 全息淨遠[86], 韓璞(大玉), 韓璡(中營), 姜繢(仲成), 趙光壁(汝完), 趙係(重叔) 및 洪友閔(孝伯) 등 여덟 사람이 도착하였고 趙應守 또한 배행하여 오니 손님이 사방에 가득 찼다. 여러 친지와 더불어 상대하다 보니 흡사 온통 고향 같아서 몹시 기쁜 것이 지극하여 마땅히 이를 어떻게 표현할 수 있을까. 다만 찾아와 방문한 친구들 중에는 혹 鬼錄[87]에 이름이 올라 있는 이도 있으니, 이것은 杜甫의 시에 나오는 고질적인 熱이 가슴에 꽉 차 오르는 것 같은 탄식이 있는 까닭으로, 張과 范 두 사람이 천리에 멀리 떨어져 있었어도 죽음에 이르러서까지 (그 뜻이 서로 통한 것에 대해) 예나 지금이나 오히려 칭찬하는 말이 그치지 않는 (일을 떠오르게 한다.)[88] 하물며 지금 여덟 친구가 나란히 고삐를 잡고서 산을 넘고 물을 건너 먼 곳의 道에서 여기까지 왔으니, 이것은 곧 옛 사람이 했던 것보다 더욱 어려운 일인 바, 높은 뜻이 여기에 이르니 감히 탄복하지 않을

---

86) 앞에 고향 친구로 全湜, 또는 全淨遠이란 이름이 나오는 것으로 보아 둘 중 하나(특히 뒤의 것)는 字이거나 號일 가능성이 있음.

87) 鬼籍이라고도 하는데, 이는 다른 말로 過去帳이라고 하는 것으로서, 절에서 죽은 신도들의 속명, 법명, 죽은 날짜 등을 기록하여 두는 장부를 말함

88) 後漢 때의 張劭와 范式은 어려서 太學에서 만나 절친한 친구가 되었는데, 나중에 劭가 먼저 죽게 되자 멀리 떨어져 있던 式의 꿈에 그 사실이 나타나서, 式이 달려가서 奔喪을 하였다. 그때서야 움직이지 않던 상여가 비로소 땅에서 떨어져 運柩를 할 수 있었다는 고사가 있다.

수 없다.

큰형의 편지를 받아보니, 처음에는 곧바로 이곳으로 와서 서로 보고자 하였으나 오는 길에 이상하게도 길을 멀리 돌아서 오게 됨으로써 肅拜89)하는 것이 점점 늦어지게 되어, (못 오게 된 것이) 미안하게 되었다고 한다. 처음의 계획이 어그러지게 된 것이 깊이 한탄이 된다.

● 11월 14일

여러 벗이 소를 잡고 술을 싣고서 성대하게 안주를 준비하여 오니 진기한 수륙의 진미를 가히 말로 다 설명할 수 없다. 방문하여 주는 것에만도 이미 많이 감동하였거늘, 하물며 이렇게 성대한 예로 대해 주니 그 두터운 뜻을 당할 수 있겠는가. 순찰사와 池得遠 어른을 초대하여 자리를 함께 하면서 여러 풍류를 갖추어 베풀어 성대한 잔치90)가 되니 이것은 실로 내가 서쪽으로 온 뒤91) 단 한번의 성대한 모임이었다. 순상께서는 종일 자리에 임하셔서 끊임없이 아름다움을 칭송하시더니 밤이 깊어서야 가셨다.

● 11월 15일

여러 벗과 더불어 함께 산성에 가서 공북루 등 여러 곳을 두루 구경하고 공북루 아래에 작은 거룻배가 떠 있기에 (그것을 타고) 중류에 이르렀다가 돌아왔다.

---

89) 서울을 떠나 임지로 향하는 관원이 임금에게 하직 인사를 하는 일.
90) 원문에 나오는 觥籌는 원래 활쏘기에서 진 편에게 먹이는 罰酒의 잔 수를 세는 산가지인데, 이것이 뒤섞였다(交錯)는 것은 잔치가 매우 盛하게 되었다는 뜻임.
91) 귀양을 온 것을 말함

● 11월 16일

車復元을 불러 公山會序 70여 구를 기록하게 하였는데, 한번 붓을 들어 쓰고서는 그 글들에 加點[92]을 하지 않은 것은 큰 실수라고 할 만하다.

순찰사께서 또 오셔서 임하였는데 (떠나는) 尙州의 고향 친구들 일행을 보시고자 함이었다. 오래도록 이별을 나누시었다. 나도 여러 친구들과 더불어 함께 금강루에 가서 술잔을 나누고 서로 이별하였다.

● 11월 18일

순상께서 술과 음식을 차려 놓고 나와 復元을 초대하였는데, 中軍 裨將 등도 함께 모여 해가 져서야 헤어졌다.

● 11월 19일

仲瑩인 韓璉은 회덕을 향하여 떠나고, 重叔父님인 趙係는 완산으로 갔다. 오늘 고향 친구들을 다 떠나보내니 그 마음이 마땅히 어떠하겠는가.

● 11월 27일

李承亨이 술과 豆腐[93]를 가지고 와서 나와 車復元을 부르므로 남산사로 가서 대화를 나누었다.

---

92) 한번 쓴 글이나 글자에 점을 더하여 찍는다는 말로, 글을 고치거나 평가하는 것을 말함.

93) 造泡는 造泡寺 또는 造泡所라고 하는 것에서 나온 말로 보이는데, 이는 각기 祭享에 쓸 두부를 만들던 절이나 관청에 두부를 만들어 바치던 곳을 가리키는 것으로서, 여기서는 술안주로 쓰이는 두부를 가리키는 듯함.

● 11월 30일

들으니, 순찰사께서 憲府의 징계로 罷職을 당했다 하니 개탄스러움을 이기지 못하겠다.

> ─방문자 : 이익빈(금산의 수령), 이호현(서울 사람), 최응생(여산 사람) 등 30여인
> ─서문 : 원욱(한산의 수령), 이영노(主簿), 남영(진천의 수령), 유중룡(전 都事, 지난 여름의 일로 禁府에서 논핵을 하여 장차 潼關으로 귀양을 가게 되었다고 함.)

● 12월 1일

審仲이 오니, 기뻐서 손을 잡고는 말을 못하였다. 또 집안이 다 편안하며 지난날 여러 벗이 다 무사히 떠나서 갔다고(도착했다고) 하니 모두 다 가히 위안이 된다.

● 12월 2일

柳忠傑에게 논어를 가르쳤다.

● 12월 3일

재계하며 지내고 손님을 사양하였다.

● 12월 4일

새벽에 先考의 제사를 올렸다(곡하였다).

● 12월 5일

여러 수령이 순찰사를 전송하고 돌아가는 길에 내방하였다. 나 또한 저물 무렵에 관아로 가서 순상께 고별 인사를 드렸다.

● 12월 6일

급하게 조반을 먹고 復元 및 審仲과 더불어 강 상류에 달려 도착하니 巡察使 일행은 이미 배에 타고 있었다. 都事와 청양의 수령 仁伯도 또한 (전별) 모임에 왔다. 북쪽 언덕에 이르러 보내드리고 돌아왔다.

● 12월 9일

해가 질 때에 止仲의 부음이 도착하였다. 놀랍고 애통하고 망극하니 이것이 무슨 일이며, 이것이 무슨 하늘이 내려주심인가. 審仲과 더불어 손을 잡고 서로 애통해 하니 五臟이 무너지고 끊어지는 듯하다. 차라리 죽고자94) 하여도 그리 할 수가 없는 일이거늘, 하물며 큰형은 서울에 계시며 돌아오시지 못했고 나와 심중은 또 여기에 있어서, 죽고 사는 즈음에 형제 넷 가운데 하나도 그 죽어 가는 그 얼굴을 대하지 못하였으니, 그 슬픔이 어떻겠는가.

● 12월 10일

위패를 세우고 곡하였다. 복원이 듣고서 즉시 와 위로하였다. 늦게는 金亞使가 와서 조문하였다.

● 12월 11일

이인역의 관리인 朴愷가 와서 조문하였다.
金應寅을 불러 상복을 만들게 하고 鄭霋에게 그 일을 주관하도록

---

94) 원문에는 溘然이라 되어 있는데 이는 '일이 갑자기 되는 모양'의 뜻이다. 한편, 溘死 溘逝 등의 말은 돌연히(갑자기) 죽는 것을 가리키는데 전후 문맥으로 보아 이에 가까울 듯하여 이렇게 해석하였음

했다.

● 12월 12일

이른 아침에 제수를 마련하고 審仲과 더불어 상복을 갖춰 입으니 마음이 망극하다. 審仲이 인하여 몹시 슬퍼 곡을 하기 시작하니, 그 행동에 죽음을 애도하고 (형제를) 떠나보내는 마음 상함과 애통함이 하늘에 닿을 듯하다. 이를 어찌한단 말인가.

저녁에 咸悅 관청의 노비가 왔는데, 대개 우리들이 상을 당한 것을 알지 못하고 장차 와서 審仲의 일행을 맞아가려고 함이었다.

● 12월 17일

큰형의 편지를 받아보니, 13일에 이미 임금에게 하직 인사를 하고 14일에 떠나서 靑坡에서 자고 곧 출발하고자 하였으나, 사람과 말을 구하기 어려워 本邑에서 오는 말을 간절히 기다렸으나 이르는 것이 그림자도 없었다니, 어찌 이와 같은 일이 있는가. 낭패스러운 일은 처음에 사람을 오로지 하여 부고를 하지 않은 것이다. 다니러 올 생각으로 가마를 타고 이미 여정을 떠나, 지금 아직도 오히려 서울 근처에 있으면서 아직 凶報를 듣지 못하게 된 일이 심히 편안치 못하다.

● 12월 20일

통판의 아들인 金均, 金堦 형제가 와서 보았다. 처음에는 내게 배우고자 하였으나 상복을 입은 지 오래지 않아 사양하고 훗날을 기약하며 車復元의 學舍로 보냈다.

● 12월 28일

큰형이 편지를 부쳐 말하길, 16일에 양재에 도착하여 흉보를 들었고, 21일에는 상복 입은 다른 형제들과 기운이 흩어진 여러 조카들과 맞닥뜨렸다고 한다. 또한 부득이할 경우 미리 먼저 잘 보호해야지 위험한 지경에 도달해서는 비록 扁鵲⁹⁵⁾이었던들 어찌하랴, 라고 하였다 한다. 비록 죽고 사는 것에 운명이 있다지만 이것은 곧 사람의 일인 즉 마음에 또한 미진한 것이 있어 애통함이 따르고 더하여 괴로운 눈물이 흘러내려 옷깃을 적신다.

李聖兪가 와서, 슬픔을 만난(喪을 당한) 나를 위로하고 또한 그 누이의 忌日에 참여하고자 한다고 하였다(내일이 그 누이의 기일이다.)

● 12월 29일

제주에 거주하는 奴婢인 石孫이 와서 뵈었는데 전복과 오징어 등의 물건을 가지고 와서 들였다.(이 노비들은 모두 돌아가신 할머니 淑人 洪氏 집안의 전해오는 노비들이다.)

 －방문자 : 권순보(산음의 수령), 홍군옥(佐郎), 이실지(정랑), 김의중(통판, 到任 후 곧 와서 위문함), 조홍택(참봉), 소세안, 신형수, 이군길, 이담도(정랑), 장덕개(참봉), 윤돈(새로 오신 巡察使, 到任 후 다음 날 오셔서 위문함), 한응인 등 30여인
 －서문 : 구인기(정산의 수령), 김경인(한산, 贐儀 보내옴), 이입지(장흥의 수령, 부채 보냄), 박개(이인역의 관리), 박종현(청양의 수령)

□ 丙午年 (1606년)

● 1월 1일

객지 생활 중 맞는 새해의 느낌이 그 어느 해가 간절하지 않으리오

---

95) 중국 전국 시대의 이름난 의원

182

만 오늘은 가장 애절함이 있는데, 聖兪와 復元이 옆에 있으면서 나를
위로하여 주므로 회한됨이 없다(널어진다). 감영에서 오는 여러 손님
과 가까운 곳의 친지들이 계속하여 와서 보게 되니 근심이 조금은 줄
어드는 것 같다.

- 1월 3일

들으니, 중국 조정 황태자에게서 元孫이 탄생하자 해외 여러 나라
에 경사를 반포하였다 한다. 조서를 받들고 올 사신으로는 한림원의
編修96)인 朱之番과 給事中97) 梁有年이 이미 차출되었다고 한다.

- 1월 13일

朝報를 보니, 임금의 즉위 40년 주년이 되어 臣僚들이 賀禮를 드리
는 일로 예조에서 들어가 아뢰기를, 정부에서 계속하여 중국 조정과
본국의 前例를 널리 살펴보고 나서 아뢰는 것이라 하니, 그에 대해
傳敎가 있었다 한다.

- 1월 19일

들으니, 지난 15일에 모든 벼슬아치들이 나아가 賀禮를 하였다 하
니, 대개 즉위 40년을 위해 행해진 것이다. 사면하는 글에서 왕께서
말하기를 이와 같이 하였다.

---

96) 춘추관의 정3품에서 종4품까지의 당하관
97) ① 給事는 조선 때 북방의 지방관청에 두었던 典禮書나 典酒局에 딸린 종8품
　　의 土官
　　② 給事中은 고려 때 中書門下省의 종4품 벼슬
　　여기서는 중국 조정의 벼슬 이름인 듯함

"감히 안일을 취하지 않았기에 부족하나마 이 자리에서 오늘날에 이르렀고 다같이 살리고자 하였기에 나의 마음으로 남의 마음을 이해 하였다. 바깥에서는 경사라 하지만 돌이켜보면 안으로는 편치 못하다. 이를테면 예전에도 임금 노릇은 실로 어려운 일이었는데 더구나 歷年 까지 오래 누림이겠는가. 백성을 두려워해야 나라를 유지할 수 있기 에 날로 이것만을 생각하였다. 하늘은 실로 나를 도운 것이 많아도 나의 덕은 그에 미치지 못하였다. 모두가 40 성상의 향국이란 보기 드문 일이라면서 祖宗 때의 先例를 들어 말하니, 거절하기 어려운 것 이 臣民들의 뜻이기에 애써 이 進賀를 받노라. 그래서 종묘와 사직에 고유하고 臣民들에게도 은혜를 베푸노라. 아, 조심해야 할 것이 형벌 이나 특별히 霈雨(소나기)와 같은 은택을 펴노니 예전의 죄악을 생각 하지 말고 하늘과 땅의 은덕을 본받을지어다."[98]

- 1월 24일

止仲의 장례 때 사용한 祭器를 李弘緖가 떠날 때 부탁하여 편히 보 내게 되었다. 화녕으로부터는 李趣의 집안 하인을 보내 전하게 해서 長川으로 보내주었다.

  - 방문자 : 이경엄(부여 군수), 박영선(함창 사람), 권식(전 현감), 이시립(옥천 사람으로 새로 급제함), 김성발(새로 급제), 남호덕 (회인 사람), 양의(전 懷德의 수령), 신현(전 진안의 수령), 이정영 (죽은 친구 達夫의 아들), 한덕급(석성의 수령), 한여철(진사), 한 근(頒赦 差員), 이홍서(昌林의 수령), 남빈(음죽의 수령), 윤견세

---

98) 이 赦免에 관한 글은 홍문관 대제학 유근이 지어 올린 것인데, 그 해석은 "국역조선왕조실록"(25집 150면)에 따랐다. 다만, 국역된 글의 끝 부분에서 '雷雨'는 '霈雨'가 더 합당할 것 같아 선생의 일기에 나오는 대로 바꾸었으며, '覆載之恩'의 해석은 '천지의 어짊'을 '하늘과 땅의 은덕'으로 바꾸었음.

(서천의 수령), 송상인(正字), 윤형준(순찰사의 아들), 김철남, 송
남수
—서문 : 노수오(천안의 수령), 최보신(태안의 수령), 이성유(贐儀
를 보내옴), 한명길(청주목, 止仲의 喪에 부조물품을 보내옴), 윤
안국(정랑, 술을 보냄), 조상우(위로품을 보내고 약을 구해줌), 오
대붕(안주를 보냄), 이영(제주목사, 가죽신 보내옴)

● 2월 5일

午時에 햇빛이 누렇게 되더니 또 어떤 물건이 있어 서로 부딪치니
그 연유를 모르겠다.

들으니, 홍역이 이미 본 고을 성안에 침범하였다 한다. 아이들이 걱
정된다.

● 2월 20일

오늘은 止仲이 땅에 묻히는 날이다. 하늘 끝을 멀리 바라보니 오장
육부가 다 타는 것 같다. 骨肉이 되어 생사의 이별에 가서 맘껏 곡하
며 마음을 펴지 못하니, 하늘이여! 나로 하여금 어찌 이리 망극함에
이르게 하시는가.

● 2월 21일

平遠이가 아프기 시작하니 이것이 疫病의 증세 같다. 23일에는 枝
遠, 公遠 등이 또 아프기 시작하고, 24일에는 錦遠이도 이어 아픈데,
여러 아이들이 차례로 반점이 생기는 증세가 발생하였으나, 그 정상
이 순한 종류인 것 같아서 가히 다행스럽다.

● 3월 1일

들으니, 具檠가 정산의 원으로 제수 되었다고 한다. 구씨의 아내[99]

가 마땅히 함께 내려올 것이고, 끊임없이 서로 방문하게 되었으므로 이것이 위안이 된다.

● 3월 3일

朝報를 보니 북병사가 장계로 아뢰기를 지난달 초 9일에 忽賊이 경원의 경계를 침범하여 사람과 물건을 크게 약탈하여 돌아갔다 한다.

지난달 초 10일 辰時에 흰 무지개가 태양을 가로질렀다고 한다. 지난 가을에는 밝게 빛나는 기운이 궁궐의 정면에 있는 문으로 들어가고, 太白星이 보이는 것이 겨울이 다 지나도록 없어지지 아니하더니, 이제 또 무지개 변괴가 있으니 시국의 일이 마땅히 어찌 되겠는가.

지난달 13일 卯時에 태양이 밝게 빛나고 있는 위로 冠 같은 것이 나타났다. 그 관의 색깔이 안은 붉고 밖은 푸른빛이었다. 辰時에는 태양에 두 개의 귀고리 같은 것이 있었고, 午時에는 태백성이 巳地에 보였다고 하는데 이는 다 朝報에 나온 것이다.

臘兒는 반점이 발생한 후 증세가 다른 아이와 더불어 동일한데, 기침이 많으니 이것이 염려스럽다.

官府에서 임금께 올렸다는 글을 보니, 壬寅年에 詔書를 가지고 사신으로 갈 때 사용되었던 기물이 거의 다 흩어져 없어졌다는데 더욱 심한 것은 典設司100)다. 그 때를 전후한 해당 관리들이 죄를 입어 호조에서 문책을 하게 되었는데, 오로지 칙사 일행의 검사를 장악했던 사람들도 홀로 (죄를) 모면키 어렵게 되었다. 자청하여 처음부터 끝까지 (모두 책임을 지고) 대신 벌을 받았던101) 郎廳을 적발하여 그 직

99) 선생의 여동생
100) 조선 왕조 때, 帳幕을 치는 일을 맡아보던 관아
101) 次知는 주인을 대신하여 형벌을 받는 하인, 또는 다른 사람을 대신하여 代價를 받고 형벌을 받는 사람을 말함

을 파면하였다고 한다. 큰형도 그들과 더불어 같은 무리에 속해 있는
것과 같으니 가히 염려가 된다.

● 3월 11일
들으니, 연산의 孼族102)인 洪世良이 연산 사람 閔惕과 李弘震 무리
가 연산 군수의 파직에 대해서 유언비어를 지어 퍼뜨렸다고 말하였다
고 한다. 외숙뻘인 洪世贊씨가 나에게 말하기를 나는 곧 御使와 통할
수 있으니 이런 일이 있음을 알려달라고 하였다. 어사는 李克新이다.
그는 일찍이 나와 半面識도 없는 사람이니, 다른 사람이 만약 이와
같은 말을 한다면 심하다고 일컬을 것이 없을 것이다. 이 일은 閔惕
과 李弘震이 洪世贊을 날조로 얽어 넣고자 하는 계략에 지나지 않는
것인데, 지극히 슬프고 놀라운 일이다.

● 3월 12일
基遠, 榮遠, 亨遠 세 조카가 도착하니 한편으로 기쁘고 한편으로 슬
픔이 남는다. 止仲이 병을 얻은 연유를 자세히 들었는데, 사람이 할
수 있는 일에 또한 혹 미진하였으니 그 아프고 한탄스러움을 어찌할
고. 장례 때는 여러 벗들이 힘을 보태주었고, 아울러 (장례 절차에)
빠짐이 없었다 한다. 큰형 또한 말미를 얻어 와서 보았다고 하는데,
하늘 끝의 이 몸은 (가지도 못하고) 길 가는 사람처럼 앉아서 더욱
슬픔만을 늘릴 뿐이다.

● 3월 15일
세 조카와 더불어 산성으로 가 구경하였다. 강 상류에 도착해 보니,

---

102) 첩이 낳은 아들을 孼子라 하니, 孼族은 그 가족일 것임.

李天章의 집 근처에 여러 선비와 사람들이 함께 재물과 勞力을 내어 초가집 예닐곱 간을 얽어 지어 놓은 것이 보였는데 공부를 하고자 계획한 것이었다. 지금 마침 처음으로 집이 완성되어 술자리를 베풀고는 나를 초대하여 가서 보니 모임에 참석한 사람은 시골 노인 6, 7명에 여러 儒生 10여 사람이었다. 저물어서야 돌아왔다.

● 3월 19일

조카 셋이 돌아가는데 基源과 榮源은 文義를 취하는 길로 향하고 亨源은 바로 유성으로 향하였다. 여러 해 동안 서로 만나지 못하였다가 겨우 닷새 남짓 머무르다 돌아가니 마음에 품은 회한이 더욱 슬퍼진다.

● 3월 26일

옥천의 수령인 張時保가 무명 두 필과 정성을 다한 물자를 보내오니, 일찍이 온양의 수령인 李天衢와 더불어 도내에 있던 동년배들에게 글을 보내서 상의한 결과 재력을 거둬 모아서 서로 돕자고 하였던 모양이다. 청양 수령 朴宗賢과 은진 수령 李升亨도 아울러 참여하였다.

● 3월 29일

당나라 장수 劉備禦가 고을에 도착했다. 그 통역을 맡은 林峻이 (唐將을) 모시고 내려왔는데, (나를) 찾아와 인사하였다.

　　-방문자 : 이정혐(호남 暗行御史), 서상덕(審藥), 홍의(司果大夫),
　　류징(고산의 수령), 한경장(성환역의 관리), 이숙(장성의 수령)
　　-서문 : 류정유(전 통판), 이옥여(전 안산), 이성여(김제의 수령),

임자신(무장의 수령), 구계(정산의 수령), 윤동노(아산의 수령), 이
승형(은진의 수령, 햇조기를 보내옴), 한덕급(석성의 수령, 여러
종류의 생선 보내옴)

● 4월 1일
재계하며 지냈다.

● 4월 2일
새벽에 돌아가신 모친의 제사를 지냈다. 오랫동안 객지에 있으니
슬픈 느낌이 더욱 늘어난다.

● 4월 5일
대구의 譯官이 큰형의 편지를 가지고 도착하였다. 官衙 안이 다 편
안하다는 걸 알게 되어 참으로 다행이나 疫病을 앓고 있는 아이들이
다 누워서 고통을 받고 있다 하니 그것이 걱정이다.(역관은 留兵 杜思
忠의 일 때문에 왔다.)

● 4월 7일
대구 사람이 돌아가고자 출발할 때 편지를 부치면서 또 조기 등 물
자도 보내니, 이는 그 지역에는 없는 것들이다.

● 4월 15일
인척 아저씨 張時保가 정치를 잘함으로써 벼슬이 올라 善山郡守로
임명 받고, 朴景行도 金吾郎의 벼슬을 받게 되었다니 가히 축하할 일
이다.

- 4월 21일

杜思忠103)이 와서 보았는데, 모면을 도모하는 일로 中路에 있으면서 주선을 해 보았으나 계책을 얻지 못해서 오늘 들어오게 되었다고 한다.

- 4월 28일

전 진산 수령이었던 林直卿이 상을 당해 묘를 지키기 이미 삼 년이나 되었는데, 이번 봄 즈음에는 또 역병(痲疹)을 겪느라고 이제야 비로소 가서 위로하고 인하여 그 여막에서 묵었다. 다음에는 그 형 顯와 더불어 함께 살고 있는 學徒 金瑗 등 십 여인과 더불어 함께 했다.

- 4월 29일

돌아오는 길에 唐洞을 지나면서 李丈(84세인데 기력이 정정했음) 어른께 인사를 드리고, (전 금산 군수였던) 久洌에게는 조문했는데 李丈의 아들(久洌)은 어머니의 상복을 입고 있었다. 달려서 강 상류에 있는 초당에 이르러 車復元을 방문했다. 들으니, 白善鳴이 정오에 지나갔다고 하는데 미치지 못해 서로 만나지 못하였으니 한스럽다.

-방문자 : 전대덕(천안 사람), 신경복, 이유립(임천 사람), 박종현(청양의 수령), 이인민(동복의 수령), 조익
-서문 : 유정유(문천의 새 수령), 남영(진천의 수령), 윤동노(아산의 수령), 원욱(한산의 수령), 권여림(함열의 수령), 성즉생(서천의 수령), 윤군회(삼각산의 스님), 노홍중(갑사의 스님), 김광보(산사람 법종이 잠깐 영남에 있었는데 金 친구가 大乘寺에 있으면서 편지를 부침), 洪咸陽(德元)

103) 이 사람은 당나라의 留兵으로 당시 우리 나라와 중국 사이에 문제가 되었던 인물인 것 같음

● 5월 1일

趙紳, 趙倫과 李熊, 南寔 등이 와서 뵈고 배움을 청하였으나 초당이 번잡하여 그들과 더불어 함께 南寺에 올라 며칠 동안 어려운 문제들을 論하고는 먼저 돌아왔다.

● 5월 5일

具㮒가 내방하니, 여러 해 동안 멀리 떨어져 있었기에 기뻐서 손을 잡고는 무슨 말을 해야할지 모르겠다. 또 여동생의 안부를 듣고 멀리 떨어진 그리움을 조금 위로 받았다. 통판이 마침 이르러 술자리를 베풀었는데, 정산(구계)이 또 집에서 노루를 잡아 술안주를 갖추어 왔으므로, 촛불을 켜고 담화하다가 헤어졌다. 洪擇精 또한 모임에 참석했다.

● 5월 14일

趙紳 형제와, 南寔 및 李熊 두 사람이 山寺로부터 와서 뵈고 그 공부한 바를 질문하는데, 자못 부지런하고 돈독하며 정성스럽고 상세하니 가히 아름다운 일이다.

● 5월 15일

朝報를 보니, 큰형이 당나라 병사[104] 수습하는 일을 다하지 못함으로써 초6일에 파직을 당하였다 하는데, 고통스런 임무에서 떠나게 된 것은 가히 다행스런 일이다. 고향 친구인 金晦仲이 그 뒤를 대신하게 되었다.

官人에게 들은 것에 의하면 趙相禹가 이번 달 초 6일에 親喪을 당

---

104) 앞에 나왔던 杜思忠을 가리킴

했다 하니 놀랍고도 슬픔을 이기지 못하겠다. 일찍이, 선선해진 후에 南寺(南山寺)에서 한번 만나자고 약속했었는데 이 계획이 이렇게 허망하게 돌아가니 더욱 한스럽다.

● 5월 17일

순찰사께서 그 어머니를 위한 회갑 잔치를 베푸니, 여러 읍의 수령이 다 모였는데 진실로 의관을 성대하게 갖추고 모였다. 나는 곧 폐를 끼치는 자취[105]로써 사양하고 가지 않았다. 늦게 순찰사께서 특별히 잔치에 쓰인 음식을 넉넉히 보내주었고, (잔치에 참여했던) 여러 고을의 수령들도 다 와서 방문하였다.

● 5월 26일

지모(소실)의 첫 번째 제사가 지나갔는데, 정산(구계)이 제수를 넉넉히 보내주었다.

　　　－방문자 : 박충구(姻戚 아저씨 彬의 아들), 최담, 이번, 오준, 윤정홍(이 넷은 고을 사람), 박안립(奉事, 청주 사람), 변득수(고향 사람), 이사의(執義)
　　　－서문 : 이통(온양의 수령), 임자신(무장의 수령), 정몽여(남원의 영공), 윤견세(군수), 허징(府使)

● 6월 2일

관원 편에 趙相禹에게 위로의 글을 지어 부치고, 또 부조로 종이와 초를 보냈다.

---

105) 累跡이란 폐를 끼치는 자취란 뜻으로 귀양 와 있는 자신의 처지를 표현한 것인데, 경사스런 자리에 죄인이 가게 되면 그 자리가 더럽혀질 수 있음을 나타낸 말

● 6월 13일

朝報를 보니, 대궐 동쪽 처마 뒷벽에 어떤 사람이 밤에 글을 붙여 놓았는데 한꺼번에 조정의 벼슬아치나 사람들이 몰랐던 이름들이 네 칸의 벽에 두루 가득 찼다고 한다. 小北106)이라 일컬으면서 조정을 흐리고 어지럽게 하는 각각의 사람 이름 아래 그 죄악을 적어 놓았다. 이 임금께 아뢰는 글로써 바야흐로 기나긴 옥사가 크게 일어날 것이니 진실로 지극히 괴이한 변고이다.

● 6월 16일

12일부터 비가 내렸는데 연일 개지 않고 오늘에 이르도록 크게 쏟아 붓는 것같이 내린다. 강물이 불어 넘쳐서 감옥107) 앞에까지 침투할 정도인데, 만약 곳곳이 다 그러하다면 밭두둑이 무너지는 근심을 또 면하기 어렵게 되었으니, 백성들의 일이 가히 근심스럽다.

● 6월 23일

張德蓋가 서울로부터 내려와 전하기를 대궐의 벽에 쓰인 글로 인한 獄事가 크게 일어나 그 기세가 장차 널리 그리고 길게 끌 것이라며, 사람들이 능히 입을 열지 못하게 되었다고 한다.

● 6월 30일

남원의 영공인 鄭夢與께서 軍器의 실화 사건으로 司諫院에서 파직

---

106) 조선시대 4색당파의 하나인 北人 중에서 갈려진 당파의 하나
107) 이 감옥의 위치는 정확히 알 수 없는데, 한말에는 지금 교동에 있는 옛 군청 건물 근처에 감옥이 있었고, 일제 시대에 지금의 공주여중이 있는 자리 근처로 옮겼으며, 현재는 금흥동 쪽으로 이전해 있음. 이에 대해서는 윤용혁 교수의 "韓末의 公州獄에 대하여"(熊津文化 제 5 집) 참조.

시킬 것을 아룀으로써 장차 遞職이 되어 돌아가게 되었다. 바야흐로
홍수의 물에 (길이) 막혀 孝家村에 머물고 계시므로 가서 인사하고
돌아왔다.

> -방문자 : 안욱(감찰), 남홍점(德光의 조카), 윤형언(翰林, 관아의
> 손님)
> -서문 : 박경행(금오랑, 서울에 있으면서 편지함), 성사열(고향
> 사람), 이간(水使), 송인수, 구계(정산의 수령, 안주거리 보내옴),
> 김경익(都事, 홍주, 쌀 한 섬 보내옴), 조효윤(임천의 宗人), 신순
> 보(직산의 수령, 어려운 살림에 보태라고 물자를 한 바리 보내옴)

● 7월 2일

鄭夢與 영공께서 이제 비로소 강을 지나가게 되어 순찰사와 고을
수령들이 다 나와 행차 뒤를 쫓아가며 떠들썩하므로, (나는) 부득이
가서 이별하는 인사를 드리지 못했으니, 부끄럽게도 오래된 약조로
빚지게 되었다.

● 7월 18일

申文叔이 와서 보았다. 영락하여 타관을 유랑하는 중에 이 고향 친
구를 만나니 기쁘고 위로됨이 말로 다 할 수 없다. 또 本道의 方伯과
는 더불어 친한 情誼가 있어서 장차 (이곳에) 머무를 계획이 있다 하
니 (앞으로) 계속하여 만나 대화할 수 있어서 더욱 다행이다. 인하여
큰형의 편지를 전했는데, 편안히 잘 지내고 계신 소식을 알 수 있으
니 오늘은 두 가지의 기쁨을 얻었다.

남촌의 鄭參奉이 햅쌀을 보내왔다.

고을 사람 成德裕가 햇벼를 보내왔다.

白善鳴이 글을 보내 그 조상의 별장인 晩翠堂 題詠108)을 써 달라고

194

했다.

-방문자 : 이덕윤(전 義城 수령인데 西原(淸州) 사람으로 수차 내
방함)

● 8월 1일

첫 가을의 서늘한 기운이 언뜻 생겨나 文叔과 더불어 산성으로 갔
는데, 향교의 유생인 羅海鯨이 釋奠 제사에 쓰인 고기를 가지고 뒤따
라 이르러 날이 다하도록 놀고 구경하다가 돌아왔다.

● 8월 6일

文叔이 장차 돌아가게 되었다. 객지 생활 중에 고향 친구와 더불어
20여일 함께 노닐었는데 이 또한 우연한 일이 아닐 것이니, 이제 헤
어져 이별해야 됨을 당하여 그 슬픔이 배나 괴롭기만 하다. 함께 강
상류에 이르러서 북쪽 언덕으로 떠나보냈다.

인하여 復元의 學舍에 도착해 보니, 복원이 내일 서쪽으로 떠날 일
이 있다 하여 학도 10여인이 와서 전별하는 술과 안주를 풍성하고 깨
끗하게 차렸는데, 취하게 배불리 먹고는 돌아왔다.

● 8월 20일

들으니, 趙國賓이 이미 진사 과거에서 으뜸이었고 또 東科 시험에
도 합격하였다고 하며, 金峯壽 또한 나이든 선비로서 생원 과거에서
장원을 얻었으니 다 기특하고 장한 일이다. 영남에서는 左試 東堂[109]

---

108) 제목을 붙여 시를 읊음. 또는 제목을 붙여 지은 시가
109) 원래는 4년마다 한 번씩 보이는 式年科와 나라에 경사가 있을 때 보이는 增
廣科를 가리키나 여기서는 그냥 '科擧'의 의미로 사용됨

表題110)의 일로 과거에 응시한 사람들이 서로 격려하여 처음으로 (답안지를) 지어 내지 않기로 한 결과 大科와 小科(科擧)의 과거(합격자 발표)를 다 그만두어야 한다는 의논이 있었다 하니 가히 탄식할 일이다.

● 8월 21일

제문을 초하고(짓고) 제사 지낼 물건들을 갖추어서 鄭鳳으로 하여금 온양 조상우의 부친 祥日에 가서 제를 올리게 하였다.

　　－방문자 : 조사준(고을 사람), 김중거(박경행의 사위로 경행의 편지를 가지고 옴), 이청(서울 사람), 조평(김제 사람), 한필구(景張의 아들), 이광국(서울 사람), 기윤헌(著作의 일), 조희식(전 현령, 임천의 宗人), 조사빈(햇메벼 보내옴), 권화보(산음의 수령, 종이와 부채 보냄), 李監察(생선 보내옴)

● 9월 3일

들으니 會試 합격자 발표에서 趙國賓이 버금(2등)으로 되었다 하며, 본 고을에 손님으로 우거하고 있는 林得信 또한 적중(합격)하였다 하니 이들은 다 정을 나누고 있는 좋은 사람들이어서 가히 다행스럽다. 尙州 사람인 李晛 또한 합격했다고 한다.(영남에서는 과거를 다 무효로 하였다는데, 李는 영남 사람으로 湖西의 初試에 합격했으니 이것 또한 사람의 운수다.)

● 9월 9일

오늘이 바로 중양절이다. 옛날의 귀양간 신하들도 또한 계룡산에서

_____

110) 표제는 헤아려 예조에게 요청을 하고 서울 밖의 과거 시험장에서는 표제를 고치는 것이 허락되지 않는다.

술 마시고 (즐긴 前例가) 있으므로 처음에는 한 두 명의 선비 친구들과 더불어 술병을 차고 높은 곳에 올라가고자 하는 생각이 있었는데, 아침에 안개가 끼더니 사방이 막혀 늦게까지 걷히지 않아서, 홀로 빈 집에 앉아 있으려니 나그네의 흥취가 더욱 쓸쓸하여져서 가히 탄식하지 않을 수 없다.

● 9월 11일

순찰사께서 한 도의 수령과 병사, 군졸을 모아 곰나루 상류에서 군대를 검열하니 온갖 군인들이 만여 명이나 된다. 陰竹의 南贊을 이끌고 향교 남쪽의 산봉우리에 올라 진법 연습하는 것을 바라보다가 돌아왔다.(坐作進退가 문득 아이들 놀이하는 것 같다. 事變이 일어난다면 어찌 적을 막을고.)

● 9월 25일

통판께서 나를 위해 술자리를 베풀었는데, 趙光翼, 崔德潤이 앉은 지 잠시 후에 白善鳴과 石陽正이 함께 도착하고 復元 또한 따라서 도착하자 한 자리에 3絶이라 일컬어지는 이들이 다 모이게 되었으니 이 것 또한 오늘 저녁의 한 행복이다.

도내 수령들로서 진치고 조련하는 일(군사 검열)로 와서 모였던 사람들이 다 와서 방문하였다.

－방문자 : 최달효(落榜人), 이응서, 홍세호, 정묵(新 亞使), 박익함(옥천 사람), 송유순(연산의 수령), 최충원(敬差官), 이현영(고부의 수령), 이경민(온양 수령의 아들), 장한융(청산 사람), 임득신(새 進士), 정충국, 류장(서울 사람), 순찰사께서 술과 음식을 보내주었다.

● 10월 1일

구씨 아내(여동생)가 정산에 도착하여 편지를 부쳐오고 또 옷과 음식도 보내왔다. 여기에서 정산으로 가려면 다만 이 강 하나 사이가 떨어져 있을 뿐인데, 귀양 와 있는 몸으로 경계 밖을 나가지 못하는 신세라 가지는 못하고 오랫동안 이별해 있었던 정회를 (글로) 서술할 수밖에 없으니 이것이 가히 한스럽다. 그러나 또한 수시로 소식을 通할 수는 있어서 오히려 쓸쓸함을 이기고 서로에게 도움을 줄 수 있게 되었으니 이것으로 위안을 삼아야겠다.

● 10월 2일

천안의 盧, 아산의 尹, 연기의 申이 巡相을 위하여 관아 동헌에서 술자리를 베풀고, 남은 음식을 내려보내 주니 가히 감격스럽다.

● 10월 11일

오늘은 이에 내 初度[111] 날이다. 정산의 여동생이 술과 떡 그리고 진기한 음식을 갖추어서 특별히 사람을 시켜 보내주니, 귀양살이 5년 만에 비로소 정이 깃들인 음식 맛을 볼 수 있게 되었다. 盧應晥과 여러 친구들을 불러 함께 다 나누어 먹었다.

● 10월 12일

尙州의 노비가 朴德凝의 부음을 가지고 오니 놀랍고 애통하여 무슨 말을 해야할지 모르겠다. 일찍이 들으니, 청부에 있을 적에 괴이한 종기가 생겼는데 해가 갈수록 고질병이 되었다 한다. 이 달 초4일 경에

---

111) 회갑을 예스럽게 이르는 말. 그러나, 선생은 1556년생으로 1606년인 이 해가 회갑이 아니라 만 50세에 해당됨. 그러니, 이는 생일날을 예스럽게 표현한 말로 보아야 할 것 같음.

마침내 고치지 못할 지경에 이르고, 초9일에는 凶報가 상주에 도착했다고 한다. 다만 그 사람이 가히 애석할 뿐 아니라, 처가의 집안에 대를 이어 제사를 받들 일이 가히 의탁할 곳이 없게 되었으니 참혹할 따름이다.

● 10월 24일
추위가 갑자기 닥쳐 왔다. 오늘은 곧 會試를 치르는 날인데 날씨가 이와 같으니 조카들 과거 보는 일에 지극히 마음이 쓰인다.

　－방문자 : 최신백(敬差官), 윤인(서천의 수령), 이흠명, 이함일(正字, 광산 사람), 한경서(正字), 임윤성(高山 사람, 覆試를 보러 가는 길에 들름), 강대호(전 임천 수령), 이경직(正字)
　－서문 : 이사화(성주목), 황사초(의령의 수령), 이간(水使, 皮脯등 물자 보내옴), 윤안국(정랑, 약재를 보내옴), 정원경(안주 보냄), 장덕개(술과 떡 보내옴), 순찰사(용채돈 보내줌)

● 11월 2일
池鳳輝에게 들으니 榜奴[112]가 곧 내려온다고 했다는데 합격자 명단은 오지 않는다. 조카아이들이 시험에 합격했는지 떨어졌는지 알지 못하여 답답하기만 하다. 남원 사람 崔忠孝와 朴以恒이 시험에 떨어지고 내려가는 길에 와서 전하기를 弘遠이는 높은 성적으로 합격하였고 基遠이 또한 합격하였다고는 하는데, 오히려 的確하게 알지 못하여 더욱 답답할 따름이다.

---

112) 과거 합격자 명단을 지방에 전해 주는 노비가 아닌가 함

- 11월 3일

楊母가 우연히 이름을 알기 어려운 病症을 얻어 증세가 심해져서 위험한 상태이니 가히 가련한 일이다.

- 11월 5일

비로소 基遠 등의 편지를 받아 형제가 다 합격하였음을 알게 되니 기쁘고 행복함이 말로 다할 수 없다. 비록 가로되 작은 성공이라 하나 형제가 나란히 옥같이 빛나게 되니 또한 장하지 않은가. 뿐만 아니라 어버이를 기쁘게 하는 자질이 또한 족히 가문의 영광이 되기도 하니 기특하고 기특하구나.

- 11월 9일

양모의 병이 점차 위독한 지경에 이르렀다니 장차 죽고 난 뒤에야 끝나는 병인 모양이다.

朝報를 얻어 보니 함경감사의 장계 안에 慶源에서 馳報[113]한 가운데에 17일 아침 서풍이 갑자기 일어나 모래와 티끌이 하늘에 가득 찼다. 이어 다음 날에는 구름도 아니고 안개도 아닌 누런 아지랑이에 사방이 막히고 태양 빛은 지극히 붉었는데 조금도 밝게 빛나지 않았다. 20일 후에는 그 기운이 더욱 심해져서 밤낮으로 어둑어둑하여 백 걸음 안에서 사람과 물건을 분간할 수 없었고 지금에 이르기까지 10여일 동안 아직 탁 트여 환하게 바라볼 수 있게 되지 않았다. 봉화를 서로 주고받는 것도 의거할 수 없었다고 한다. 이것은 또한 좋은 조짐이나 현상이 아닐 것이니 국가를 위하여 근심하고 염려함이 얕지 아니하다.

---

113) 지방에서 역마를 달려 급히 중앙에 보고하는 일

- 11월 15일

基遠이 천안으로부터 와서 도착했다. 장차 먼저 성산으로 향하려 하였으나 이곳의 근심스런 소식을 듣고 급히 달려서 도착했다고 한다. 몇 개월간 근심하며 고뇌하던 중에 친족을 볼 수 있게 되니 이미 지극히 위안이 되고 다행스럽다. 또한 은혜로운 옷114)을 입고서 와서 뵈니 더욱 기특하고 사랑스럽다. 弘遠이도 講에 응한 후에 또한 먼저 이곳으로 와서 형제가 함께 (고향으로) 돌아가겠다고 하였다 한다.

- 11월 16일

양모의 병을 구하지 못하니(죽으니) 인정에 어찌 귀하고 천함이 있겠는가. 나를 따라와서 마침내 객지에서 죽으니 가련하고도 애통함을 말로 다할 수 없다. 오직 다행스러운 곳은 진사(조카들?)가 마침 때를 맞추어 와 준 것이다. 초상 치르는 여러 절차를 叔姪間에 상의하여 정하였다. 이날 저녁에 염습을 하였다.

- 11월 17일

정산의 수령(具棨)이 널빤지를 보내 오고, 別監인 鄭霈이 처음부터 끝까지 棺 안을 송진에서 뽑아 낸 쪽빛으로 칠하는 것과 장례에 쓰는 모든 도구를 감독하고 보호하여 주었는데, (이것이 혹) 사치스런 일은 아닌지 모르겠다. 18일 밤에 입관하고 19일 아침에 平遠이 아이들로 하여금 상복을 입게 하였다.

- 11월 20일

---

114) 과거 합격자에게 임금이 내려주는 옷

진사이며 光國115)인 宋彦明이 연기에서 도착하였는데 여기 있는 중에 상을 당했다는 소식을 듣고 아침 일찍 달려와서 이르렀다. 귀양살이하는 중에 당한 참담한 슬픔 중에 고향 친구의 영화로운 귀환을 보게 되니 위안과 기쁨이 어떠하겠는가.

● 11월 22일

基遠이 정산으로 향하고, 彦明은 내 寓居에 머물렀다.

● 11월 26일

基遠이 정산으로부터 도착하고 弘遠은 어제 아침 정산에 도착하여 오후에 곧 출발하였다고 한다. 이미 과거에 합격을 했는데 어찌 講에서 떨어졌다고 해서 슬픔이 되겠는가. 모름지기 더욱 힘쓸 것은 부모와 형제의 소망에 가깝게 함으로써 앞으로는 먼저 先祖들에게 영화로운 제물을 올려 은혜에 보답함이 있어야 하겠다. 큰형이 이르기를 반드시 와서 형세(장례절차)에 임하고 싶으나 머물러 지체하기 어려운 형편의 使臣이어서 함께 나누지 못한다고 하였다. 순찰사께서 祭床차리는 문제를 관련 있는 자에게 지시하여 먼저 옥천, 청산, 보은의 세 수령에게 보내어 그들로 하여금 미리 祭需 물품을 챙기게 해 주었다.

● 11월 27일

두 조카와 宋彦明이 한꺼번에 출발하여 간다고 한다. 여러 해 동안 쇠망해진 유랑생활(귀양살이)을 하고 있는 중에 또 참혹한 지경(喪을 당한 것)을 당하였고, 이때를 즈음하여 친척(조카들)과 정 있는 친구를 보게 되어 심히 위안이 되었는데 이제 작별함에 마음이 좋지 않으

---

115) 光國功臣. 선조 때 명나라 역사에 이씨 世系가 잘못 기록된 것을 고치게 한 공으로 윤근수외 19 명에게 내린 勳名

니 다시 무엇으로 감당하겠는가. 날은 저물었는데 또 산 넘고 물을 건너가야 하는 그들이 더욱 마음이 쓰인다.

　　-방문자 : 한겸(正字, 과거에 새로 급제함), 윤옹(태인의 수령), 한원종(正字, 새로 과거에 급제, 彧의 아들), 안희(장단의 수령), 양응락(典籍, 새로 과거에 급제했는데 장원한 사람), 이정민(진사, 서울 사람), 구계(정산의 수령인데 병 소식을 듣고 와서, 상복을 입고 갔다.), 순찰사(賻儀를 보냄), 통판(부의 보냄)
　　-서문 : 서천의 수령(생선 보내옴), 유려종(면천의 수령), 김희원(연산 사람인데 병을 고치는 물자를 보내옴), 한성환(서울에 있으면서 안부를 물음), 천안의 수령(등불 켤 기름을 보내옴), 연기의 수령(무명을 부조로 보내옴), 회덕의 수령(부조를 보내옴), 정진생(참봉, 위로품을 보냄), 차복원(아산에 있으면서 사람을 시켜 위문함), 신자방(이천의 수령인데 안주거리를 보내옴), 연산의 수령(부조 물품을 보내옴)

● 12월 2일

　새벽 꿈에 돌아가신 아버지를 뵈었는데, 바로 동문 밖의 처음에 살던 작은 집인 것 같았다. 돌아가신 어머니 또한 함께 앉아 계셨는데 자못 평안치 못한 기상이 계셨다. 돌아가신 할머니와 開巖 숙부께서 각각 그 방에 앉아 계셔서 내가 이에 들어가 절하고 장차 가르침을 받으려는 즈음에 문득 꿈에서 깨어났는데, 어떤 이가 말하길 돌아가신 아버지의 제삿날이 곧 임박하니 이것이 있음을 알고 꿈에 보인 것이라 한다. 깨어난 뒤에도 깨어나지 않았을 때의 감정이 남아 눈물이 흘러내려 베개를 적신다.

● 12월 3일

　재계하며 지냈다.

● 12월 4일

새벽에 돌아가신 아버지의 제사를 지내니 애통하고 사모하는 마음
이 배나 절실했다.

● 12월 6일

오늘이 止仲의 小祥 날이다. 날이 밝을 무렵 제사 지낼 음식을 갖
추어 놓고 상복을 벗으니 일주기가 이미 지났음이다. 오히려 가서 곡
하지 못하니 더욱 다시 슬프고 애통해진다. 얼마 전에 조카들이 돌아
갈 때에 草稿한 고별사와 제사에 올릴 물건들을 주면서 우리 집에서
갖추어 준비하여 그들로 하여금 대신 제물을 올리도록 하였었는데,
과연 능히 그렇게 하였는지……

이날 밤 또 꿈속에서 돌아가신 부친을 뵈었다. 글의 뜻을 講論하는
6,7일 사이에 자주 꿈을 꾸게 되는데, 생각컨대 한결같은 기운에 겨를
이 없어야 하는데 내 마음의 경계가 편안치 못하여 이에 조용하고 그
윽한 중에 있지 못해서인가. 혹은 그러한 생각을 하고 있어서 그러한
가.

● 12월 19일

전 修撰인 沈詻이 상급 관아로부터 와서 방문하니, 오랫동안 이별
해 있었기에 기쁘고 위안됨이 헤아릴 수 없었다. 또 그 아우가 정산
의 관아 사람과 결혼하기로 결정되어 醮禮를 치르기 위해 겸하여 왔
다고 한다. 정산의 수령 여자(딸)는 바로 내 생질녀이므로 나에게로도
또한 姻戚의 관계를 맺게 되는 것이고, 이 혼인을 좇아 가히 인연을
얻게 되어 서로 방문할 수 있게 되었으니 가히 다행스런 일이다.

−방문자 : 윤영현(홍산의 수령), 이응해(新 兵使), 기경복(水使),
임기(안산 사람, 典籍으로 새로 과거에 급제), 한필원(진사), 김담
령(은율의 수령)
−서문 : 이사곽(함녕에서 편지를 보내옴), 성환역의 수령, 이성징
(月沙令公), 김존경(정랑), 청산의 수령(무명 보내옴), 畿伯(경기도
方伯, 父子가 各各 편지를 보내옴), 이명남(해미의 수령), 청주목
사, 천안의 수령, 차복원(輓詩를 보내옴), 정장(신녕의 수령), 동복
의 수령(歲饌 보내옴), 석성의 수령(歲資를 넉넉히 보내옴), 무장
의 수령(歲饌 보내옴), 기경헌(용안의 수령), 최대원(의주 통판, 毛
冠을 보내옴), 아산의 수령(歲資를 보내옴), 本營(각종의 歲饌을
보내옴), 통판(술과 안주 보내옴), 畿營吏(경기감영의 수령, 曆書
두 가지 보내옴)

□ 丁未年 (1607년)

● 1월 1일
營門(감영)의 여러 손님과 고을 성안의 오랜 친구들이 와서 인사하
는 것이 지난해와 한결 같다. 새해를 맞는 감회가 더욱 억제하여 견
디기 어려우니 어찌하랴.
● 1월 2일
꿈에, 옛 관직을 받게 되어 조정으로 나아가 임명을 받고는 곧 벼
슬을 내놓고 물러났으니 이것이 무슨 조짐인가. 가히 괴이하다.

● 1월 3일
병영의 군관이 兵使를 심부름 보내어 하여금 새해 안부를 묻게 하
고 또한 술과 안주도 보내주니 가히 감격스럽다.

날씨가 조금 풀린 것 같긴 한데, 揚母의 시체는 매장할 수 없어서 객지에 그냥 두고 있다. 장차 고향의 산으로 되돌려 보내야 하는데, 마음과 정신이 있는 곳에 흔들리지 않음이 없으니 이것이 민망하다.

- 1월 5일

高擎宇가 와서 보고, 비를 막는 우비와 종이 네 丈을 선물로 주었다.

- 1월 15일

상여와 향불 피울 정자 모양의 기구, 기다란 깃대 등의 물건을 정산의 수령이 만들어 보냈다.

- 1월 23일

고향 사람인 申允, 尹民覺, 朴長壽가 와서 보았다. 申은 곧 고향 어른 景軫이란 분의 아들인데, 정유년 난리116) 때에 온 집안이 화를 만나 포로로 잡혀 일본에 끌려갔다가 지난 해 惟政 대사의 귀환 때 함께 나왔다 하니 이는 실로 죽었다가 다시 살아난 다행스런 일이라 할 것이다. 丑年117) 여름에 내가 體府118)의 幕僚119)로 오래 바다 위에 있었기 때문에 도망하여 나온 사람들로부터 允의 이야기를 들은 적이 있었는데, 아직 살아서 다른 사람 집에서 공역에 복역하고 있으면서, 어찌 지금에야 나와서 유배 중의 이곳에서 만날 줄을 알았겠는가.

---

116) 1597년에 있었던 왜구의 2차 침입
117) 간지에 '丑'자가 들어가는 해의 여름. 가장 가까이로는 1601년이 辛丑年이었음.
118) 조선 왕조 體察使의 駐營. 선생은 1601년 영남 체찰사에 제수된 한음 이덕형의 종사관이 되어 수행한 적이 있음.
119) 裨將 또는 지휘자의 참모. 중요한 계획에 참여하는 부하를 일컫기도 함.

● 1월 28일

큰형의 편지를 받아 보고, 비로소 새해 안부를 알게 되었으니 참으로 다행이다. 양모의 장지는(좋은 땅을) 점처 바로 집 뒤와 흑석동 두 곳에 정하고 다음 달 18일에 發靷하여, 27일 날에 하관하기로 하였다고 한다. 과연 능히 기일에 닿도록 장례 행장을 차려 보낼 수 있을는지.

    - 방문자 : 양시진(正字, 새로 과거 급제, 호남 사람), 조광선(宗人, 서울 거주), 이극광, 김균, 연형(서울 사람), 한상(고향 사람), 채종길 (西原 사람), 송이기(고향 사람), 신격(이인역의 새 관리) 등 50여인
    -서문 : 천안의 수령(善治를 하여 이천군수로 陞差), 연기의 수령 (草席 보내옴), 조상우(사람을 보내 신년 안부 물음), 청주목사(喪輿에 쓸 각종의 彩色 보내옴), 은진의 수령(쌀과 콩 보내옴), 정산의 수령 (여러 차례 안부 물음), 박경행(常主라서 조카를 대신 보내 편지함)

● 2월 1일

鄭霪 등이 화공으로 하여금 상여에 색칠하도록 시켰다. 비록 능히 금하진 못했어도 대단한 호사에 가깝다. 그 관을 가리면 족할 것을 무슨 필요가 있어서 이리하는가.

● 2월 11일

온양 사람 姜澐이 先代의 世誼로 와서 방문하니 그는 곧 고인이 된 진산 수령 德亥의 아들이다. 월초에 이미 禪祭120)의 일을 행했다고 하니, 내 친구가 죽은 지 벌써 3년이나 지났다. 이제 그 아들을 보고 있으려니 눈물이 흐른다.

---

120) 大祥을 지낸 그 다음다음 달에 지내는 제사. 禪祀라고도 함.

● 2월 12일

부여에서 相地121)를 하는 승려인 寶希를 불러 보내고, 노비들로 하여금 長川에서 되돌려 보내면서 출발 날짜를 20일로 물렸다고 전하도록 했다.

● 2월 16일

조정에 아뢰는 장계에(臺啓), 三南122)에 진영을 설치하는데 (그 수령들이) 가족들을 거느리고 옴으로써 폐단이 있게 되자 이를 논하여 그만두게 하였다. 세 도의 監司들이 (이 일과 관련하여) 아울러 벼슬이 갈리거나 깎이게 되었는데, 새로운 순찰사로 兵曹參議였던 沈悅이 임명되었다.

● 2월 19일

순찰사께서 길가에 있는 지역의 각 읍에 移文123)을 보내어 擔夫124) 50명, 수레를 끌 소 4 마리, 刷馬125) 4 마리씩을 준비하게 하고, 또 일행에게는 음식을 나누어 먹이게 하니 어찌 그 친절하고 정성스럽게 돌봄이 이에 이른단 말인가. 비록 (도에 넘치게) 대단한 바(조치)는 아니라 해도 감사하고 다행함이 깊은 일이다.

● 2월 20일

---

121) 땅의 길흉을 판단하여 봄
122) 경상도, 전라도, 충청도의 세 도를 말함. 下三道라고도 함
123) 동등한 관공서 사이에 주고받던 공문서. 줄여서 그냥 移라고도 했고, 달리 移書라고도 했음
124) 물건을 메어서 옮기는 사람
125) 지방에 비치하였던 관용의 말

(양모의) 상여를 運柩하여 보냈는데, 그 행렬을 보호하며 (따라가는 책임자는) 곧 比安의 鄭座首다.(그는 亡者의 친척인데 늙고 병든 사람으로 산을 넘고 물을 건너 먼 길을 왔으니 그 생각이 지극한 사람이다.)

● 2월 21일

燕谷 뒤 고개에 이르러 (행렬을) 보내고 돌아왔다. 귀하고 천한 것이 비록 다르다고는 해도 태어나 오고 죽어 돌아가는 가운뎃길에서 서로 떨어져 헤어져야 하는 마음이 어떠했겠는가.

돌아오는 길에 朴景行의 아버지인 朴僉知의 궤연에 조문을 하고 인하여 묵었다.

● 2월 22일

돌아오다가 佳遜村의 朴希一네에 들어갔는데, 띠로 지붕을 엮은 정자에는 벽에 글과 그림이 가득 차 있었다. 화분에 심은 매화와 대나무에서 제법 깨끗한 바람 소리가 들려오는 듯한데, (그 옆에) 술자리를 베풀어 위로하여 주었다. 저물 무렵에 집으로 돌아왔다.

● 2월 23일

　-방문자 : 소응주, 유몽룡, 오수겸(진사, 임오년에 함께 과거함, 호남 사람), 이경헌(남원 사람), 이홍벽(천안 사람), 조극종
　-서문 : 이간(水使, 생선 반찬거리 보내옴), 박동선(부평의 수령), 금산의 수령(안주 보내옴), 통판, 조몽익(술과 안주 보내옴), 대흥의 수령(넉넉히 窮資 보내옴), 제주목사(귤 한 상자를 보내줌)

- 3월 2일

寶希라는 승려가 尙州로부터 돌아와 들어왔다. 葬地는 흑석동 白虎
(서쪽 방향) 안에 정했는데 그 정한 자리가 산 안에서는 조금 괜찮은
자리이기는 하나, 궁평산을 두루 돌아보니 主山이 되는 바가 비록 좋
긴 해도 그 穴이 빠진 듯이 보이는데, 분명한 것은 아니라고 하였다.

- 3월 9일

밤중의 꿈에 조정에 들어가 임금님을 가까이 모시고 말씀을 나누다
가 떠날 때에 辭職을 하고 나왔는데 물러 나와 생각해 보니 경연 자
리에 史官이 없었다. 내가 나아가 뵐 때에 조정 신하로서 체통을 잃
지 않았나 두려워 다시 들어가 待罪하였다. 임금께서 말씀하시길, "너
의 말이 옳다. 내가 장차 사관을 벌주려고 한다." 하셨다. 돌이킨 즉
곧 놀라 깨었다. 아, 영남 밖의 누를 끼친 신하(귀양살이하는 몸)가
어찌 이런 꿈을 꿀 수 있는지 가히 괴이하다.

- 3월 15일

牧伯(牧使)인 安景容이 와서 보았다.

- 3월 20일

금산의 유생인 金德喬가 전 군수였던 沈一松 相公을 위하여 장차
비석을 세우고자 본 고을의 수령인 李應壽의 편지를 가지고 와서 碑
文을 써 달라고 하는데, 그것(비문)을 지어 주는 것이 옳지 않다는 뜻
을 답장으로 써서 보냈다.

- 3월 23일

새벽에 꿈을 꾸었는데, 약을 쓰는 것을 묻는 일 같은 것으로 영천

으로 향하다가 안동에 도착하였다. 厓翁126)이 환후를 진맥하고 나서, 애옹이 가로되, "그대는 마땅히 후에 다시 나타나게 될 것(벼슬이 회복되는 것)이다." 하였다. 내가 답하기를 "살아서 명을 이어가는 것을 좋아하지도 않고, 다시 朝廷에 서는 것도 원하지 않습니다." 하였다. 애옹이 말하기를 "과연 다시 나타날(복직) 징조가 있구나. 어찌 능히 하늘이 정한 운수를 피할 수 있으리오. 어길 수가 없느니라."라고 하였다. 내가 대답하여 가로되 "일후(차후)의 성공과 실패는 진실로 따지지 않는 데서 나오는 것이나, 다만 지금에 있어서 말할 바도 없는 것(죄가 될 수 없는 것)으로써 귀양살이 형벌을 받고 있는 것이 부끄럽기만 합니다."라고 하였다. 천만 뜻밖에 이런 꿈을 꾸게 되다니 이것이 무슨 조짐이란 말인가. 잠깐 그것을 기록하여 뒤에 徵驗127)되기를 기다릴 뿐이다.

　　-방문자 : 임준(새로 온 通判), 윤질(金溝의 수령), 권덕우(龍宮 사람), 이위, 홍세충(홍양의 수령), 심열(새로 온 巡察使), 김극윤 (開寧 사람), 이진웅(니산의 새 수령), 최영중(호남 巡使)
　　-서문 : 牧伯(쌀과 콩 보내옴), 산음의 수령(생선 보내옴), 조효윤 (생선과 꿩을 보내옴), 김택룡(호남 亞使), 前通判(김의중 父子가 함께 안부를 물음), 성사열(무주의 수령)

● 4월 1일
큰형의 편지를 받아 보니, 새로이 慶州의 提督에 제수되어 그믐과

---

126) 西厓 유성룡 선생을 가리키는 것 같음. 유성룡 선생은 임진왜란 때에 都體察使의 직위로 명나라 장군들과 함께 국난을 처리한 名宰相임. 선생과의 인연은 선생이 젊었을 때 (1584년) 서로 만나 그 재주와 학덕을 인정받고 직접 서책을 傳授 받을 만큼 가까웠음. 자세한 내용은 이 책의 제 1 장의 내용을 참조할 것.
127) 앞에서 보인 징조가 들어맞음

초승 사이에 여정을 떠나 형제간에 만나 보기 위해 이 곳으로 길을 취한다고 하니 미리 애절한 기쁨으로 기다려진다.

재계하며 지냈다.

● 4월 2일

새벽에 (선친의 제사에) 곡하니 애통하고 사모하는 마음이 새롭다. 通判이 그의 두 아들로 하여금 와서 공부하게 해 달라고 청했다.

● 4월 4일

새벽에 꿈을 꾸니, 임금께서 귀양살이하는 곳에 나오셔서 특별히 우리들 세 사람에게 堂上官의 직책을 내려 주셨다. 頤吉은 아직 자질이 준비가 덜 되어 마침내 벼슬길에 나가지 못했는데, 나는 너무나 갑자기 일어난 일이라 의아하게 여겨 한참이나 가만히 있었더니, 어떤 사람이 있어 말하기를 임금님의 은혜(벼슬 내려 준 것)에 감사하지 않을 수 없는 것 아니냐고 하였다. 내가 말하기를 나는 다만 (그것을) 알지 못해서가 아니고 玉貫子[128]가 아직 준비가 안 돼서 바야흐로 그것을 구하려고 한다고 하였다. 그 사람이 말하기를 이 물건을 어찌 가히 쉽게 얻을 수 있겠습니까, 라고 하였다. 한 달 안에 이와 같은 꿈을 연이어서 꾸게 되니 하느님께서 이 꿈으로 죄를 받고 귀양 와 있는 사람을 위로하고자 하는 것인가, 그렇지 않다면 반드시 귀신 등속의 장난일 것이다. 일찍이 晦齋(이언적) 선생께서 유배 생활을 하시는 동안 시를 읊으시기를 "봄이 와서 나그네 꿈에 오히려 좋은 일이 많으니, 임금님의 은혜가 온 하늘 아래 있음을 알겠다.(春來旅夢猶

---

128) 옥으로 만든 망건 관자. 종1품 이상의 관원은 조각을 아니하고 정3품 이상의 관원은 조각을 하였음. 여기서는 당상관이 갖춰야 할 격식 일체를 총칭하여 가리키는 것일 듯.

多吉 知有天恩下九霄"라고 히였는데, 마침 (내 꿈꾸는 것이) 이(시의 내용)와 비슷하므로 아울러 이를 기록해 둔다.

朝報를 보니, 경원 등의 곳에서 봉화로 들어온 소식이 있는데, 황해도 해랑도에 해적이 성행하여 배를 수색해서는 사람을 잡아가고 또한 협박해서 물건을 약탈해 간다 하니 가히 염려스럽다.

● 4월 6일

들으니, 北兵使가 올린 장계에, 老賊과 忽賊[129] 두 도적의 무리가 성 밑 5리쯤에서 접전을 오래 하다가 홀적이 주둔지를 물려 두만강 강변을 넘어가는 일이 있었다 한다. 또 縣城(縣城은 홀적의 군사들이 사는 성 이름)에는 국사당 고개 아래를 향하여 많은 군사가 머물러 있었다고 한다. 또 두 도적의 무리가 북쪽 강변에서 서로 싸움이 붙어 싸우다가, 홀적이 적을 방어하지 못하고 북쪽으로 바삐 도망하는 일이 있었다 한다. 또 두 도적이 싸움을 했는데, 홀적이 크게 진격하자 노적이 물러나 험한 곳의 웅거지로 물러가는 일이 있었다 한다. 이와 같은 일들로 보건대, 북방의 후미진 곳에는 두려워 할 일이 많음을 가히 알겠으며, 이런 일들은 매우 우려스러운 일이 아닐 수 없다.

● 4월 12일

오늘이 揚母의 장례 날이다. 날씨가 심히 쾌청치가 않으니 과연 능히 무사하게 흙을 엎어 장사를 지낼 수 있을는지. 또한 족히 마음이

---

129) 북쪽에 거주하면서 우리 나라 국경을 침범하여 인명 살상과 재물 약탈을 일삼던 야만인 부족. 조선초에 이성계는 이들 부족을 적절히 이용하여 정권을 잡는데 활용한 일이 있음.대개 이들 부족 이름은 그들 지휘자의 이름을 따서 붙이는 게 상례임.

아프다.

● 4월 25일

큰형이 서울로부터 오셔서 만나 뵙게 되니 이별한 지 이미 여러 해
인지라 기쁘고 위로가 됨을 표현하기 어렵다.

● 4월 27일

큰형과 더불어 공북루에서 배를 띄워 아래로 내려갔다가 돌아왔다
(牧使가 이 뱃놀이를 주관했고, 敬差官 南復圭가 함께 했다).

● 4월 29일

순찰사와 고을 牧使가 오셔서 큰형을 보았다.

● 4월 30일

큰형이 길을 떠났다. 헤어진 지 3년만에 한 번 얼굴을 보게 되었는
데, 마침 형세가 너무 총총하여(바빠서) 능히 열흘도 받들어 머물지
못하게 되었으니 정회가 더욱 더 슬프다. 강의 언덕으로 나가 보내드
리고 돌아왔다.

　　－방문자 : 배용길(새로 온 都事), 전정수(보은 사람), 정견길(西原
　　사람), 이중경(修撰), 구사건(서울 사람)
　　－서문 : 이명남(해미의 수령), 牧伯(물고기, 쌀, 종이를 보내옴),
　　이간(水使), 정몽여(영남의 방백)

● 5월 1일

정산의 수령이 沈諿와 더불어 와서 보았다. 沈은 곧 정산의 새로운

사위이니, 나에게는 생질녀 사위가 된다. 그 사람됨이 명석하고 빼어나 보이니 매우 가상하고 사랑스럽다.

● 5월 12일

宋仁亥가 새로이 星州에 벼슬을 받아서 임금님께 인사를 올리고자 가는 길에 강 상류에 도착하여 나를 불러 보자고 하므로 고을의 牧師와 더불어 함께 가서 대화를 나누고 돌아왔다.

● 5월 17일

牧伯에게서 厓翁이 捐館[130]했다는 소식을 얻어 듣고 병들어 초췌한 모습으로 탄식할 뿐 (그 슬픔과 탄식을) 가히 비유할 데가 없다. 서쪽으로 옮겨와(귀양을 와) 다시 6년이 지나도록 연못이 있는 정자 아래에서 (직접 모시는 것을) 주선하지 못하고 지난 달 꿈속에서 겨우 인사했었는데, 이것이 마침내 영원한 이별이었구나. (厓翁의 죽음은) 나라의 근심이면서 개인적으로는 애통함이 이리 지극함에 이른다.

　　　－방문자 : 안홍중과 안홍량(牧伯의 두 아들로 다 進士), 이호신
　　　(評事), 전계성, 유약증(청양 사람), 성사열(무주로 귀양 간 후 처
　　　음 만남), 곽세영(보은 사람)
　　　－서문 : 무장의 수령(부채를 보내옴), 홍군서(청주목), 황사숙(令
　　　公), 남발(보은의 수령), 청산의 수령(물고기와 과일 보내옴), 석성
　　　의 수령(葦魚를 보내옴), 순찰사(窮資를 보태줌)

● 6월 2일

星州의 수령으로 임명받은 宋이 (임금께 인사를 드리고) 서울로부

---

130) 살던 집을 버린다는 뜻으로 죽는 것을 경칭으로 하는 말

터 돌아오는 길에 강에 도착하여 朝報를 보내주었는데, 대개 三公[131] 이 임금께 아뢰는 말씀으로, 앞뒤로 죄를 입은 사람들을 해당 관청에 서 아울러 뽑아 보고를 올렸는데, 賤名[132]도 또한 그 가운데 들어 있 었다. 이는 거의 임금의 은혜를 입는(죄를 사해 주는 일) 방도인데, 아직 批答[133]은 내려지지 않았다고 한다.

저녁에, 書吏인 丁今龍이 朝報를 가지고 왔다. 임금의 비답이 이미 내려졌는데 귀양 가 있는 사람들이 다 疏放[134]되는 은혜를 입었다.(우 리들은 간신히 석방되어 돌아가게 되었으나 직첩은 아직 내리지 않았 다.) 순찰사께서 星州 牧使와 더불어 산성에 계시면서 심부름하는 사 람을 시켜 옛 벗을 불러 줘서 달려 가 다다르니, 술자리를 베풀어주 어 밤이 되어서야 끝냈다. 星州 牧使와 더불어 내려와 피향당에서 대 화를 나누다가 돌아왔다.

● 6월 3일

고을의 牧使와 半刺, 鄕所[135]의 여럿이 다 와서 축하해 주었다.

구씨에게 출가한 여동생에게 한나절이면 갔다 올 수 있는데도 출입 이 편하지 못해 여러 해가 지나도록 한 번도 가 본 적이 없었다. 이제 바로 돌아갈 것 같으면 곧 뒤에는 서로 쉽게 보기 어려울 것 같아서, 오후에 정산으로 달려가 남매가 6년 만에야 한 번 상면함을 얻으니

---

131) 영의정, 좌의정, 우의정의 삼정승을 말하는 것으로 다른 말로 台鼎이라고도 함
132) 자신의 이름을 낮추어 겸손하게 일컫는 말
133) 신하의 上奏에 대하여 군주가 결재, 허가하는 일, 또는 그 글.
134) 죄수를 너그럽게 처결하여 놓아 줌
135) 留鄕所의 준말. 고려말에 생긴 수령의 자문기관으로 수령을 보좌하고, 풍속 을 바로잡고, 鄕吏를 규찰하며, 政令을 민간에 전달하고, 民情을 대표하는 지 방 자치 기관. 직제로는 鄕正 또는 座首라 일컫는 長 한 사람과 別監 약간 명이 있었음

위로됨을 가히 알겠다.

● 6월 4일

정산에 머무르면서 들으니, 洪師古가 고을의 경계쯤에 있다고 해서 더불어 만나보고자 사람을 시켜 탐문해 보니, 임천에 가서 아직 돌아오지 않았다고 한다. 안타까운 일이다.

黃思叔이 부여에 있으면서 심부름하는 사람을 보내 (내가) 떠나는 시기를 물어 왔다.

● 6월 5일

정산에 머무는데 黃令이 이른 아침에 달려 이르러 한나절 동안 이야기하다가 저녁이 되어서야 돌아갔다.

● 6월 6일

비가 와서 또 머무는데, 반나절 동안이나 큰비가 내려 평지에 물이 넘쳐 나니 나의 행로는 비록 지체되나 三農의 바라는 바였기에 가히 위로가 된다.

● 6월 7일

여동생과 이별하고 오후에 公山에 도착하니, 林直卿과 李聖與, 盧季晦가 더불어 와서 기다린 지 이미 며칠이 지나 있었다.

저녁 무렵 고을의 목사가 와서 보았는데, 부여의 수령인 李景嚴이 또한 뒤쫓아 이르고 金志和도 또한 내방하였다. 趙夢翼, 高擎宇, 蘇世安, 閔汝渾, 鄭霁, 李承亨이 와서 보고, 趙紳도 술을 가지고 밤에 방문하였다.

● 6월 8일

金志和, 李承亨이 작별하고 돌아갔다. 李栻, 李時雄, 崔選, 池鳳輝, 李應辰, 朴瞻, 申乾乙, 林得信, 朴世雄, 鄭鳳, 權淰, 安弘重, 盧應晥, 金玹, 金玩, 鄭元卿, 曺士俊, 鄭光遠, 盧應晫, 鄭光遇, 成元 등이 와서 보았다.

● 6월 9일

부여의 수령이 작별하고 물러가자 옥과의 수령 沈恦과 이인역의 관리가 방문하여 작별을 고하고, 吳大鵬, 申景福, 南大湖, 朴天民, 李番, 朴時立, 吳景生, 吳景文, 朴聖民, 李熊, 南寔, 李天章, 李日章, 鄭鷗 등이 와서 보았다.

● 6월 10일

丁今龍에게 돌아가게 되었다는 말과 함께 (쓰다 남은) 무명과 쌀 콩 등을 주었더니 더욱 힘써 일하겠다는 것으로 답하였다.

석성의 수령이 내방하고, 申蕢壽도 와서 보고, 金景仁도 내방하였다.

통판께서. 그의 생신을 맞아 친히 와서 간절히 청함으로써 景仁과 더불어 함께 二衙[136]로 갔다. 술자리는 밤이 깊어서야 끝났다.

閔必吾 및 池得遠 어른이 또한 이르러 景仁과 더불어 함께 잤다.

---

136) 당시 공주에는 순찰사가 있는 감영과, 공주 지방을 다스리는 牧使가 있는 관아가 따로 있었는데, 통판은 바로 목에 소속된 수령이기 때문에 二衙라고 한 듯함. 二衙는 원래 감영 소재지의 郡衙 또는 留鄕所의 딴 이름으로 쓰이기도 함.

● 6월 11일

景仁이 작별하고 돌아갔다.

순찰사께서 내방하셔서 술자리를 베풀어주었다. 성환역의 관리 또한 와서 이별을 하였다. 李仁伯, 孟世衡, 趙大信, 鄭鳳, 閔在汶도 나란히 내방하였다. 정산 관청의 계집 하인이 술과 음식을 갖추어 가지고 와서 앉아 있던 사람들과 함께 그것을 다 나누어 먹었다. 석성의 수령이 말 한 필을 보내 길 가는 걸 돕고자 했고, 용안의 수령 또한 서신과 물건들을 보내 주었다. 산음의 수령도 또한 서찰을 보내 왔다.

● 6월 12일

산성에 가서 巡相께서 연회를 베풀어 전별 자리를 마련해 주셨는데, 牧伯과 통판 및 李仁伯, 兪大俌도 함께 자리를 같이 하였다. 날이 저물어서야 술자리를 끝내고 돌아왔다.

향교의 선비들이 또 밤에 전송하는 자리를 베풀어주었다.

勉夫가 중곡에 있으면서 내가 방면됨을 입었다는 소식을 듣고는 갈 일을 생각하여서 몹시 곤궁한 중에도 말 한 필을 보내 주니, 세상에 큰 뜻을 펼치라고 끌고 온 것이리라.

● 6월 13일

가까운 마을에서 위아래 사람들이 모두 와서 이별하고, 牧伯은 忌日이 되어 관청에 있으므로 내가 잠시 들어가 이별을 고하였다. 곧 출발하니, 鄭嗣安, 洪純愷 등 여러 사람이 또 강 위에서 전송하는 자리를 마련해 주어 드디어 잠시 이야기를 나누고 작별했다. 어떤 사람은 십 리를 따라오다가 돌아가고, 어떤 사람은 오 리에서 돌아갔는데, 오직 閔必吾와 李聖兪는 나와 더불어 書院川 가장자리에서 말에게 물을 먹이기 위해 쉴 때까지 동행하였다. 張德蓋와 李汝協 등 여러 사

람이 이미 술자리를 베풀고 밥도 지어 놓고서 기다리고 있었다. 앉아
서 한참동안 대화하고는 술잔을 잡고서 이별을 고했다.

회덕현에 들어가니 그 고을 수령인 梁嶷가 나와 맞아 주는데 심히
정성스러웠다. 李聖兪는 송촌으로 돌아가고, 나는 閔必吾하고 고을 수
령과 더불어 함께 묵었다.(일행의 人馬로는 순찰사께서 沿路의 각 고
을에 십여 필씩 내 주도록 하셨고, 성환역의 수령이 騎馬137) 두 필을
보내 주었고, 정산과 석성의 수령이 卜馬138) 한 필을 각각 보내 주었
다.)

● 6월 14일

李察訪 어른(이성유의 부친)이 이른 아침에 내방하였고 朴希聖, 朴
希哲, 朴希一은 그들 집에서 술을 가지고 와 전송해 주었다. 고을의
수령도 성대하게 술과 떡, 집노루를 잡아 자리를 베풀어주어 일행이
다 배불리 먹고 마셨다. 저녁에 무렵에 송촌의 李察訪 어른의 집으로
갔다.(宋仁叔, 宋希建, 宋承祿이 다 와서 보았다.)

● 6월 15일

宋价川 어른이 예전의 병환 증세가 좋아지지 않았는데도 가마를 타
고 와서 보니 지극히 미안했다. 宋通川 부자와 仁叔이 술을 가지고
와 전송해 주었고 宋夢寅 또한 이르렀다. 閔必吾가 장차 돌아가려 하
므로 여러 벗과 더불어 뒷날에 만날 것을 함께 약속했다.(약속은 8월
그믐날 속리산에 가서 만나자는 것이다.)

말을 달려 옥천에 도착하니, 날이 한낮이 못 되었는데 그 고을 수
령 柳德新이 나와 맞이해 주는데 심히 정성스러웠다.(懷德이 뒤따라

---

137) 사람이 탈 수 있는 말
138) 짐을 싣는 말

이르렀는데 그는 고을 수령의 사위다.) 술과 안주를 베풀어주어서 (마시며) 서로 대화를 나누었다.

● 6월 16일

불꽃같은 더위가 극심하여 길을 가기가 심히 어려울 것 같아서 선선한 새벽에 길을 떠나는데 懷德이 와서 이별을 고하니 마음에 심히 슬프다.

화잉 나루를 건너서 점심때쯤 안읍현에서 쉬면서 심부름하는 사람 하나를 먼저 보내 종곡에 알렸다. 저녁에 왕래촌 마을에 도착하여 具樆의 집에서 묵었다. 李希一이 그 조카와 함께 와서 보았다.

● 6월 17일

주인이 붙잡아 일찍 출발하지 못하여서 저녁 무렵에야 종곡에 도착했다. 주인집이 다 편안하여 좋았고, 한 동네 사람 모두가 와서 떨어져 지냈던 시절에 관해 이야기를 나누었다.

● 6월 18일

이른 아침에 궁평에 있는 先祖의 묘소에 가서 제사를 올렸다. 서리와 이슬을 맞으며 지나온 세월(귀양살이)의 감회가 지금 이미 벌써 6년이나 되어서야 비로소 조상의 산소를 찾아보게 되었으니, 슬픔과 기쁨이 모두 다 지극하다. 오후에 마을로 내려오니, 마을의 여러 친구들이 金邦良의 집에 술자리를 베풀어 놓고 있어서 밤이 깊어서야 끝났다.

● 6월 19일

일찍 출발하여 赤巖에 도착하니 金无晦 등 네 사람이 中牟로부터

벌써 와서 기다리고 있었다. 長川의 조카아이들도 함께 와 있었고, 化
寧縣의 전 太吉 어른과 여러 벗들도 더불어 와서 모여 있었다. 잠시
말에서 내려 서늘한 곳에서 떠들썩하게 이야기하였다. 이어 太吉 어
른과 더불어 金无晦 등이 말을 끌고 내려오니 고을의 위, 아래 여러
사람들이 모두 栗院川 가장자리에 도착해 있었다. 金龍宮이 山川으로
부터 이르고, 朴伯獻 어른 이하 30여인이 소를 잡아 술자리를 베풀어
주어 저녁이 되어서야 끝났다. 말을 달려 우리 집에 도착하니 고을의
수령이 또한 성대한 음식을 보내 위로의 뜻을 전하였다.

● 6월 20일

牧伯이 와서 보았다. 李成之(목백의 형)가 장연으로부터 돌아와서
또한 관아로부터 몸소 내방하니 成之는 곧 나와 더불어 같은 시기에
귀양보내진 사람이다.(그 어머니께서 오셔서 고을 관아에 계신 고로
그 모습을 뵙고자 방면된 후 급히 들어왔다고 한다.) 어찌 6년 동안이
나 귀양살이를 하며 지내면서 쉽게 함께 만나 슬픔과 기쁨을 이야기
하게 될 줄을 알았겠는가. 이것은 사람의 일에 우연한 것이 아니다.
(우연히 된 일이라고 볼 수 없다.)

● 6월 21일

公山에서 따라온 사람들이 돌아가겠다고 말하므로 여러 곳에 서신
을 써서 부쳤다.

原文影印

公山日記

壬寅四月以掌令言己丑冤獄忤　省黜守光州因臺

啓俄配公州

五月初三日發謫行方伯李養久令公寄書相問兼有

贐資勤意可感○六日到雞龍峽風雨大作幸卽快霽

作行○十日到公山○十三日燕岐守鄭直夫樟先生溪岡

之寄書兼有惠物以詩謝之○十九日牧伯金尚㻩即壬

年同來訪將以明日棄官還鄉云來此客地所與相依

者惟此守而已浚歸計退情莫挽悵則潸玆用四韻

以寓遠懷○燕岐守和送前韻又寄別韻卽次送

六月一日為破寂賦記事吟一篇○金綵奉吉遠子善

自山中寄書要我一會山寺以做旬日之敍此誠好報

敢不唯命以待生凉一進之意吟詩以送山寺其○燕

岐守又惠詩三十餘句以讀書玉成之意示勤勉而親知之

來訪連續不已無披簡閱卷之暇無以副故人之意愧

恨何極謹和吟以送靜紙之惠尤感○二十日宋尼山仁甫寄

惠窮資感歎之餘投詩以謝

七月三日韓山守韓懷年友來訪且以魚鹽米酒優助旅

廚多感○七日金綵奉又送人邀來乘暮以進菴宇頻

蕭瀟澗谷亦幽邃足為盤桓之地對酒論襟卻忘身在

長沙而但湘潭纍跡得無近於太放乎是可懼也○十

二日州人鄭鷗來見鷗即貢生也曾在壬辰與我同事

於義陣為人頗可愛且與言詩來此後即問其安否有

事于海邑禾歸云昨始還來今朝來訪積年阻闊之餘

已極欣嶰因此而朝夕相隨消遣謫居之愁可幸○十

六日呂都事大老自海上馳至蓋其行為見我亂後乖

闊已一紀感昔興懷已極披慰而雷連數日設酒相敍

其意尤感金子善林直卿友年同終是會○二十二日商

山朴提督丈春亨次鄭三峯錦江樓韻遠寄其意有在

— 3 —

古田先生文集卷之十

感歡之餘和送二章 三峯聯會津後從便放〇遷過錦江樓有此詩 二 〇得家信

俱平好稍慰客中紆鬱

八月七日釋奠後州人致膰肉蓋以吾曾從大夫之後而名在罪籍者還有悚慼不安之心〇十三日有記夢

詩〇十五日今日是節日倍切松楸之感無以爲懷成

秀才南秀及鄭鷗佩酒而來邀我出江上臨水對月相

勸相酬夜深而罷頓忘謫居之憂州人康俔康時健同

然是會〇十九日戌忠州則優自試所馳至積阻之餘

欣慰難量但公行勢不得久滯待難卽發別懷悵然

〇二十一日李丹陽叔平友年自泗陽試場迂路遠來感

三一七

安羅綾李夢尹而 持酒而來 林檜 直 朴希一吳孝男張德盎朴

文謙盧守吾 天安 池得源 訪察 閔原伯吳中逸吳中喆康

時進吳大辮朴瞻李尚中 全羅亞使 高擎宇柳慶宗 庇仁 金

珆石陽正宋啓昌朴忠男閔汝沉盧應晭李以載辛璹

尹甲訓 天安人 南忭 處相之姪 宋承祿宋希進盧應晥宋遠器 保寧

進士星州人 鄭直夫 定山 來話 趙靈巖李慶濬 統制使 鄭榮國 晬

李德演 晬 定山 洪純悌呂聖遇 以都事入州 李久洵 晬 金山 林子

慎 統制從事官 李挺時 別坐 尹三聘 晬 林川 宋錫圭 仁甫 之子 安鵠 挺選督

書問湖南方伯韓益之

二月十日因目京來人聞 闕內有投石之變極令人

驚懔○十七日　世宗大王忌日○二十二日李叔平

自試所入來畱宿敍話○二十七日鄭直夫被駁還鄉○三

謫居之中得此友賴以相資今遽失之心甚戚然

十日呂聖遇邀余同赴麻谷盧雁晫同之去本州四十

餘里洞濲濲山花且發臨流嘯詠足洗塵襟○辛行

遠 洪州牧 朴軺 景行年友 李沱 恩津人 朴後賢 李得夫 懷德倅 崔岇

金璥 恩津倅 崔德潤 崔德峻 尹趌 湖南試官 權海美 持酒而來

朴衍 李德言 石城倅 朴文浚 朴文洞 朴尚賢 鄭鳴世 輝山人 全

德一 前牛刹倅之子 成光文 水使 睦長欽 湖南御使 宋哲昌 李涵 光山進士

入 李忠彥 士利 宋望英 金璿 試所入來 兩人自新昌 洪世雄 咸昌 朴義

賢林得信（自連山赴朝也）李壽崙盧克漸高用厚（齋巖之子）韓百

謙鄭養一（京試官朝也）朴元豹書問領台孫偶（字安南平）

三月一日醬麻谷寺出溪石觀獵魚上下溪山雖無佳

麗之狀散髮松間亦足以供逍遙之趣○二日

王后尹氏忌日○三日聖遇向大興吾爲鄭君嗣安所

邀往其池亭亭宇極蕭灑頗有可觀且多詩人題詠主

人觴我于亭上向晚罷歸○四日得見咸鏡監司狀

啓北青洪原咸興等境海赤漁舟入于其中則赤色映

於人衣日光照之海山皆赤始於北方漸移而南至今

八日其色如馬血其形如浮涎恰似極細蝦卵和水之

狀又似米粉和火之狀取其水沸湯赤色不變其似卵

似粉似涎之狀亦不熟化鏡城以南海水皆如此云此

是近古所無之變未知終有何祥也歲前龍周山移石

春來豐川果川載寧等地亦有移石多事地震雷震枉

枉示警時事極可慮〇八日高擎宇致商書知兩弟無

九日巡相到山城

事伯氏居左進魁結稍則何幸

州人黃廷幹金知復蔡 得江金遠振金遠城金

與金安節李埈孫橚申尚龍孫光業
並參右生魁高仁繼進魁鄉蘊云

邀余日晚往赴夕還〇十一日巡相出巡海上歷八弊

寓〇十六日權校理繼承　命向湖南八話移時而去

南中癘氣極歲人物多傷死凶故目上道官致祭十九日通川等處海水赤濁

三一九

— 8 —

坐俱有唱酬

殆天餞人惜別意尤可幸者宋仁甫同此會也三人鼎

幸何如因邀我往賞錦江秋景且滯兩夏做一日之敍

九月三日鄭進士文振德甫 客半刺所來此後與之相識

其儀容見識真雅士也有源源相從之樂今將北還日

後相逢又未易不勝悵黯之懷吟贈四韻〇八日州人

李天章送人書邀與李聖俞泝流同往蓋天章少時治

舉業不遂因卜居江上松林之間構得數間屋牕壁俱

蕭然與主翁停舟浦口半日登眺具同知大粦昆弟亦

持酒而至終日盡歡而罷〇十一日燕岐守來訪雷話

以頒　赦差員向左路○十二日次山谷秋懷十首韻

山谷之謫黔
南有是頌

十月六日與李聖俞郭夢得作雞岳行入山之初金秀

才鎡亦不期而至金卽夢得之壻而俱是意中人也遂

携至禪房因成三日之晤丹葉猶未盡脫日候亦不甚

寒宜於行步而悅於供眼是誠吾輩不易得之佳會但

湘潭羇跡不無太放之懼而古人亦有龍山之遊惟以

是自慰而自援也因各書懷以爲他日相憶之資○十

九日巡相來見頃已伻問今又躬枉顧此累人何以得

此滾庸感幸

十一月十四日朴景行友年有今日來訪之約有故不果
日使其胤文吉替送見其爲人端雅佳少且其詩文敏捷
亦足以起余謂之賢父賢子可也○十九日往拜巡相
○二十三日兩弟八來半歲相阻之餘欣握不可言且
諸節均安可幸而但伯氏尚未返駕閱朔旅食何以堪
苦遠慮無任

十二月三日明日先忌也終日齋居謝客伯氏旣遠在
吾兄弟俱在此自此辦行祠事○四日曉起行事追慕
之痛倍切於在家之日○二十一日近地守宰及知舊
俱惠卒歲之資巡相又以魚肉紙草優助旅廚可感

逐日來訪之人自癸卯始金錄于記月之下要爲後

日不忘之資

癸卯正月一日設先位略行奠獻〔松楸路遠揭虔未由　適兩弟自家山至故

略備薄需以伸遐遠之感而荒墜先　訓名在累籍罪橫于身無以自贖〕二日　仁順王后

沈氏忌日〇五日審仲歸情事作惡〇八日審藥韓應〔關內有投石之變人心極〕

仁自京至致伯氏書因聞

為駿愕〇十三日岳文李察訪來見因陪話旬餘日足

以忿謫居之愁可幸〇十七日止仲又歸謫居中連送

同氣去畱情事自多不堪〇宋仁甫崔選閔汝渾鄭澇

李天章鄭鷗〔持酒〕李忠彥具啓〔判官〕鄭元卿〔俱〕蘇世　〔平壤〕　〔永同〕　而來

多刺設賈入　啟趙授六品之　命可慰可喜〇四日

聞平安道定州南海洋中猰島有石高過丈餘去二月

自此移南兩間相距數百餘尺石根倒植向上且江原

道洪川縣前川雞巖灘中所有之石移柱于水南邊十

五尺許曾所未見之石乃在灘邊兩石相距二十五寸

許云事在四月初　〇八日大雨為年事可幸〇九日巡相邀

我山城觀漲適金景仁守韓山　沿檄至因設酌盡歡韓山

乘夜到寓舍敘話且致窮資〇十六日聞安州清川江

平日水淺四五丈到今水淺近日以來行路入馬直渡

前古所無變怪非常　前人詩曰薩水湯湯漾碧虛隋兵百萬化為魚世有人馬通行之理

可謂無前之變也

○二十四日伯氏以頒　赦差使員八州錫

赦差使員八州錫　中殿誥命冕服十九日始入

原隔年之情窒有紀極

京是日卽頒　教布告八方使臣李光庭權憘朴震元

等推　恩有差百官各加資○二十五日　定安王后

金氏忌日○聞姜絲議德輝在白川下世去年來訪尚

往來夢想爲之怛然○二十六日巡相邀我兄弟往山

城會話○二十七日　懿仁王后朴氏忌日○張德蓋

姜德突朴希元一來訪要見伯氏○二十八日　明宗大

王忌日○權和甫主簿尹汝昇大諫金應瑞兵使成允文水使金

希元益山倅黃處中清州入吳大猷閔天吉正郎朴叔夜正郎賜祭

官 李振先 兵郎 書問奇敬獻併 龍安

七月一日

仁宗大王忌日○二日伯氏始西還追別

江上去雷情事何如因向水寺訪趙相禹論文義翌日

還寓○四日伯氏到天安寄書○九日得朝紙四日政

伯氏 除軍器主簿積勞之餘有此別遷可幸○十日

元敬王后閔氏忌日○十七日大風忽從南起拔去樹

木破卻廬舍人物亦或觸傷禾稼之損可勝言哉早潦

極備之餘繼之以風年將大侵吾民奈何吾亦以雛仆

菊敗爲歎子美重芧之捲有不足恤○二十二日致祭

官朴曄 正 來訪卽發 光州士人高霽峯立祠請額自上贈襄忠之號因致祭云

二

十四日　顯德王后權氏忌日○二十五日聞全羅道
高敞下德壽家牝雞變爲雄雞慶尚道蔚山府西龍堂
里有翅蟻蟲滿鑿飛過問其村人則殊常之物滿鑿飛
向村家男女一時聚觀有翅羽微大蟻蟲不知所出處
而自東萊北面飛來指向本府間有小塊佪翻而蔽塞
至日暮飛過云且醴泉北百渚谷里番庫地陷四面周
圍九尺七寸陷滾二尺五寸濁水在陷底僅數盆人躡
陷處堅如平地厥後四方之土日日崩堆自然塡塞數
月內作畓已爲耕種云妖災怪變一何至此皆出於道
伯狀　啓必非虛言○金之海倅龍宮李俊英趙大信柳

三三一

至平海皆然云蓋自北移南也○二十四日　昭憲王

后沈氏忌日○閭通川以下諸邑海水間間赤色二

十六日以後赤色遍海水氣混濁漁舟遇濁行似有碍

棹之不利前所未見中洋潑赤如血近邊其赤微淡取

而入染色如淡紅云

弘文館博考新羅善德女主七年
秋七月東海水赤五日高麗光孝王六年三月東海水
黃濁三日變爲血色宋乾道二年福淸縣石竹山
大石自立移動所過成溝南漢劉時宮中有石自立行
百餘步而仆新羅善德女主七年重城南大石自移

三十五○二十五日黃致中（德山倅）來訪往會于江上李
云

天章亭舍姜德安（珍山倅前夢山倅）持酒金會盡歡而罷（人卜居于）○二十七日聞
古且好詩酒（溫陽）

鄉上倉歛已有年鳥入雅今件約會于此以救亂德關別之懷

江原道襄陽府洛山寺有二石自海中出來橫臥于義
將臺下僧人採藿之處海邊元多積石或蒼或黑苔蘚
浸沒而二石則如塗白粉其色懸殊春川東面雌雄變
為雄雄變異非常○金庭赫 益山人 林得智林得信 兩人
公直 經
李好義 本道 御使 尹昫 韓山人 朴希一申櫂 扶餘人 李振先
兵 師 人
李弘璧 天安人 洪純愷金冠玉 林 翰 張希聖 奉 書問林公
直李叔平尹煌 通判 李德言 倅 石城
四月一日巳初日食石城倅送魚 日諱辰 齋居○二日 文定
曉過先妣諱辰○三日山人法宗來見○七日
王后尹氏忌日○十九日聞舒川郡南五里許有大石

移坐八九尺許經過之地陷八數寸其重雖七八十人
不能輒動云夜有微雨稍慰三農之望○二十二日得
伯氏在京書知客候平安伏幸聞竺山尹士淵已作古
人去年西遷時以病不得來別致書且有贐未及一幕
人事至此爲之怛然○李大河伴恩津朴孝男成歡李以
載朴春遇伴懷仁張天龍宋英男趙敬承伴同福姜德突李
師德鄭嗣安李挺時別坐韓槪察朴蘭英軍李芳叔差
安夢虬來餉持酒書問李德馨
五月一日聞燕岐郡又有移石之事○五日白進士振
南來訪傳藥圃鄭相公陳疏乞致仕遂恬退之節又

三二○

八

申古人之義此實今世之所稀也極爲歎服○七日趙

相禹來見願學 解以罪名 送選送 ○十日

十四日 文宗大王忌日○二十一日李景鼎 栗谷 之子來

訪○二十二日趙相禹又來請學其誠意可尙遂與同

往西穴寺授論語且時論詩韻○安節趙俅 敬菴 之子趙震

男 俅 魚川 郭明謙洪世忠金就權 故榦人 西浦 郭希孟 之子全忠

悌 偉 森安 林得義 師正 林得禮林得悌任溪南大湖南竹尹

東老 新都 書問安榮伯 之晊 有紙扇 高思勿 倅咸陽 林子愃姜

太初

六月一日得伯氏書知近日動靜且以勤仕有效倉穀

他守令品官將官軍官等金二百餘人實亂後衣冠盛

會也吾則辭以累跡不得往綵巡相送酒饌綵會守令

皆來訪尹林川莘變申扶餘㮨亦追會○十六日本州

儒生等出文收穀致周急之資雖曰鄉風之厚其間多

有未識面之人事極未安而難於辭卻金受之○二十

一日得見大科會楊鄉友全淨遠得綵此人實吾輩之

可倚仗者可幸○尹次野　湖南巡按御使　梁千運　落講　康時進

士李山立宋錫圭　凡山子　新進士子　宋邦祚　同人　高傳川　講

新進士　趙夢翼李有為　前別坐　新生員　朴瞻許九淵　直邊　長

人趙持世　訪　書問韓士仰林直卿蘇世寧

慶胤　以中子

十一月十五日　中宗大王忌日○二十八日　睿宗

大王忌日○二十九日　仁聖王后朴氏忌日○李昊

之　石城　申景洛　驪妓　柳永範　金井　張世哲　叔　全忠悌　安孝

倅　韓好問　瑞山　兩倅幷致海錯李時亮　故參軍賚之子　金錫光

盧得俊　潁川　金士一　長興　李陞龍　入　物有慶　李榮夫　直長　金德

民蔡宗吉書問李聖與　金堤守　趙相禹　有慶

十二月三日齋居○四日曉哭先諱○五日　章順王

后韓氏忌日○十九日金校理而晦以備邊郎廳看審山

城形止及民情俊否試才軍兵等事入州先訪弊寓阻

闊之餘欣慰難量○二十四日　成宗大王忌日○二

十九日而晦將還客中得鄉友連日相從念卻長沙之

愛此亦人事之不偶然者而今遽作別情事當何如○

鄭顯吉西原人　柳時輔趙重林金好德成即行校理尹期仲

亞使李弘璧韓士仰郭潝芉德龍宋啟昌趙公瑾沃川李

綏義守山陰　奇命壽李振先鄭文海李弘俊朴文謹元宗

式衙客曹士彬李祺壽前益趙俊男守連山安榮伯守南平趙

光輝校理李瑀玉山犬盧受吾李良之李忠彥崔應周前永同

伐權洽龐仁守武同年曹彥基李栻池鳳輝書問鄭樟岐前熱金

趙公瑾

甲辰正月一日客中再值元朝孤露之懷松楸之感當

何如通判早朝來見兵水營各送軍官致問蓋爲新歲

賀○夕白虹貫日歲首有此災變驚懼處也○二十一

日得家信俱無事枝遠輩順行痘疾可幸○二十三日

夜分地震屋宇皆動起自西方良久乃止得伯氏書知

客候姑安伏幸因付答書○李日章金迪金闔 故相賁之子

趙夢賢 縣監 曹士彬李山立趙守初 湖南量田御使 權雲卿 南湖

左御使 趙璞崔逢張得與朴悌立崔斗閔汝渾朴忠男朴

詹柳湋 安北 鄭晦 同福 呂禑吉 連山先友 崔蒨 正字 金季彥 尚 鄭鳳男

都事 安旭 監役 韓瑗韓玧 入連山 趙僌 承子 李汝快南煥南

燦金孝誠許昕 御本使道 金仲信 入朴時立來酒 申景濂金

澄仵青陽趙玹殺山朴希一李尚德李栻金澮金士彌異

大鵬同知孫進德関在汶林得禮會柳之綱湖南頒赦差官任燮

李大河仵恩津書問朴輅新米縡送申文叔仵高靈

八月一日趙相禹自水寺下來辭歸一番講論不無相

長之益幸須加意焉金瑚鉉本名八來請受學○黃安東

和甫寓居大興村家入火盗身亦遇害云不勝驚愕士

賊肆行至殺士大夫而莫之敢禦時事及此不覺痛歎

○二日李沔川達夫在京不淑數日之內連聞親友凶

訃痛怛何極○二十五日 貞顯王后尹氏忌日○二

十六日得見會楊伯氏得総三等二人驚喜何如但未

及兩親在堂之日感淚自下 李叔載亦從生員其弟
氏同年實非偶然事連魁李久慶全之 與吾同年其兄又與伯
子年十八生魁柳㦲右相永慶之子 ○二十九日聞
北虜犯境方圍鍾城極爲驚心鄭時晦以白面書生獨
守孤城事竟如何關念亦極○聞柳同知姬瑞因秋夕
節祀往在抱川遇賊見害云 蠶穀之下盜賊興行至
殺宰臣時事可知歎咄無已○邊彥修 正尹期中 都事李
汝儉 監察 朴子順 成歡 丞 趙元祥 藍浦 倅 郭夢得 尼山 倅 閔昱 永
人 盧克咸 朴蘭英 趙汝實 湖南 敬差官 尹璟 本道敬差官 柳珩 兵新
使 崔應秋 水使 中軍 趙希軾 金浦 倅 宗人
九月二日・德宗大王忌日○六日巡相邀我往觀山

城以北門樓新立故也宋通川池察訪柳比安同之日
暮歷見半刺於雙樹亭見朝報北賊退去可慰而但未
知賊謀之何如〇八日 世祖大王忌日〇九日通判
邀我觀魚于熊津上歸路訪子善同宿蕭寺郭希舜自
京至亦同宿〇十一日得伯氏書知會試有許多曲折
二所試官李成吉已罷職不敍兩所監察金罷因 上
教金論兩所試官時未蒙 名只有推考之 命試官
若罷將有罷榜之議云〇十二日湖南舊巡相韓益之
令公過見 南道都元帥〇聞族叔佩卿氏下世卅九之
年已極可慘而家中只有未嫁一女松坡公有蘊莫展

入皆惜之今又夭折其一子天之報施何其嗇也○十

七日試官論罷事聞己停 啓以廿一退定放榜可幸

有頭論人并因存物削令
後會試易書事亦烏判下

日○得見伯氏書以近日南下云爲榮掃 先墓事名

○二十六日 恭靖大王忌

枉罪籍竄伏一隅家有好事兄弟不得同慶東望歸雲

只切悵慕之懷○柳湋 前此安 宋楠壽 前通川 洪海運柳敬

元 調人慶從 張好古 湖南使 鄭國輔 粹永同川 曹彦基金汝秀 調
事官

使 宋錫夏 官敬差 李熊

十月十四日巡相已畢城門役設落成宴於拱北樓金

韓山景仁李石城德言盧天安受吾洪淸安寬夫及其

安伏幸以晦齋訟冤事自　上欲知京外士論及乙巳

事蹟云○十日今日例有　太宗雨而今則不驗天意

云何○聞州儒方會申寺議定晦齋訟冤疏事○十八

日利仁丞邀以會話往赴本驛金滋（前金溝守）亦來會曾有

約也共登翠屏樓主人設酒又辦家獐終日談話而罷

○十九日孫兒臘生八來不見且三年頗已長成自此

能慰謫居之懷奇幸○二十六日州儒其中逸盧應暊

自京八來頃以陳疏事上去因京中論議之異同疏事

中止不果云○二十八日利仁丞被駁將歸欲別於翠

屏樓此丞來此數年情義相熟又無可議之端今遽見

罷侵虐驛卒實是過情之駁可歎〇李德淳別坐年友繼祿子

安策悅前咸士鄭元卿倅永同李晟倅青山洪衍箕都事崔邊鄭㙫

朴大而進林子文林子立林子恭閔廷傑書問金而晦

池得源鄭夢與精海伯有玄申景述京人益山守珍山守當送

六月一日半剌以祈雨事往潛淵又求祭文製呈李良

之城石以祈雨祭執事承差而來又得一敍可幸〇三日

延使明將禱雨于熊津諸守令俱以執事來會蓋因本

道旱災狀　啓自朝廷下送香燭故也〇十四日見朝

報嶺南儒生金允安等六十餘人以晦齋先生下明事

赴

闕陳疏　初疏　答曰省疏具悉良用嘉焉再疏又
答曰省疏具悉尊寶之意但此事後日

朝廷當從容議處難以輕舉因
儒生省時有京中乎嶺南儒生戰
關庭設試慰遣道初七日試士金則以
尚州黃幹亦得三下金則以二中直赴會試二下并

給分云寶
國朝盛典　伯姪基遠亦以疏儒枉京因優付書○二十

三日聞崔遊擊以倭情撥知事出來金而晦為接伴官
云○因營中得聞觀象監　啟今月十一日夜金星囚

氣甚盛犯軒轅第五星十五日申時太白見於未地十
六日未時太白見於午地云此是不小之災無乃天示

警於　國家使我　聖后盆勉其修省之道也耶○北
兵使狀　啟中賊胡老土等領軍藩胡外山部落攻擊

殺掠云此亦可憂處○二十九日聞報恩洪叔世哲氏

奄作古人痛怛何極因念　先君外家已盡凋零此叔

亦於亂初下來報恩妻鄉因居有年未得返歸故山奄

至不淑抱川舊隴守護無人知有一子而亦在齠齔誰

賴而成立思之至此益增哽塞○三十日巡使以唐將

迎接事頃作忠州之行今聞唐將已下去釜山蓋唐將

之出來只由於金光之說也金卽嶺南人春初自日本

逃還張皇賊情至以大修器械不久渡海爲言　故本

國曾已入送于軍門面奏情形是以　中朝遣遊擊來

觀形止將爲舉兵之計○李愼元 前載寧友 韓汝澈 進士 李

應立 御使來 持酒訪池鳳輝柳時輔柳屹宋以鎮〔人尚〕辛姬龍尹次

〔御使〕野李瑞廷崔瀫尹節李嶷權恰金子定〔湖南亞使〕金漢

洪有誠〔州人〕黃奭〔長溪府院君〕書問朴德凝〔青松〕金而晦〔且有詩〕

二月六日鄉校行 釋菜禮致膰儒生李能嶺來○八

日濟州救荒 御使趙誠立歷訪○二十四日巡相遞

任新使李右尹裕甬○尹期仲〔都事林直卿師〕正趙夢翼李

時亮李永祚朴義賢趙孝胤〔宗人〕禹終吉南景晳〔參率〕申德

滋丞〔栗華〕姜渭載李厦〔京人〕李時穆趙景觀〔宗人〕崔達孝韓大

仁〔仁人〕李仁伯〔年友〕宋翔〔寶傳〕蘇循尹彬許澂〔陝州牧〕權應喜

禹鎣李孝敏李時楨〔俥〕〔結城〕魚水沉金七十餘人而已錄

於前月之人不復錄書問金昌遠任卓爾

三月八日趙相禹金瑚及本邑儒生四五人請學故同

往山寺講論大學文義○十八日巡相將還故往別于

江上金調度金發程亦敘別於山城情事黯然舟中遇

安榮伯與之偕來同宿弊寓○呂尚夫〔光州牧〕金善邦金

景仁〔韓山倅與天安扶餘石城林川持酒來話兩倅〕

李大河〔恩津倅〕

趙俊男〔青陽倅 自海上入來訪〕李好義〔今山倅〕邊明叔〔通判〕金克寧

尹煌〔水原判官〕柳澄

金聖與〔定山倅 送笠子〕趙守初

李安義〔監察卽〕書問李德

唐將毛指揮〔達山倅并排酒來話兩倅〕

演倅〔金獎倅〕

四月一日齋居〔明日卽先妣諱辰伯氏在遠且本所犯疫故自此辭行營及本官俱致祭需〕

○二日曉行奠獻客中連值　先諱益切追慕之痛○

四日新伯出巡內浦歷訪斃寓且傳穌齋手稿一卷蓋

謫中所作來時到天安得來云○六日張德蓋持酒邀

我於李天章江亭姜德變金至花事雖晚江上景致猶

足可觀鼎坐酸酌日暮各散○八日半刺來設觀燈會

李承元朴蘭英郭希舜金縂會○十九日西厓柳相國

上致仕疏該司循例防　啓而朝象多可虞是憫○州

儒鄭𩆸趙夢翼曹士彬盧應晛朴景行來見有事于鄉

校也頃者以五賢從祀泮儒上章自　上不允於晦齋

拈出乙巳事屬下　嚴教館儒通文八道欲金陳疏訟

冤故來會同議云○三十日日中有黑子移時相擊大
如雞卵○黃廷喆㖫丹陽琴壎之㖫川李崇仁陸千㘖李以載
濟金浚李振先湖南新使亞使朴暹韓昱故年友應時子康佪李以載
宋敬祚察監李元長川人洪世贊叔咸李命男孫汝諧扶餘
洪世哲叔咸書問金勉夫朴子順訪察金而晦具棨咸興
五月一日巡相送李注書好信設饌於山城幷招我至
於累速注書亦懇請而以出入之煩辭不赴心甚未安
累人與知舊追遊猶或可也而公堂之會有所不安故也○通判往熊津將祈雨歷
訪因求祭文忩拙製呈○三日曉果雨祈禱之應果不
虛第以一夔兩豈能蘇久焦耶○得伯氏書知客候粗

— 36 —

付書於伯氏○二十八日巡使往送　順嬪鄭氏之喪

明廟後宮也亂初來寓郡守

林川以其威姪尹堅經為郡守故也自上命返葬于交河萬曆今方發引歸也有挽詞○成

舒川南青陽俱以護喪差員來又得一敍可幸○李信

行因到薛寓穩話而去

義倅李寬民　李璡李景裕宋錫慶　湖南稿軍御使新差林子

惧茂長倅持　金景仁　俞悌曾宋仁燮　閔聖之

全羅災傷御使　書問姜克裕　致賻　鄭夢與　海伯

九月六日州儒趙夢翼閔荏沒吳中嚞庸時進李栻朴

時立金善邦盧應晫等自京下來俱入見以晦齋下明

事陳再疏俱　下優容之教從祀事將至於順成云斯

文之幸莫大焉○七日宮坪人韓恩福來謁是乃先山
下居民聞兩水之餘壑域無毀崩處亦可幸也○九日
巡使大會一道軍兵試閱于熊津渡上兵使亦領軍至
各邑守令多至三十七八員軍丁摠萬餘曉頭先行議
祭石碎李衷之以執事雖鳴初赴陣所午後與張應時
登山望見習陣節次雖曰合道俱會元數不數坐作進
退之節亦多齟齬舉此而一國軍兵可知有事變其
何以抵敵乎○十九日羅州士人洪邁為其親將訴冤
於戶曹來請書囑于伯氏故裁書以付伯氏時當戶郎○二十
七日金義重使御邀我泛舟設酒行至熊津而還州人刺及牛郡

— 38 —

羅同之鄭卽
峨重同柯

○二十八日義重發向懷德余亦追及孔

巖敍別於江上因與半刺同作尋山行蹤密項峴入新

都至今溝渠石砌猶存　國初將欲移都　車駕南巡

下得基址肇興工役此其古迹　地誌稱以潛運路遠而罷之云恐非實也　暮

八鳳林洞上下泉石頗奇勝殆西來後所未見錦繡粧

林激湍成潭嘯詠之餘足以消塵世之念數里許有獅

子菴下馬步入金志和自尼山己先到吾輩之宿約今

始得成果知一番會合亦有數也因就丈室酌酒相酬

兼以歌邊與盡乃罷○二十九日朝兩待其怏醫晚後

作行步下巖石愛其瀑流泠泠散坐移時浮觴以飲或

折楓以玩徘徊撥討不覺日勢之已晚朴景行自傷城

馳至延流吾輩與味山中得一友生亦非偶然事而景

行適有故落後果知好事之難諧也復抵新都舊基三

人共坐溪上良久敍話旋向潛淵淵之形勢亦甚奇怪

兩山衙呀小溪中注中有大石狀如龜廣可數十丈潑

亦無底水之流下者黝黑成潭層崖傾滑實難著足可

俯視而不可近也俗云常有龍乘雲氣出入天旱禱雨

輒應以物投之潭心翌日皆出石上今則不然神物亦

必移去云汝直自恃捷疾登陟險阻腳力如飛適失足

墜落水中衣裳重被沾濕一行不覺絕倒豈知變生於

可畦先生文集 卷之十 公山日記

拜金吾郞方上京挺時李希生郭鳴謙周與邦朴愷（利仁丞／松京人／宋）

黃生（懷德人）韓瑾（步）朴文謙（本安）僧智浩（摠）書問李養久（領伯）李

忠彦（萬戶丞利仁）尹澤遠（扶安倅送木端）成則生（倅竒川）琴壎之（倅堤川）任

卓爾金而晦

七月一日統營所捉倭人三十餘名唐人十九名軍官

領來昨宿本州今向天安（此是前日慶尙兵使馳啓椒島浮泊倭船一隻固城縣啓）○聞宣武㽵從兩功臣今已啓下㢠聖

所捕捉者（令尹鳴）

則八十餘人宣武則七十人俱已封勳會盟宴定於八

月十九日云○二日太白晝見之異至於連日干戈之

餘天覆屢現可慮○六日得見統制使狀 啓前月十

五日尾只島前洋倭大船一隻接戰捕捉云○七日倭

人八名唐人二名被捉於全羅道昨入本州今向天安

斬級亦多云 此輩若非漂泊之倭將有再動之憂是慮○十一日與半刺往

浴椒井三浴而還 每一日一浴自獨榮亭下乘舟而還 ○十四日朝報中

連有南邊捕倭事雖曰漂風出來者而邊報連續時事

多可憂○江陵海上有魚長三尺餘上下齒俱似蝙蝠

翼而頗長背上腰下各有五梁大槩形似鼈而無足變

異非常終作何兆○十五日與州儒金瑚諸君有山寺

一會之約而畏熱不敢生意今則三伏已過似生微涼

故相與同往以做旬日之工而所講中庸也難疑問答

之間頗有所得而趙相禹恨不同此席○二十七日唐

將往釜山問賊情于橘智正取路湖南昨日入州巡使

宴唐將于披香堂衆戲俱陳云金佐郎而晦以接伴官

跟蹱而至乘又來話意外又得一敍甚幸❀二十八日

巡使會鎮管十邑軍人閱武于熊津上邀我共觀守令

之知百者亦多來會卽一悵遊○姜克裕倅牙山金景珠

柳仲龍字新 李遵美新都人 趙孝胤 趙經國 朴子順林川人 兩人宗人 金得秋

鄭命新新州人 李榮老主簿 崔大胤成歡 李挺林

書問成則生峽川巡使 新印詩傳一覽 洪州牧 南

德光倅青陽 權汝霖咸悅倅致魚紙 京人 新印詩傳一覽 李希憲送饌物

三二六

八月三日柳仲龍都事與半刺備酒饌來話蓋慰謫居之

懷仁伯及德變文同參夜潑乃罷○五日朝報中連有

太白晝見之異歲星亦於去二十三日五日見於巳地

俱柱酉時云未知此何象也命吉命凶惟柱我 聖后

修省之如何耳○六日南德光青陽以延 命事入來夜

與同宿鄉友作宰隣邑得以相從於客中豈非人事之

一幸○十四日湖南儒生高用厚鄭文海李翰龍裴克

承來見以晦齋伸冤事陪疏上京云○十五日州人邀

湖儒設酒于鮮寓日晚乃罷（一以慰謫客一以餞遠行）○十九日

関柱汶吳中喆李栻金善邦來見金以疏事赴洛因便

聖之

湖南御使 李信元 武學懷德入 全義 辛行遠 長
御使 韓峻入 懷德入 權恬入

尹瀛入京
仲
邊應星 金景卓 姜汝綸 朴仲進 朴詞 朴尚義 城入 主簿長

新湖南御使 鄭應春 入文義 林峻 歲 通事陪唐將來也往 天朝同行人也

朴安立 兵使及 湖南救差使 金挺立 救差使別坐本道 書問全湜 鄭入故柳 正字

珩 兵使及 金光輝 倅興海 閔推卿 奴咸川入 張時保 倅沃川入 任濂 延士

十一月四日日氣尚溫黃梅杜鵑花有半吐者山阿向
陽處小草或抽萌節侯之錯一至於此時事可慮〇自

本營得見觀象監 啓去月廿一夜流星出天擔星上

入羽林星下狀如鉢尾長八九尺色赤云〇十五日盧

應暘吳中逸吳中喆持所製來質半刺適至與之同考

頗有可觀爲臨科之儒可賀増士試才故州儒多會○巡使今日會○二五

十八日柳仲龍都事改見通道內同年要以慰我今日設席聖恩

于鮮寓絲管俱陳實南遷後一勝事此亦聖恩唐津會員科進士會伯翼文義鄭生員應昌本州朴進士輅景行曁余幷五人也諸君俱壹擡而來沃川倅張時保以御使狀啓將有歡推之患故不能來參而別致酒饌

非止一再極爲感悚乘間往候而還○二十七日審仲

自咸悅入來隔年相阻之餘慰喜當如何聞伯氏歸家己久諸況均安无幸○張昊見今將十餘年意外來訪京人亂初同寓幾一年不辨年意外來訪

韓大宗清州人陪差官朴子順亦試行金數十人書問金冠

金泰國古阜倅陪差官閔檜李時達奇允獻士趙潗官從事

玉金子善趙璞進士致賀李時稷南德光伴青陽金正受伴瑞山

十二月一日聞高擎宇逢火賊其閭內逢箭卽死身與

姪子重傷鋒刃死生未分家產亦盡失云不勝驚愕卽

伻人致慰且送賻物○得見本道右榜生魁李大承進

魁本州尹彬立朴文洞等而李聖俞以老儒見屈可恨此邑親知之得參者盧應晜趙夢翼朴時

○三日齋居○四日又過先忌痛益罔極○十四日聞

嶺榜弘遠姪得參進試可幸矣生魁鄭之僑鄉人得中者孫九秦金基高

歸兩年之隔僅成半月之會去畱之懷當何如○十六

日趙國賓又居魁東科左榜右魁金瀅州幷森扶餘伴州入鄉會趙夢翼

○二十二日枝兒入來三年之間頗已長成可知
人事之易變也聞其母之病積月沉綿可慮○二十八
日李聖兪委來將與我同爲守歲計其意可感○三十
日卽後妻忌日巡使與通判邀亞使偕臨弊寓以歲除
爲余欲設酌而聞有忌略行酒而去自營厚致歲資通
判亦同之○李慶祺　設酒又致贐資　　　　趙大信金瀅李
判亦同之　　　湖南武學御使　　　　　趙大信金瀅李

玉汝　安山倅　朴汝俊申存　兩人持酒　　洪秀慶　故鄕申純
玉汝　　　朴汝俊申存　一饌而來　洪秀慶　故鄕申純

南倅　懷山倅　趙大得　宗人　　李紳李聖與　金堤倅　張曄　湖南
南倅　　趙大得　　　　李紳李聖與　差員　張曄　伯好

弟　古　金希凱柳季龍　亞使汝　朴毅立宋興門申蘅秀李承
弟　金希凱柳季龍　見亞使汝　朴毅立宋興門申蘅秀李承

元金三十餘人書問申純甫　殷山倅　金景仁　韓山倅　權汝霖
元金三十餘人書問申純甫　　金景仁　致紙束　權汝霖

三二九

所忽亦可以爲行身之戒也爇火燎衣乘夕上湧川嶺

嶺路極險峻余以馬瘦徒步上下困不可支日沒到新

院寺初昏連山洪司果大父僖自潛淵追躡吾行而至

○三十日雷寺中

閏九月一日一行出坐溪石上各引酒數酌因散歸吾

輩三人俱柱數息程之外適因好倅與之團圞於水石

之間數日乃罷實非人事之偶然者而今復別歸依黯

如何廿五日期復入山以續前遊未知此約果無魔障

否高孝子擧宇而來

歸路入芽家里慰

慰之行問賦情方向東萊蓋以本國移咨軍門今天

❂三日聞唐將又出來巡使作迎

唐將卽董遊擊正誼戊戌曾出本國者也以藍

朝將官連續往來使賦
价來境者稍有所典我○五日聞伯氏以府啓見遞

可歎而此亦時運所關當付一笑然歸臥田園玩心經
籍爲自家第一樂事亦何傷也府啓日文官作散者七十餘人而門陰之在
郎官者過半徒長冒進之習本非舊例其中緊窠烏先
滅去以文官塡差云其實欲勁去異議之人也刑正具
坤源刑佐趙繼韓工佐韓濚
工正朴知遞及伯氏并五人○二十五日赴新院寺約
會金志和己先到洪司果及洪叔世贊氏隨後入來以
鷹子獵雉而來州人鄭晉生進士居山下素有操行亦可
人也聞有會佩酒而至今年七十五而氣力不衰有同
年少人談論爽豁聽之不厭尼山士人洪世胤亦至金
義立志和之子李益亨志和之壻也三人以鍊業來已久矣共坐

二二三

— 50 —

丈室酌酒敍話〇二十六日置或酒或慕促膝談話豈

非浮世之一幸事耶沃川金得礦正食自公山迤我而至

〇二十八日出坐巖石酌酒相敍溪水已落木葉且脫

物色蕭索殆非前日所見只增別懷之苦而已向晚各

敍歸下 訪之員兩月末 崔起門張應時張應亨三陟人京入 申光翊

年友光佑之弟 李命男京進士 韓景瑞士黃廷顯入 黃廷顯南原人京入 李晟青山倅

黃廷喆丹陽倅 沈悰木川 慶適全義倅 辛義福全恩 李衛仲

結城倅 李元白李應鶴全忠倅 尹德耀統制從事 趙瑩參

中人居京主簿宗人 李楷星州人 洪仁佐年友 李欓楷之弟 閔汝渾奉

具仁基定山倅 尹彬來訪 洪邁申易千張忠漢李弘嗣

崔應周佽永月 沈德顯判官海運 金克寧字正 成民厚書問朴伯

獻故人 李慶涵光州牧使 張好古湖南伯送 金義重御使 李

實之琴壞之楔川 李曇之佽石城

十月五日見朝紙太白自去月二十一日連四日見於

午地又廿五夜客星在天罡星上比歲星差少其色黃

赤且動搖云○十九日年友李仁伯洪仁佐自湖南來

訪朴景行亦適至柳汝見都事同年方八州故邀來設榜會

夜濬乃罷同榜五人得會於客中興之把酒論情豈華較耶

朝紙金星連日晝見客星亦不滅云○趙克新咸昌人柳

成民別坐 鄭見吉朴大有朴大中懷德人申世根韓汝澈閔

○二十一日又見

復元李承元李承亨諸人自拱北樓下放棹至熊津而

罷因與偕至溪堂盡日而散○三十日石城守知我近

有先諱專伻送鮮魚可感高傅川曹偶（傑弟令）尹彬（三人新進）

士沈光世（海運連山入）鄭稷（川君子）南煥（新進士）洪錫儿（進士）盧升

參奉玉之孫李鑾（金山郡守久洵大人今年八十三兩氣力尚康健起居如）

少趙怡叔（博士）陳遇昌權淳（山陰倅）尹憬洪逑書問李淳（奉）

呂燦（年友士）金志和

四月一日齋居謝客○二日曉哭先諱（伯氏自此辭行故）○

聞忽賊犯北界潼關見陷僉使身死一城無遺類慶源

亦役圍云北伯狀　啓前月二十二日抵京都下洶洶

時事極可慮○五日與李楷往岬寺金志和曾有同賞
之約而日暮不至　寺極殘弊且甚陋處頓無佳致　起送白足翌朝金友
馳至遂同上中峯寺鄭文震生　奉參　曾已來住寺宇兵火
後重刱丹青煥然老槐當階清陰滿地敝坐談論塵襟　春
自爽殊可樂也　吾與李俱嶺外人豈知令日得同榻遊於異鄉此亦人事之不可期者
事雖盡薔薇數朶盛開足供壹玩○七日與車復元李
承元往話草堂　學諸君請　蓋爲　○八日今日乃燈夕通判暮至
設酌張燈作樂夜澳而罷○十六日姪兒亨遠八來聞
伯氏取路湖右將中途迎候○十九日伯氏來到隔年
闊別之餘以新　恩至悲喜兼至難以形言○二十日

通判早訪巡相繼至要見伯氏〔是夕伯氏即為回謝〕○二十一日

巡相及通判為伯氏設慶席於辦寓雜戲俱陳饌品亦

豐致意之勤有逾骨肉為之感極○二十三日伯氏發

程余亦隨行到孝家里作別而還情緒當如何況歷路

榮掃宮坪先墓而兄弟不得同參尤為悲慽○二十四

日得見朝紙自本月十三日至十五日鴨江水變成紫

色云極可怪也○二十九日得見伯氏書宮坪榮奠念

六日過行云〔報恩官措送祭床此蓋延使通之令故伯氏疏書謝其意〕

丁忠說崔鳴吉〔臨新恩極行鬼戲故伯氏疏書謝其意〕尹晌〔判大丘〕石陽正崔輔臣〔倅泰安〕柳

水孝〔時住兩川亂微始相見〕辛鱗伯〔入故鄉〕

三十

五月一日曉頭有夢余以白衣入侍　天顏伯氏同絲

流落中得此夢果何兆耶○六日朝報中大丘良女一

孕產三男云　孟卽趙之外從弟○七日趙相禹孟世衡至自溫陽爲受學

計來也○九日石陽正邀我往前坪溪上擊

鮮炊玉朴瞻亦持酒雞來金志和又與朴忠一　一山人進士書進入

偕至共作好會日暮而罷○趙禹　相孟世衡受學上水源寺

○二十一日尹通判入於繡衣論　啟中今將罷歸三

年客中久作主人人事難期邈爾分手黔江別曹之嘆

當如何哉　繡衣論啟中溫陽韓山尼山報恩公州恩　津六邑及柳亞使并入一道當罷者並至於恩

若是之多耶況韓山與公州罪名狼藉似涉拣攃恐非未　得中之舉都事卜妾事并爲入啟　其於見聞極爲未

三三一

咸悅倅
送饌物
　呂士推〔年友星州人〕　李悌慶　李淳〔大人〕　參奉楷　高惠勿〔陽〕〔咸〕
倅致
送饌物
　鄭夢與〔海伯在京衙書〕　韓應仁〔審察送新曆〕　吏曹書吏李壽男
送新曆陪臨
賜
察官下來云
賜

乙巳正月一日李承元宋孝男及營裨以下來見者不可勝數足以慰客中新歲之感因念今年洽滿五十枉了之悔到此切矣雖枉謫中元日之賀不可不行向晚往拜於巡相〔亞使永來及牛〕巡相設酒而罷○四日巡相出賞郊外張幕於紙磨洞溪邊邀余共之〔與會首柳亞使判官李毅老〕獵雉煮文又設酒盡日而罷○七日得家信伯氏得中東科第二若結梢則何幸〔郷人金察〕

〔李承元宋孝男及車弘嗣諸軍官并從之〕

舊有小刹而廢於丁酉兵火景象之勝甲於錦江上下
浚恨來賞之晚○二十二日半刺邀會左亭止房故基

訪惠居魁黃廷
幹李坤幷參云

禹廷俊閔推卿〔成〕〔同會者利仁承朴愷李榮老李國老鄭文源李丞元宋孝男〕○朴瞻

崔涅趙俊男〔倅〕〔遠山〕李時稷宋喜終洪純愷崔逢林得義

崔德潤崔德明朴希聖朴義賢吳景

文朴文謙趙大信朴希一李紳李綏義〔淸州人義〕〔陣同事入〕李守禮〔倅〕〔禮山人〕趙湜〔宗人〕柳虎

姜緺黃顯元黃玄慶〔兩君故〕〔鄕人〕

友書問李慶濬〔統制使〕〔松京入卿〕林直卿權汝霖〔年友〕〔方外士也〕

二月八日安慶昌來訪今年八十餘一生歷

遍山水窟不事生產作業云見之奇異故別錄之○十

三三〇

七日溪上草舍成且鑿開前池〔州人及通判爲我備草屋三間於溪上東岸將〕

爲儒生輩受學之所地甚幽僻〇十八日得見會楨弘遠姪見屈可歎

尚人鄭之儒高仁蘊黃廷幹之金安節得〇尹景悅以禮郞

賜金乃妹婿而妹凶已久爲之悲感得

賞亂蔡官初以王事身死人并致祭行遍歷兩湖諸處今方上

京〇尹澤遠〔扶安〕李好信〔林翰〕沈宗準田嗣聖來訪〔持酒〕車復

元有過理相別已數年意外相違因鄭元卿〔司鄭充峀京人〕

楊時晉〔士新進〕成則行御使問使閔聖之〔湖南御使〕成啓善〔南原人〕書

問李玉汝〔安山〕曹倬〔令〕

三月一日與金瑚趙相禹及州儒數三人會于溪舍以

爲一旬講學之計〔其來訪之人連續不絕〕〇六日自今日

始時論經義又課科藝○十四日夕館人持文科會試榜入來伯氏得居三等驚喜之餘繼以感淚霑襟竊惟先代累世積德餘慶未艾至吾兄弟而發余雖持身不謹方在罪籍而前所帶職御大夫之列也伯氏亦以應宮之班復占高科兄弟忝竊 國恩至於此極庶幾扶持門戶不至於墜落家聲豈但爲吾輩一身之榮顧念先祖及兩親日望吾輩成就而不肖無狀頹惰成習不能及期成功及到今日庭闈已空季路負米之痛於玆而極兄弟各自謹愼以無忝先訓爲平生刻骨之地耳○鄭人金惠亦參奇壯巡相及亞使通判聞卽來賀○十五日賀客盈門而不能盡記亦足爲謫居中光色○十六日聞伯氏出榜之朝卽拜戶郞云卽十二日也○二十五日得見伯氏書放榜後直來此處云頷切欣企放榜在來月初一日○二十八日通判作船遊邀余及東

寧之外孫也〔世寧迎降倭臨同鳳城中〕為其子孫者四館所當停舉

若於此不嚴則人紀滅矣夫以士大夫背君降賊其醜

行豈不甚於背夫而改嫁他人士君子欲與其子孫比

肩而事主乎義理都塞人心頹敗此亦足驗看來極為

不祥故言之只政院知之云〔府臣莫大之罪惡而成世寧入 啓又曰背君降賊入〕

世康兄弟當倭賊入京之日廳行迎附都塞臣錦國入

釁懷久而忿憤與其子孫叱肩同朝實是衣冠之羞屏

今者世寧外孫韓琦得參文科世康外孫朴大據亦在

仕籍物情尤為駭愧請削科科削去仕版今此許叱赴

錄名官請命罷職答曰允嗛人固有一死兩背義偷何心

生得罪於君父又貼累於子孫被二人者亦獨何心

言之愧也 ○全羅監司狀

起於礦山地蚯蚓之狀歷歷可見俄頃雲霧四塞水火

啓去十三日清明申時白龍忽

川程已足集卷之十 三十二

交戰北畵居哨官關忠一家爲風兩所拔去家藏之物
盡飛空中不知去處變異非常云○十四日夜與復元
乘月往賞蓮池○十七日見咸鏡監司狀 啓忽賊因
前示弱來逼近境枝掠特甚云○十八日復元來傳韓
歙谷澄已作故云吾東自此筆跡亦絕矣可惜○二十
三日趙相禹來寓草堂與李承亨等往來受學試期不
遠故今告歸○黃安東和甫再期已迫而至今因循一
未相問始草祭文具奠物使趙相禹歸路代奠而去○
二十七日因巡使便聞伯氏以過限遞差諫院隨以論
劾遠道四十日之限兵曹不知輕先八 啓已爲不可

而諫院之，啟又何緣而發耶但向暮之境得免千里

之役是可幸也○今番水災極慘酷而聞嶺南為尤甚

可歎○元彧

祿李俊英碑郭瀗陸千龜曹鴻澤參李文榮書問孟世
李時應朴弘義鄭光遇金兌成宋啟

衡宋仁宓李玉汝元彧致魚

八月一日見朝報則不但水害風災尤甚社稷 宗廟

文廟諸處古木皆摧折顛仆云想他處亦一樣此何等

變異耶○八日聞 上侯久愆之餘頭已復常今又開

筵故廷臣上章陳請初四日陳賀繼又頒赦救官今日

八州巡使以下往迎郊外○九日曉頭有夢連數次八

侍 優殿是何祥也○十九日得見本道石榜本邑人
得參者兩試凡十人而盧季晦獨屈可歎○右試所送
落幅小計○二十四日得見左榜意中人趙相禹趙國
賓金德民金終可慰 相禹受學已有年且得 ○韓希益
道張忠翰李愼義 沈誧 金廷立 羅緯
申景橙 李景嚴 崔誠遠
入申純甫 書問宋欽南 李恆義
元祥 權汝霖 尹澤遠 權恬
閔聖之 尹汝直 金志和
九月一日聞伯氏入京後該曹始覺其誤前月初七日

三三三

— 64 —

安○二十七日聞惟政之行自日本始渡海率本國被

擄人一千三百餘名同時出來其功不亦偉乎○二十

九日奴子持枝母室 計音而來驚痛何極 余壬辰兵火與

前俊相隨已經一㘦中間食貪楚之狀不可形言流

窩山谷矮處凉濕之地因患塊氣積至累歲時或服藥時

調治而症一樣壬寅夏余諭公山不得偕來閒今

憊心火大熾家症來時而發冷熱交攻治之極難難用

春過試針灸而治不如法添得他疾自知病重不可支

保逐生來此之計情事極爲憐憫二十四日始爲昇來

二十六日戌時奄至不救雖死生修短各有分 割

而此則調治失方人事有未盡之致能無遺憾耶○

三十日巡相朝臨致慰繼送購木中軍裨將軍官及州

人致慰者陸續不絕將各送木五疋布三疋中軍裨

巡營所送木半四趙千摠光巽李中軍中

并軍弘嗣李頤穿洪述尹愷奉士祐白士衆等七人所送

半也巡使又於報恩官題給十疋奴子出歸時送

顧至此委曲之意可感 ○復元夜間意送哀詞 ○金
使之受去云當此恩難相

克寧字正 金遵階使新兵 崔弘載全羅都事 韓景緒正字新燕 權雲及第

卿校理 李尚謙湖南人 黃宅中尼山倅 書問鄭樟岐守前燕 柳仲龍

亞使尹汝直前通判

六月二日使枝兒成服今雖十歲人事不分明既未能
奔哭又未知執奠見之只增悲憐○四日濟州點馬李
民成歷訪夜話良久越海往還不出數月其行可謂速
也今極疲弊昔日村居過半荒廢從海外之故民疲無
由南趙仁厚為首貪暴李慶徐成名文尤甚本州殘破
之為判官者行事無足觀云○七日得見兩司論啓

言前俊守宰多貪頭為事公私馬籍亦無幾人物
應上達將不可收拾云守宰能否歷歷數之情白金皮

時事可知寧不仰屋一歎耶宗啟請巡使徐揹兵使金定罷答曰兵

家之事非一端或反勝強或見敗其變不

易而茲件退之役雖不能快勝斬賊五十餘級豈至於

兩司之所論有所全軍覆敗者然哉監司之言不必盡

出於欺罔御使之言不必盡出於的碓古人十戰九敗

終能成功設使果為覆敗猶不足以過懷廷謙乃為不

戰自潰之語安動素輕之人心其輕率可知我國豈不

耐久令查查覆徐徐恐處未晚

○十五日巡相設同榜會趙守倫倅宗大興四人省巡

人朴子順朴坤元朴春與自榜會來訪相同年○二

十二日得家信枝母葬事十七已過行於黑石外白虎閒牧伯令公題給葬軍六十名且以

腰上半生契闊今則已矣寧不一痛○二十六日趙應文湖南推考敬差官歷訪生長

塞里門洞頗知吾家先世事兒時曾拜先君於洞內云

木端米豆助之云可感○可

令人悲感○二十八日孟世衡辭歸五月中與趙相禹

同住草堂今始發還別懷殊黯然○閔慄事都柳塗官 新判

韓德及 石城 金景益 使 新亞 李通 仸溫陽 李升亨 事恩津新仸 年友景仁

子李榮老主 李簿 李景游書問李應壽 錦山仸 趙大信 致賻物 茂朱

尹汝直李希丑金遵階 兵使致謀 巡使 致鹽一石

七月一日見朝紙去二十日都政伯氏 除北評事雖

日清黨老人遠役已多不瑕況北鄙多事尤可憫也○

官人弘男送新米崔斗又贈新秔勤意可尚而亦可感

節物之易變○二日得見廷試榜鄉友曹友仁得中可

慰 所選七人 ○七日得見 去卄九日 備忘記新及第韓瑨乃成世

李希白 韓山人　柳堅 第通判　鄭泗 通判 本州新　李穡 前務安　南英 鎭川

俸 朴宗賢 青陽俸二 迎命之行 書問權和南 送山陰俸李尚中郎 正

柳塗 城 告別　趙璞 進士 送鹽

十一月八日得李主簿榮老書知伯氏 除大丘判官

可幸〇九白州人持伯氏先文來見初七日發行自商

山取路報恩旬間當到此云要見我也洞中諸友亦一

時作行云預切欣企〇十日繼見伯氏書金江陵昌遠

前月十四日下世罷官後未及發程而遽至於此云不

勝驚悼 居同鄉驚降生歲月又不甚相遠自少時同治
本業得路有先後升沉雖不同情分之切無間

左骨肉爲人和粹可愛博過今古至如經涉世
当可易得患之痛心朋儕凋落處世益無悰况〇十三日

鄉人朴丈汝珩全湜淨遠韓璞韓璉姜績趙

光璧趙係暨洪友閔金八人來到趙應守亦陪

來作客四載得與諸親知相對宛然一故鄉驚喜之極

當作何如懷耶但尋問朋儕或在鬼錄此子美所以有

廢熱中腸之歎張范兩君千里命駕古今尚稱道不已

況今八君金彎跋涉遠道此則古人尤所難高義至此

敢不歎服見伯氏書初欲直來此處相見而行或以迂

徑作行　肅拜漸遠爲未安初計乖張澮爲恨歎○十

四日諸友殺牛載酒盛備肴核水陸之味不可彈說相

訪已多感況有此等盛禮厚意可當邀巡使及池丈得

可畦先生文集　卷之十　公山日記

源共之衆樂俱陳觥籌交錯此實西來後一番盛會也

巡相終日臨席榫美之不已夜潑而去恩藉營牌及州知舊勸以餘內國往

酒一座極歡三爰乃罷 ⊗ 十五日與諸友同往山城歷賞拱此樓初秋設船遊以來恩不果日暮下來往國

諸處樓下有小艇泛至中流而還

訪復元秉 ⊗ 十六日邀復元草公山會序金七十餘句夜而還

一筆數陳文不加點可謂大手也 ⊗ 巡使又來臨為見

商友之行也良久敍別吾與諸友同往錦江樓酌酒相

別 ⊗ 十八日巡相設酒饌邀余及復元同之中軍牌天涯將見鄭喬實非偶煦而各率事故耖不得累日我韓仲瑩得自裁趙童叔凶亭落伐

將等俱會盡日而罷蓋巡相初度在十六而有故退行於今日自衙中設饌 ⊗ 十

九日仲瑩向懷德重叔往完山今日盡送鄉友情事當

何如○二十七日李承亨持酒造泡邀余及復元會話

南山寺　寺在舟尾山腰亂後新剏草屋不過數間後有

金裕生幷會兒輩數筒李國老趙相角宋孝男
入亦從行日暮下來　三十日聞巡使以府啓見罷不

勝慨歎　日前聞金義重爲本州通判以得明召爲主
人爲慰意外又失一賢主謫客之不幸何如

李翼賓　錦山人　李好賢　京人　崔應生　入礪山　金三十餘人書

問元彧　韓山倅有送物　李榮老　主簿　南英　鎮川倅　柳仲龍　前都事以前夏被推

事禁府論次　將寶潼關云

十二月一日審仲八來欣握不可言且家內俱安向日

諸友皆無事出去云俱可慰也○二日柳忠傑受論語

三三五

具由待罪云此非謀避之頻庶有伸釋之路可幸嶺南遠道

也凡官扁附以四十日為限而兵曹不知法例以三十日為過限啓邊伯氏評事諫院因為論啓至罷推

○二日聞嶺梢弘遠得參於進試基遠得參於生試可鄉人之得參龍兩試者凡二十二人而全淨遠得參於子克佰今年十四以詩二下居第四云九奇壯○六

日與石陽正訪趙敬差一於山城貫一在湖南得病由海道上來到山城已

自山城還適氣不調得暴下因患脫肛之症數日明將上洛所未嘗經歷不知治療之術名藥問之試以艾湯洗灸之法生來

使人邀來而病勢無減未得赴會可恨○商鄉諸友有

○九日巡相設重陽會

早晚出來之約而令南青陽設辦赴會故方修書付德光

定山之倅聞青陽以院啓被劾將罷歸云人事喜相

達奈何即送人致唁〔情爲之浩歎〕○十日病勢一樣

屢試俗方俱不效可憫趑相禹自燕岐聞我病報馳來

相訪誠意可嘉○十五日溫陽倅李士達知余有病致

書相問且寄治療之方勤意可感○二十五日得見

報伯氏去十二日已蒙敍　命十四日政拜南曹佐郞

可慰○巡使〔問病而來〕李侃〔新成丞〕宋裕神〔臨陂倅赴任之婿〕尹顗〔右道敬差官〕書問南德光〔青陽〕蘇子

實寫〔金〕李命男韓孝仲〔歡丞〕〔告以見羆作行之意〕權鞈士元或〔韓山送魚酒〕朴時立〔致果物〕

十月五日通判〔槐山〕與車復元李承元及余同赴神元寺

尼山韓景緒李弘震連山閔惕亦至蓋前有約會事

也落葉滿逕洞壑蕭索所見不如去年之勝殊無興致

夜間通判設酒饌李希古亦佩壺來會中共破之〇十

日本州鄉校舊基傾危不合再建卜地於前校西嶺後

擇日開址州儒俱會邀余來觀與復元同往日暮而還

參星人鄭熙云 岐樟居三云

〇十二日得家信俱安好弘遠又參東堂可幸 高仁 全淡亦

國老云凡可勝珍惜之歟 相公愷悌人也傳器和粹與物無忤言論侃侃不爲衰橀

〇十四日聞藥圃鄭相公前月旬後捐館

平生讀古書以儒行自飭居官四十年律已清苦近因乞退因

國家多事僶勉在朝天將撤歸之後即上章

引年致仕出處之義無愧古人急流之勇亦一代

所早也頤養園林七年于慈逡想餘風令人起敬〇二

十二日懷川李察訪文期會於州東李時稷家故旱

三三四

食而進宋希進已先到宋應瑞川前价 宋楠壽川前通 姜節

正要見我各自其家馳至李希壽知發 朴景行士亦追至李

卽主人之伯氏也陪來人宋希 建姜磻老 合十餘人寮訪丈及時

稷盛設酒饌終日醉飽而歸盖是會也不但爲一時國卽尊爲我諸客而設揮風

下朝報 ○二十七日聞伯氏以鄭藥圃相公 賜祭官南

誠屛矢出龍 ○二十九日金溝邑內居書員崔永純來謁卽

甲午間漂泊時一宵經宿舊館人也托名醫司因此上

京云能記十年前事八來相問可謂有情且致薑封是

夜初夏末南方有赤氣橫天明若火燎良久而滅可怪

○任鎰權鞈士進 金民秀京蹄 盧季晦連有疾慈欲來致慰也

給事中梁有年已差出云〇十三日見朝報以　即位
四十年臣僚陳賀事禮曹八　啓政府繼之博考　中
朝及本國前例以　啓事有　傳教云〇十九日聞去
十五日百官進賀蓋為　即位四十年也　赦文　王
若曰不敢康乂忝厥位而迄今欲見生哉舉斯心而加
彼雖自外而稱慶顧諸中而靡安若稽為君實難矧又
降年有永國依民之可畏惟曰念茲天贊我之實多無
德及此咸曰四十年之罕見乃以祖宗朝而為言蓋難
拒者羣情庸勉副其陳請肆告由於　廟社遂推恩於
臣民於戲何　非刑特需雷雨之澤不念舊惡庶體覆

載之恩云云○二十四日止仲葬時所用明器付李弘
緒之行自化寧送李趨家使之傳致長川○李景嚴
守 朴榮先（成昌人） 權植（前監） 李時立（沃川入新及第） 金聲發（新及第扶餘）
南好德（懷仁人） 梁嶷德（前） 申明（安前鎮安） 李挺英（昌林友同年達夫之子韓） 李弘緒
德及（石峴仵） 韓汝澈（進士） 韓瑾（前部南教差員參奉員） 李弘緒（仵） 南贇
臨州仵 尹見世（仵 野川） 宋象仁（天安 正字） 尹衡俊（子迎相） 金哲南 宋楠
壽書問盧受吾（仵 天安） 崔輔臣（泰安仵致饋物） 李聖兪（送賻儀止仲容）
韓鳴吉（仲容 清州牧致賻物） 尹安國（正郎送酒） 趙相禹（求藥） 吳大
鵬 致李英（濟州牧送靴鞋）
二月五日午時日色黃且有物相磨莫知其由○聞麻

疹己犯本州城內為兒輩憂慮○二十日今日乃止仲

八地之日遙望天涯五內如焚骨肉生死之別不得往

哭以伸情事天乎使我何至此極○二十一日平遠始

痛似是疫症二十三日枝遠公遠等又始痛二十四日

錦遠繼痛而諸兒次第發斑症情似是順類可幸

三月一日聞具槳得　除定山云具氏妹當下來可得

源源相問是慰○二日見朝報北兵使　啓去月初九

日忽賊犯慶源境大掠人物而去云○去月初十日辰

時白虹貫日云去秋熒感八於端門太白之見經冬不

滅今又有虹變時事當如何○去月十三日卯時日暈

暈上有冠色內赤外青辰時日有兩珥午時太白見於
巳地金出朝報○臘見發斑後症勢與他兒一樣而咳
喘頻繁可慮○見府　啟千寅詔使時所用器物殆散
盡九甚者典設司也其時前後官弁被罷責戶曹專掌
檢勅似難獨免請終始次知郎廳摘發罷職云伯氏似
當與之可慮○十一日聞連山蘗族洪世良言連人閣
惕李弘震輩做出飛言謂連守之罷洪叔世贊氏言於
吾吾卽通之御使有是事云御使乃李克信也曾無半
面之舊而人言若此無謂甚矣此不過閔李欲構捏洪
叔計極為痛愕○十二日基榮亨三姪入來一欣一悲

○三日齊居謝客○四日曉哭先諱與審仲同過是循可相慰也○

五日清州定山天安熊岐石城鴻城沃川大興諸守令己餞巡使歸路來訪

吾亦乘暮往拜巡相於衙軒復元仁伯同之還將發行故也○六日

及青陽仁伯亦來會送至北岸而還○九日沒時止

促喫朝飯與復元及審仲馳赴江上使行己登舟都事

仲計音來到驚痛凶極此何事此何天與審仲握手相

痛五內崩摧寧欲溘然而不可得况伯氏在京未還吾

與審仲又往此死生之際兄弟四人一不相面其死也

又何其悲也○十日設位而哭復元聞卽來慰歸鷗村男吳向晚金亞使來弔木端賻布疋忠男吳○十

孝男林泉岡波渾郇霧
奉裕生䏂人相績來吊

可畦先生...

古冊쌍조文身卷之一　三十九

一日僙元又來見洪術燈洪統婦同朴愷
沒沈哭哀戲文李懿相被來慰　來弔汝
潭將木一疋朴座首贈厚紙二束

十二日早朝設奠與審仲成服情事困極　○招金應寅製祭服鄭露主其事兩日來慰之人又曾來見○

李繕生且備送與物尤感審仲因發奔哭之行悼死傷離懷痛窮天

奈何夕咸悅衙奴至蓋不知吾輩遭服將來迎審仲之

行於審仲已東還故術奴生還祚書龍戌吉使之聞計後四日成服○十七日得見伯氏

書十三日巳　肅辭十四日出宿青坡卽欲發行而人

馬難得苦待本邑從馬而迄無形影安有如此狼狽之凶

事初不專人告訃者意行駕已發程今尚在都下而凶

報未之聞事甚未安凶報想必奔還世迟運作行若聞耶○

二十日金均金埈 兄弟通之子 來見初欲受學于余而以遭

服未久辭期以後□送于復元學舍○二十八日伯氏

寄書言十六日到良才間凶報二十一日抵棗次兄弟

分飛諸姪亦不得預先善護及到危境雖扁鵲奈何云

雖死生有命而此則人事亦有未盡者追痛益苦泣下

落襟於賴明舊贈助初終得免遺憾何慰如之葬地已定
於黑石李正郎祖姑墓西短麓日字卜得二月念

日及念二日以爲
臨時推擇之地云○李聖俞八來慰我遭慽且欲察其

姊忌辰□室李氏忌日在明日○二十九日濟州居奴石孫來現

因納全鰒烏賊魚等物右奴等皆祖妣汶陽人洪氏家傳在椵島當初不入
分散中間便徵貢用之其來已久平時洪參議宋主之
亂後遷延尚未收拾故頃通於濟牧催督出送者也元

三三六

— 83 —

奴婢三十餘口而餘存無幾云貢駒一匹在潛令習中
託以兒駒不能牽來留在本處俟明春牽馬烏牽納云而
未知中間更有何意也

○權純甫山陰佐郞　洪羣玉郞　李贊之郞　金義

重俊卽到慰　判到任　曹鴻澤從率　蘇世安申葆壽李君吉李談

道張德蓋奉　尹曘新到使到任慰翌日來　韓應仁僉三十餘人

書問具仁基定山致慰　金景仁韓山致賻　李立之長興佐送扇利　朴愷仁

丞朴宗賢青陽佐兩人　俱致賻賚

丙午正月一日客中新歲之感何歲不切而在今日最

切無以爲懷聖兪及復元枉衙慰我營門諸客及近地

親知連續來見稍可消憂也○三日聞中朝　皇太子

誕生元孫頒慶于海外諸國　詔使翰林編修朱之蕃

唐兵未盡收刷事初六見罷得離苦任可幸鄉友金晛

仲爲其代○因官人聞趙相禹本月初六日遭親喪不

勝驚怛曾有生涼後南寺○會之約而此計歸虛尤可

恨○十七日巡使爲其大夫人設壽宴列邑守令俱會

實衣冠盛集也吾則以累跡辭不赴向晚巡使優送窠

需諸倅皆來訪○二十六日過枝母初碁定山優送祭

需○朴翀衢成叔彬之子故鄉

立奉事清人 下得壽故鄉人 崔淡李薈兵淮尹廷鴻四人州人朴安

李士宜義州執書問李通温陽倅林子

慎倅茂長 鄭夢與令公南原 尹見世郡守府許澂使府

六月二日因官優修付慰書於趙相禹且賻紙燭○十

三日見朝報 聖殿東廡後壁有人夜書一時朝紳及
人所不知之各遍滿四間之壁稱以小北濁亂朝廷各
人名下書其罪惡以此 啓辭方張獄事大起誠極怪
變事在去月二十五日夜 啓曰其夜有火光在東廡
壁上館奴初爇鬼火俄有人聲奔往見之有三四人
以燭照鐙而書之館奴見兩邊卻云且其夜必昏黑非
以燭則難書此言似不虛矣守僕等居常奉護達夜不離
而致令聖廟有此怪鬼之事其間○十六日自十二
情狀有不可測請令該曹更加嚴治
日兩連日不霽至於今日而大注江水漲溢浸及獄前
若到處皆燃田畝崩潰之患又難得免爲民事可憂○
二十三日張德蓋自京下來傳 聖廟壁書之獄大起
勢將蔓延人不得開口云 諸生五六人被繋泮中下人
一空至於東學典僕往主支

伏此亦無
前之變○三十日鄭夢與 以軍器失火事爲諫
院
啓罷將遞歸方阻水滯孝家村故往拜而還○安
旭
南鴻漸 尹衡彦
書
成士悅 李侃 宋仁奕具樂
趙孝胤 申純南
七月二日鄭夢與令公今始過江巡使及州官皆出去
而以蹤跡之煩不得往別慚負宿約○十八日申文叔
前高設來見淪落之中逢此鄉友欣慰不可言且與本伯
有親誼將有畱連之計可得源源敍話尤幸因傳伯氏
書知安報今日得二喜也○南村鄭紲奉送新米

四冊分类文集卷之一

四二六　四

且有○白善鳴致書求晚翠堂

○州人成德裕送新杭書

題詠　乃其先兼　○李德胤　前義城西原人數次來訪

八月一日新凉乍生與文叔往山城校儒羅海鯨致膊

隨至盡日遊觀而還○六日文叔將歸客中得與鄉友

數旬從遊亦非偶然事而今當分別離懷倍苦偕至江

上送至北岸因到復元學舍復元明有西行學徒十餘

人來餞酒饌豐潔醉飽而還○二十日聞趙國賓既魁

進試又從東科金峯壽亦以老儒得魁生試俱爲奇壯

而嶺南以左試東堂表題事舉子等相激初不製呈因　表題疑禮曹請京外試擧

有大小榜俱罷之議云可歎　勿許改題以正士子浮薄

三三九

之餘詳聞止仲得病之由人事亦或未盡痛歎奈何葬

禮因諸友致力金無父䟆伯氏亦受由來見而天涯此

身坐若路人尤增悼怛○十五日與三姪往觀山城因

赴江上李天章家近地士人共出財力構得草屋六七

間欲爲受業計也今適初成設酒邀我㑹㑹者鄉老六

七人諸生十餘輩也乘暮還來○十九日三姪歸基衆

取路文義亨直向儒城累年相阻之餘僅䨒半旬而還

情懷益復依黯○二十六日張時保㑊洪川送木二疋及

竊資曾與李天衢㑊溫陽相議發文于同年之在道內者

收得財力欲相助也朴宗賢㑊青陽及李升亨㑊恩津金與

焉〈李其親與吾同榜〉○二十九日唐將劉備禦到州通事林峻陪來來謁〈唐將盡推刷逃兵之在本國者將爲久住計〉李廷馦〈湖南暗行御使〉徐尚德〈審藥〉洪僖〈司果大父〉柳澄〈高山倅〉韓景張〈成歡丞〉李瀟〈長城倅〉書問柳正由〈前通判〉李玉汝〈前安山〉李聖與〈金堤倅〉林子愼〈茂長倅送扇子〉具榮〈定山上官未久有來訪之示〉尹東老〈牙山倅莅任初〉李升亨〈恩津倅送新石魚〉韓德及〈石城倅送鮮魚數種〉

四月一日齋居○二日曉過先諱久在客中益增悲感○五日大丘譯官持伯氏書至得知衙內俱安伏幸而以疫患兒輩皆臥痛云是慮〈譯官以留兵杜思忠事來〉○七日大丘人發歸附書且送石首等物乃其地所無〈杜思忠事唐將一向督現〉

不得周旋云

○十五日戚叔張時保〔沃川〕以善治陞拜善山〔倅〕

朴景行　除金吾郎可賀○二十一日杜思忠來見以

圖免事在中路周旋不得施計今日入來云○二十八

日林直卿〔前珍山〕遭寒守墓已及三霜春間又經疹今始

往慰因宿廬次與其兄顗同居學徒金暖等十餘人○

二十九日歸路歷拜唐洞李丈〔今年八十四歲兩氣力無異少壯人甲久〕

洵山〔前金〕李丈之子時持母服馳到江上草堂訪復元〔明有故西行〕

聞白善鳴日午過去未及相見可恨●全大德〔天安〕

申景福李惟立〔入林川〕朴宗賢〔青陽〕李仁民〔同福倅方赴任趙〕

書問柳正由〔新文倅〕南嶸〔鎮川倅送米〕尹東老

翼到州著作以公差〔來見〕

牙山元彧 韓山伜送魚 權汝霖 成悅伜送冊紙 成則生送肉 舒川伜 尹君

晦 三角山僧太元去年持來今始因事來納 盧弘仲 甲寺僧杜英因事往嶺南寄書不見 處盧友見而寄書不見

此友今幾年也因風便以書相問滾筣其記念也 金光輔 金友在大衆寺寄書

洪咸陽 德元

五月一日趙紳趙綸及李熊南寔等來見請學草堂未

免紛撓與之同上南寺數日論難而先歸○五日具祭

來訪積年阻闊之餘欣握何言且聞阿妹安報稍慰阻

戀通判適至設酒定山又辦家獐剪燭談話初罷洪擇

精亦衆會○十四日趙紳兄弟南李兩君自山寺來見

叩其所業頗勤篤精詳可嘉○十五日見朝報伯氏以

得基遠等書知兄弟俱榮喜幸不可言雖曰小成兄弟

聯璧不亦壯乎不但爲悅親之資亦足爲門戶之光奇

哉奇哉宗人趙光璧鄉人金與金光斗金克誠金就槽金遠振宋光國幷九人云九爲奇壯 ○九

日揚母之病漸至危篤其將死而後已 ○得見朝報咸

鏡監司狀 啓內慶源馳報中今十七日朝西風卒起

沙塵漲天因於翌日非雲非霧黃靄四塞日色極赤少

無光輝二十日後其氣九甚晝夜沉陰百步內不辨人

物于今十餘日未爲開霽瞭望烽火相準無據云此亦

不好兆象爲 國家憂慮不淺 ○十五日基遠來到天

安將先向定山聞此處患報急急馳到數月憂惱之中

得見親屬已極慰幸且以　　恩衫來見尤爲奇愛弘遠

應講後亦先到此處兄弟同歸云〇十六日揚母之病

不救人情豈有貴賤乎隨我而來竟死客地憐痛不可

言惟幸進士適及時而來治喪凡節叔姪相議爲之耳

是夕襲〇十七日定山倅送柩子鄭別監霶終始監護

棺內塗以藍紬松脂裹具得無奢乎十八夜入棺十九

朝使揚（平遠小字）兒輩成服〇二十日宋進士光國（彦明）到燕

岐聞此中喪報早朝馳至謫寓慘怛之餘得見鄉友榮

還慰喜如何（彦明卽弘遠婦翁也將審連此地待弘遠下來與兩姪同時發還云可得從容敍話）

九〇二十二日基遠向定山彥明留寓〇二十六日基（辛）

遠頁定山來到弘遠則昨朝到定山午後即發行云（蓋其歸朔）之太促也既得隴豈以落講為慨乎須益加勤力以副父兄之望前頭有報恩　先隴榮奠伯氏謂必來臨勢難留滯使莫同持巡使祭床題給關子先送于沃川青山報恩三官使之預措祭需　●二十七日兩姪及宋彥明一時發行累年淪落之餘又當慘境此際得見親屬及情友浚以為慰今遠作別情事之惡當復如何日寒且甚跋涉尤關念○韓謙（新恩正字）尹瀚（泰七典籍新恩）韓元悰（正字新恩之子或以榮奠）李貞敏（京進士進人士之子以榮奠）具定巡使致

事向原州安意（金海人長溯伜）梁應洛（壯元郎典籍新恩）且定巡使致

山越境遠來盡意致慰相念之勤何開骨肉也病而來見成服而去雖事同一家而官長

購通判
旦致
書問舒川倅
魚致鮮

文相也金希元
救病之資韓成歡
在京寄問柳勵仲
前日諸年回
泗川倅贈木綿

購木倅端懷德倅
物致贈連山倅
鄭晉生致慰參奉
物致贈車復元天安倅
時在牙山油送燈燕岐申

子方致餽利川倅致贈物

十二月二日曉夢拜　先君似是東門外初寓時小家

先妣亦同坐頗有不平底氣象　先祖妣及開巖令

叔各坐於其堂余乃入拜將受教之際夢忽覺或者

先君諱日迫臨神道有知有此見夢耶覺來不覺感淚

之沾枕○三日齊居◀四日曉過先諱痛慕倍切○六

日今日乃止仲中祥也質明設奠脫服一碁已過尚不

— 96 —

之習大抵設科取人事體至嚴爲主司者當臨圍愼重

使儒生無得疵議而強出不當出之題激成多士之怨

終致關塲極爲駭照兩司方論啓諗云

試官一并罷塲文武大小科并令罷塲云○二十一日

草祭文具奠物使鄭鳳往奠溫陽趙相禹大人祥日相島相

提我避已久且與其大人親誼自別悵不可已

李淸入京

趙平京人

韓必久子景張

○曹士俊州人 金重鑠景行書持來

李匡國京人 奇久獻你著趙

曹士彬杭 送新 權山陰

希軾來訪且贈新杭十斗及魚饌

前縣令林川宗人因上京便

和南送李監察東送魚

紙扇

九月三日聞會榜趙國賓居進副本州寓客林得信亦

中俱是情好之人可幸尚州人李昞亦參而李則以湖

嶺南俱罷塲

西初試得參此亦數也○九日今日是重陽古之逐臣亦有龍山

云

之飲初欲與一二士友有佩壺登高之意朝霧四塞至

晚不捲塊坐虛堂旅與益蕭索可嘆○十一日巡使會

一道守令及士卒閱武于熊津渡上雜色軍人金萬餘

云攜南陰竹賨登鄉校南峯望見習陣而還便同兒戲坐作進退

脫有事變何以抵敵○二十五日通判爲余設酒趙光翼崔德潤

枉座俄而白善鳴與石陽正偕至復元又追到一座稱

三絶俱會此亦今夕之一幸○道內守令之以習操事

來會者皆來訪崔達孝（落榜）人 李應瑞 洪世豪 鄭默（新亞）

朴益誠（沃川）人 宋惟醇（連山） 崔忠元（敬差官） 李顯英（古阜） 李

景閔（子 溫陽） 張漢隆（青山）入 林得信（新進士） 丁忠國 柳璋（京）入 巡

使致酒饌今日乃其晬日也大設宴卆今亦多來會

十月一日具氏妹已到定山寄書且致衣饌此去定山

只是隔一江之地而累跡無出境之勢不得往敍久別

之懷是可恨也厭亦可以數數通信猶勝於落落相阻

用是爲慰○二日盧天安尹牙山申燕岐爲巡相設酌

于衙軒以餘饌來饋可感○十一日今日乃吾初度也

定山妹具酒餅及珍饌專人以送謫居五年始得情味

遨廬鴈晼諸友共破之○十二日尚奴持朴德凝訃音

而來驚痛何言曾聞往青島得怪腫積年沉痼矣本月

初四竟至不救初九凶聞到尚云不但其人可惜聘家

祀事因無可托爲之慘默○二十四日寒事猝緊今日

卽會試開場而且候如此爲姪輩科事極爲關念◇崔

薑伯 校差 尹網 舒川倅新赴任 李欽明 李涵 一山人 韓景緒

士和 星州牧 黃士初 宜寧倅 李侃 水使致皮物 尹安國 樂村

任尹聖 字高山人方赴覆試 姜大虎 川前林 李景稷 書問李

鄭元卿 撰 張德蓋餅 送酒巡使致窩

十一月二日開池鳳輝奴下來云而都楊不來姪兒

輩八落末知爲鬱南原人崔忠孝朴以恆以落楊之行

來傳弘遠高中基遠亦緫云而猶未能的知无爲企鬱

○三日楊母偶得難名之症症甚危悸可憫○五日始

巡使移文沿路各邑題給擔夫五十名車牛四隻刷馬

四疋且令供饋一行何其勤念至此雖無所重感幸則

潑○二十日治送棗柩護其行者卽比安鄭座首也者[四]

之親戚以老病之人跋涉遠途極可念也本邑鄉所及
洪純愰吳孝男閔泌閔在汶盧應皞定山倅皆隨行

李天章日章中路進至珍山倅林直○二十一日送至
卿送于尚留龍東社倉所酒餠來

燕谷後峴而還貴賤雖殊生來死歸中路分離情事如

何出接送李聖兪中路延問且以酒食來饋懷德倅亦
趙大恒物供饋等極款厚且優給行資李察訪

村酒餠來饋歸路弔朴僉知几筵因宿○二十二
宋仁叔自來大人行

日歷八佳邨朴希一茅亭滿壁書畫盆梅盆竹蕭灑
主人伯仲希聖希音必久同之乘暮還寓○二十三日蘇

設酒以慰閔必吾韓必

日記⋯⋯卷之十 五十三

應雷柳夢龍吳守謙 進士壬牛同年 湖南人 李景憲 南原人

入 趙克宗書問李水使 沅 送魚饌 送 朴東善 富平 錦山倅 致通 李弘璧 安天

判趙夢翼 資 致酒送 大興倅 優資送 濟州牧 一 送柑子

三月二日寶希僧自尚入來葬地定於黑石白虎內而

所占之地稍可於山內歷見宮楳山所主山雖好落穴

不分明云○九日夜夢入侍 天顏酬酢移時因辭出

退而思之筵席無史官而我之進現恐失朝體還入待

罪 上曰爾言是矣予將罪史官云云旋即驚罷憶嶺

外累臣何以得此夢耶可怪○十五日牧伯 安景 來見

二十日錦山儒生金德壽爲前郡守沈一松相公將立

碑持本倅李應壽書來求碑文而以不可製之意答送

○二十三日曉有夢者以問藥事向榮川因到安東診

匡翁患候匡翁曰君後當復顯余答曰生命途不好不

願復立於朝匡翁曰果有再顯之兆何得避之天數不

可違云余答曰日後成敗生固不論但於今者以無所

言而被謫爲愧焉云云千萬意外得此夢茲何祥也姑

識之以俟後驗

⊗ 任準 判 新通 尹旺 方赴任 金瀣倅 權德佑 龍宮人 李震雄 山尼

沈悅 倅 興陽 金克凡 開寧人

李藎 咸悅 洪世忠 興陽

崔瑩中 湖南巡使 書問牧伯 山陰倅 束魚 趙孝胤 魚致

金澤龍 湖南亞使 前通判 子并問 金羲重又問 朱 成士悅 倅

四月一日得見伯氏書新拜慶州提督晦初間發程而

爲兄弟相面取路此處云預切欣企○齋居明日卽思辰伯氏在

京故自此辦行定山○二日曉哭先諱痛慕如新○通妹亦致助祭酒餅

判使其兩子來請受學◇四日曉有夢自　上就謫所

特給吾輩三人堂上職頤吉以資未準不果事出倉卒

疑訝久之有人曰　上恩不可不謝余曰我非不知但

玉貫未備方欲求之人曰此物豈可容易得之云云一

朝之內連有是夢無乃天公欲以此慰累人耶不然必

鬼物戲之也嘗詠晦齋先生謫中詩春來旅夢猶多吉

知有　天恩下九霄適類是故金記之○見朝報慶源

238

得往哭盃復悲痛頃於姪輩歸時草給告辭奠物令吾

家辦備使之代奠矣果能爲之耶○是夜又夢拜　先

君講論文義六七日之間頻入夢想一氣無間以吾

心界不寧無乃冥冥中亦或致念而然耶◇十九日沈

諮撰 自上衙來訪開別之餘欣慰難量且其弟婚定

於定山衙繞來醮行定山之妹吾甥女也於我亦有姻

諠從此可得寅緣相問尤可幸 沈以言語小過見忤時輩廢錮八年尚未蒙釋時

恩獄○尹英賢 鵲山 李膺獮 新兵使 奇景福 自咸寧 林濼 完山人 典籍新

韓必遠 進士 金珊齡 銀浦 書問 李士廓 寄書 戌歡丞 父子

鄭贈物 餞送味 李聖徵 令公 金存敬 綿 青山倅 送本 幾伯 各問

105

李命男 海美倅送 新寧倅送 木新曆送 清州牧 木送 天安倅 致賻 累種賻物 車復元

寄挽詩·鄭樟 新寧倅送 魚束倅致歲 同福倅 撰 石城倅 歲資送 茂長倅 致歲

撰 奇敬獻 龍安倅致歲資 崔大元 義州通判送毛冠 牙山倅 資送 本營

致歲 各種 獻 通判 撰 送酒 畿營吏二件 送曆壽

丁未正月一日營門諸客及州城內知舊之來拜者一如前歲而逢新之感益難堪抑奈何〇二日夢拜舊職趨朝拜 命旋即辭遞是何祥也可怪〇三日兵營軍官以兵使令來撥新歲安否且送酒肴可感〇日氣若小解揚母之樞不可埋置客地將返送故山而莫非撓惱心神處是憫〇五日高擎宇來見贈兩具紙四丈〇十

五日棗糗及香亭子長杠等物定山官造送○二十三
日鄉人申元及尹民覺朴長壽來見申即故鄉文景轕
之子丁酉之變闔家遭禍渠則被攎入日本上年惟政
之還與之同來實再生之人辛丑夏余以體府幕僚久
枉海上因逃囘人得聞元也尚生存服役於人家豈知
今得出來邂逅於淪謫中○二十八日得見伯氏書始
知新歲安報伏幸揚母葬地卜於家後及黑石兩處以
開月十八發引廿七當窆云果能及期治送耶○楊時

知新歲安
蔡宗吉入
　晉湖南人
宋以琦人故鄉
　正字朝恩人西原
趙光瑢宗人居京
申格新利仁□
李克匡金均延瀅京人韓瑢鄉故
金五十餘人書

問天安倅 以善治陞拜利川自此因成闊遠可惝悵優寄穀物及厚紙諸種 燕岐倅 送草麻席麻

趙相禹 歲安否 送人問新 清州牧 送棗羹采 恩津倅 黃豆等

定山倅 累次問新 朴景行 姪致疏 物 色各種

二月一日鄭霧等使畫工施彩于棗羹雖不能禁而近

於太奢掩其柩足矣何必乃爾〇十一日姜澐 溫陽 以

先誼來訪卽故珍山德突之子月初已行禫事云我友

之凶候已三載今見其胤爲之潛然〇十二日扶餘邀

送相地僧寶希使奴輩伴送于長川發引退以二十日

〇十六日臺 啓以三南設營率眷多有弊端論罷三

道監司金被遞新使沈悅爲之 以兵曹參議 〇十九日

日金志和李丞亨作別而還李栻李時雄崔選池鳳輝

李應辰朴瞻申乾乙林得信朴世雄鄭鳳權淰安弘重

盧應晥金玹金玩鄭元卿曺士俊鄭光遠盧應晪鄭光

遇咸元來見○九日扶餘倅作別而去玉果倅沈俺利

仁丞來訪告別吳大鵬申景福南大湖朴天民李蕃朴

時立吳景生吳景文朴聖民李熊南寔李天章李日章

鄭鷗來見◎十日丁今龍辭歸給木綿米斗以答其勤

○石城倅來訪（行 且鹽）申蘅壽來見金景仁來訪（自扶餘 閔吾行）

（要爲敍 別而來）○通判以其生辰親到懇請與景仁同赴二衙

酒席夜深而罷（果金參 牧伯及玉）○閔必吾及池得源文亦至

與景仁金同宿○十一日景仁作別而還○巡使來訪

設酒成歡丞亦來餞行李仁伯孟世衡趙大信鄭鳳関

在涇金來訪定山衙婢辦酒食而來坐中共破之石城

倅以卜馬一匹助行龍安倅亦 送資 致書 山陰倅書 亦致 十

二日往山城巡相設宴以餞牧伯通判及仁伯兪大倆

金㷱日暮罷歸○枚儁等又夜設餞 以明日發 ●勉夫

在鍾谷聞我蒙放慮行事窘迫送馬一匹磊世牽來○

十三日隣里上下皆來別攸伯以忌在衙暫入告別卽

發行鄭嗣安洪純愷諸人又設餞於江上遂暫話而別

或隨至十里而還或五里而還惟関必吾李聖俞與我

同行歇馬于書院川邊張德蓋李汝協諸人已設酒炊
飯而待坐話良久執酌敍別〔聞吳同知大㦲眣來苦 待乃還云不勝帳然〕夕
投懷德縣主倅梁巘出接甚款聖兪歸宋村吾與必吾
與主倅同宿〔一行人馬巡使於治路各邑題給十餘疋定山石城各送卜馬 成歡丞送騎馬二疋〕
○十四日李察訪丈〔大入聖兪〕早朝來訪朴希聖朴希哲朴
希一自其家持酒來餞主倅盛設酒餅家獐一行俱飽○十五日宋
喫乘夕往宋村李察訪家〔宋仁叔宋希建宋承祿皆來見〕
价川丈前症尚未恔差乘轎來見極爲未安宋通川父
子及仁叔持酒來餞宋夢寅亦至閔必吾將還與諸友
同約後期〔約日以八月晦日赴雞山以其在中央往會愎易且欲兼賞秋景也與約者李察訪丈宋〕

亡叔閔必吾李時役也盧季晦曾知此意而一番分散
後勞難夏通除有故不來者外其餘則并趁期盼延無

或先後旋告
情甚依黯

馳到沃川日未亭午主倅柳德新出接亦

設酒饌相話 郡吏陸奉禮乃舊 居停也排酒來謁○十

甚款 主倅 懷德進至即之壻

六日早炎熾行役甚艱凌晨發行懷德告別情甚悵

黙 意甚懟情極感鳴 渡火仍津午歇安邑縣先送一

伻報鍾谷夕到王來村具彙家因痾李希一叔姪來見

○十七日爲主人所挽不得早發乘暮到鍾谷主家俱

安好一洞皆來話敍阻○十八日早朝往奠宮坪先

墓 處使使本官題給祭 已來待 霜露之感今已六載始得瞻掃

悲喜俱極午後下來洞中諸友設酌於金邦良家夜深

等處有聲息烽火入來黃海道海浪島水賊盛行按捕

船亦被劫掠可慮○六日聞北兵使狀　啓老忽兩賊

防垣城底五里許接戰良久忽賊退屯豆滿江越邊事醫城忽賊住軍城名又兩

又縣城留住大軍國祀堂嶺底指向事住軍城名又

賊相戰於北江邊忽賊不能抵敵奔忙北走事又兩賊

交鋒忽賊大進老賊退保據險事觀此北鄙多聳可知

是慮○十二日今日揚母窆日日候甚不悚果能無事

掩土耶亦足傷念○二十五日伯氏自京來臨奉別已

數載欣慰難狀○二十七日與伯氏泛舟拱北樓下而

還牧伯主其遊遂傳酒饌差官南後圭亦同之○二十九日巡使及牧伯來牧

見伯氏○三十日伯氏發行三年得一面而勢適恩

未能奉留旬日情懷益黯然出送于江岸而還◇裵龍

吉事　全廷秀　鄭見吉　李重卿　具思騫

同年　書問李命男　牧伯　李水使　鄭夢與

五月一日定山倅與沈謂來見沈卽定山之新妹壻而

於我爲甥女壻也其爲人明秀見甚嘉愛與使島其

◇十二日宋仁安新拜星州以謝恩

之行到江上邀見與主牧同往敍話而還○十七日因

牧伯得聞匡翁捐館之報殄瘁之嘆已無可諭而西遷

六年夏未得周旋於淵亭之下前月夢中之拜是果千

古之誅耶　國慶私痛到此極矣〇安弘重安弘量（伯牧）

（二子俱進士）李好信（許事）田繼盛兪約曾（入青陽）成士悅（茂朱諗俊初面）朱

（也烏揆）救日　郭世英（人）書問茂長倅（子致）洪君瑞（牧青州）黃

恵叔（公令）南撥倅（報恩）青山倅（送魚）石城倅（送魚）巡使（資）

六月二日宋星州自京還到江上送朝報蓋以三公

啓辭前後被謫人該曹金抄　啓賤名亦在其中厭有

蒙　恩之路　批答姑未下云〇夕書吏丁令龍持朝

報入來　上批已下被謫人俱蒙疏放（吾輩僅得放還而賤賤姑未下）

巡使與星牧在山城伴邀故馳赴設酒夜罷與星牧下

來披香堂敘話而還〇三日州伯半刺及鄉所輩皆來

三四四

賀○具氏妹來在半日程而以出入之非優經年一未
往見今若直歸則後難容易相見午後馳往定山男妹
六年得一面慰可知矣○四日雷定山聞洪師古在縣
境欲與相面使人撥問往林川未還云可歎○黃恩叔
在扶餘侔問行期○五日雷定山黃令早朝馳至半日
談話乘夕乃歸○六日以兩又雷半日大注平地水溢
吾行雖滯可慰三農之望○七日別阿妹午到公山林
直卿李聖與盧季晦來待己數日○向晚牧伯來見扶
餘倅李景嚴亦追至金志和亦來訪◆趙夢翼高肇宇
蘇世安閔汝渾鄭霧李承亨來見趙紳持酒夜訪○八

226

乃罷○十九日早發到赤巖金无悔等四人自中牟已
來待長川姪兒輩并至化寧縣前大吉丈與諸友亦來
會暫下馬敘暄涼仍與太吉丈无悔等同纘下來邑中
上下諸員俱到栗院川邊金龍宮至自山川朴丈伯獻
氏以下金三十餘人殺牛設酒日夕乃罷馳到本家州
伯之亦致廚傳以慰之◎二十日牧伯來見李成之
牧伯之兄至自長連亦自衙來訪成之卽與我同時被謫者
二大夫人來在州衙故急於　豈知六載淪落之餘容易
省觀衆俊倍道八來云
得共敘悲歡耶此非人事之偶然也○二十一日公山
陪來人等辭歸致書於諸處

可畦先生文集卷之十

原文影印